KB012980

브레이크 타임

BREAK TIME

브레이크 타임

초판 1쇄 찍은 날 | 2020년 1월 21일
초판 1쇄 펴낸 날 | 2020년 1월 31일

지은이 | 문희
펴낸이 | 예경원

편집 | 주승아

펴낸곳 | 예원북스
등록번호 | 제396-2012-000132호
등록일자 | 2012. 7. 25
YRN | 제1-0259호

주소 | 경기도 고양시 일산동구 호수로 646-24 위너스21-Ⅱ 206A호 (우) 10401
전화 | 031-819-9431 팩스 | 031-817-9432
http://cafe.naver.com/yewonromance
E-mail | yewonbooks@naver.com

ⓒ 문희, 2020

ISBN 979-11-365-1441-7 03810

※ 파본은 구입하신 서점에서 교환하여 드립니다.
※ 저자와 협의하여 인지를 붙이지 않습니다.
※ 이 책은 예원북스와 저작자의 계약에 의해 출판된 것이므로 무단 전재 및 유포, 공유를 금합니다.
※ 이 도서의 국립중앙도서관 출판시도서목록(CIP)은 서지정보유통지원시스템 홈페이지(http://seoji.
nl.go.kr)와 국가자료공동목록시스템(http://www.nl.go.kr/kolisnet)에서 이용하실 수 있습니다.

19세 미만 구독 불가

브레이크 타임

BREAK TIME

YEWONBOOKS ROMANCE STORY

문희 장편소설

예원

Contents

프롤로그

새벽 4시, 눈이 날리는 한적한 도로에 은색 롤스로이스가 자태를 뽐내며 유유히 운행 중이었다. 추운 겨울 새벽길을 달릴 수밖에 없었던 이유는 조수석에 앉은 아름다운 여인의 어머니가 돌아가셨기 때문이었다.

유골을 고인의 고향인 부산 앞바다에 뿌리고 서울로 돌아오는 길이었다. 소현의 영화 스케줄이 너무 빡빡한 까닭에 슬픔을 달랠 시간도 없이 그렇게 서둘러야 했다. 운전하는 사람이나 조수석에 앉은 사람이나 말이 없기는 매한가지였다. 지민은 소현의 가는 손을 말없이 잡았다. 사랑하는 여인의 슬픔이 그에게 그대로 전해졌다.

그렇게 눈물을 흘리고도 또 흘릴 눈물이 있는지 그들의 잡은 손 위로 소현의 눈물이 떨어졌다.

"내일 촬영은 가지 마."

요즘 가장 핫한 감독의 작품을 촬영 중인 소현이었다.

"아니야, 그래도 일인데……."

끼이익!

"제길!"

그런데 갑자기 앞을 달리던 차가 급제동을 하는 바람에 지민도 급하게 차를 세워야 했다. 편도 5차선 도로에 세 번째 차도로 주행 중이던 지민은 앞 차량의 알 수 없는 급제동으로 차를 세웠지만 앞차를 박고 말았고, 뒤에서 오던 차까지 그의 차를 받는 바람에 삼중 추돌 사고가 났다.

"괜찮아?"

"네……."

지민은 운전석에 있는 소현의 어깨를 잡으며 물었다.

"구급차 불러야 하는 거 아니야?"

"아뇨, 정말 괜찮아요."

소현의 말은 믿을 수가 없었다. 소현은 뭐든 참는 스타일이었고 자신의 사생활이 알려지는 걸 극도로 싫어했다. 그와 함께 있다는 게 언론에 알려지면 곤란해지기 때문이었다.

소현을 챙긴 후에 지민의 시선이 그제야 밖으로 향했다. 한가한 5차선 도로에 차들이 1열로 간 것도 웃기는 일이지만 앞차가 이유 없이 멈추어 선 것도 이해가 되지 않았다.

중간에서 샌드위치가 되는 걸 가까스로 모면한 롤스로이스 차량의 운전자인 지민이 차 문을 열고 밖으로 나왔다.

사고 후라서 목덜미를 잡기는 했지만, 지민은 그리스 신화에 나오는 전사와 같은 모습이었다. 검은색 보스 정장을 입은 그가 앞 차량을 노려보는 모습은 마치 저승사자와 같았다.

"지민 씨!"

앞 차량의 운전자보다 조수석에 앉아 있던 소현이 지민의 이름을 부르며 먼저 차에서 나왔다. 지민의 성격을 너무나 잘하는 소현은 지민이 큰 사고를 칠까 봐 걱정하는 얼굴이었다.

그런 소현도 딱 보기에 범상치 않은 모습이었다. 검은 상복에 민얼굴이었지만 소현의 아름다움을 가릴 수는 없었다. 이토록 일반인과 다르게 빛이 나는 건 그녀가 우리나라 최고의 스타 여배우였기 때문이었다. 무슨 일이든지 사람들의 입에 오르내리는 건 좋지 않았다.

"지민 씨, 그냥 보험사 불러요. 내가 전화할게요."

소현은 지민이 무슨 일이라도 저지를까 봐 전전긍긍이었다. 그도 그럴 것이 지민은 우리나라 최대 조직인 만기파 보스의 아들이

자 조폭 기업으로 소문이 자자한 태원건설의 부회장이었기 때문이었다. 그는 말보다 주먹이 먼저인 사람이었다.

도시적인 외모와는 다르게 지민은 어릴 때부터 혹독한 후계자 수업을 받은 주먹계의 황태자였다. 소현은 혹시나 누군가에게 도움을 청할 수 있을까 싶어 주변을 둘러보았다. 하지만 주변은 고요하기만 했다.

아무리 새벽이라고 하더라도 도로에 지나가는 차 한 대도 없다는 건 이상했다.

"지민 씨, 뭔가 이상해요."

여자의 직감은 결코 틀리는 법이 없었다. 그때, 앞차의 차 문이 열리더니 건장한 체격의 남자 네 명이 내렸다.

"죄송합니다. 제가 초보 운전이라서……."

전혀 죄송한 표정이 아닌 남자의 손에는 야구 방망이가 들려 있었고 그 옆에는 다른 무기류를 든 남자들이 버티고 서 있었다.

"차에 들어가서 문 잠가!"

심상치 않은 기운을 느낌 지민이 소리쳤다.

"지민 씨……."

"어서!"

"지민 씨도 같이 들어가요. 여기서 빨리……. 악!"

쾅!

순식간에 일어난 일이었다. 지민의 눈앞에서 소현이 포물선을 그리며 공중으로 붕 떠올랐다. 뒤에 있던 차가 아니었다. 어디서 등장했는지 모를 또 다른 차가 소현을 향해 그대로 돌진해 그녀를 치어 버린 것이었다.

그에게서 상당한 거리를 두고 소현이 쿵 소리를 내며 차가운 아스팔트 바닥으로 떨어졌다. 지민은 본능적으로 소현을 향해 달리기 시작했다. 제발 살아 있기를 바라면서. 그가 달리기 시작하자 남자들이 그를 쫓았다.

그가 소현의 곁에 갔을 때 소현은 기괴한 자세로 누워 꿈쩍도 하지 않고 있었다.

"소현아……."

망연자실한 표정으로 그는 소현의 모습을 한 번 더 보고는 머리를 흔들었다. 그리고 주머니 안에서 핸드폰을 꺼내 들었다. 구급차를 불러야 했다.

탁!

놈 중의 한 명이 휴대폰을 들고 있는 그의 손을 죽도로 내리쳤다. 손에 강한 전류가 흐르는 것처럼 찌릿한 고통이 몰려들었다.

"눈을 그렇게 뜨면 무섭잖아."

한 녀석이 그의 화를 북돋우고 있었다. 그중에 대장인 것 같은 녀석이었다.

"우리를 먼저 상대하고 바닥에 쳐 누워 있는 년을 상대해야지. 안 그래?"

"……여자부터 병원에 보내고 해결하자."

지민은 태어나서 처음으로 부탁이란 걸 했다. 지금은 소현을 병원에 보내는 게 먼저였다.

"아니, 안 돼. 우리는 바쁘거든."

"어디서 보낸 거지?"

지민을 상대로 이렇게 대범하게 행동할 조직은 단 하나뿐이었다. 부산파…….

"그건 죽을 놈이 알아서 뭐 하게?"

"그래야, 네 놈의 시체를 돌려주지."

지민의 눈에서 맹수의 안광이 보였다.

"죽여!"

남자들이 지민을 향해 달려들었다. 수적으로 열세였지만 지민은 결코 만만한 상대가 아니었다. 열 명이 넘는 건장한 남자들이 하나씩 지민의 손에 의해 쓰러지고 있었다.

"헉헉……."

숨이 턱까지 차오른 지민은 마지막으로 남은 놈의 얼굴을 노려보았다. 이제껏 그를 약 올린 녀석이었다. 녀석의 세 치 혀를 뽑아 버릴 생각이었다.

"실력은 잘 감상했고 이제 끝을 내 볼까?"

녀석이 칼을 뽑아 들었다. 그리고 지민에게 달려들었다. 녀석은 세 치 혀만 있는 게 아니라 상당한 무술 실력을 갖추고 있었다. 유단자이자 싸움꾼인 지민도 버거운 상대였다.

"헉헉, 누가 시킨 짓이야?"

"허억, 헉. 궁금해? 내가 가르쳐 줄 수는 없지."

놈은 숨을 헐떡이면서도 끝까지 그를 약 올렸다.

"윽!"

잠깐의 방심에 남자의 칼이 지민의 옆구리를 스쳤다. 더는 끌어선 안 되겠다는 생각에 지민은 남자의 칼을 든 손을 발로 차서 칼을 떨어트리게 한 후에 그의 얼굴을 연달아 발로 차 버렸다. 그가 바닥에 그대로 엎어졌다.

바닥에 떨어진 칼을 든 지민이 그의 곁으로 다가가 손등에 칼을 꽂았다.

"악!"

"아파? 누구야? 말 안 하면 이번엔 목을 찔러 버리겠어."

"……최일식. 마, 말했으니까 나는 살려 줘……."

"오늘은 바쁘니 기다려. 앞으로 내가 어떻게 하는지 기대해."

그는 피가 흐르는 옆구리를 잡고 소현의 곁으로 갔다.

"소현아……."

지민도 칼에 찔려 몸을 제대로 가눌 수가 없었다. 하지만 사력을 다해 소현에게로 가서 기괴한 자세로 바닥에 널브러져 있는 소현을 안았다.

"소현아!"

하지만 소현은 아무리 불러도 미동도 없었다. 그는 떨리는 손으로 119에 전화를 걸었다. 그리고 얼마 되지 않아 멀리서 구급차 소리가 들렸다.

"소현아, 제발……."

그의 품 안의 소현은 겨울바람보다 더 싸늘했다. 그렇게 지민은 사랑하는 소현을 떠나보내야 했다.

구급차가 지민과 소현을 싣고 가자 다른 곳에서 검은색 승용차들이 나타나 길바닥에 쓰러진 사람들을 수습하기 시작했다.

"형님……."

손에 칼이 찔린 범수가 일식의 차에 올랐다.

"죄송합니다."

"죄송은 무슨. 잘했어."

"구지민의 여자를 죽였는데 괜찮을까요?"

"괜찮아, 아마도 저쪽에서도 오늘 일이 언론에 퍼지는 걸 싫어할 거야. 일은 이쯤에서 끝이 날 테니까. 걱정하지 마."

"네, 형님."

일식의 입가에 미소가 번졌다. 차에 치인 여자를 안고 오열하던 지민의 얼굴이 떠오르자 더 기분이 좋았다.

"그러게 잠자는 사자의 코털을 건드리는 게 아니지."

이번 사건의 발단은 구지민이었다. 그의 사업을 건드린 죗값을 받은 것이다. 일식의 입가가 비열하게 비틀렸다.

사건이 있고 난 뒤, 조용히 일주일이 흘렀다. 너무 조용해서 이상할 정도였다. 일식은 평소대로 사무실을 향했다. 부산에서 유명한 영웅건설은 10층짜리 건물을 가지고 있었다. 넓은 사무실은 일식의 자랑이었다.

일자무식이라서 그가 어릴 때 모시던 형님이 그의 이름을 일식이라고 지어 주었다. 일식이 사무실에서 하는 일이라고는 고스톱이 전부였다.

"앗싸, 스톱. 쓰리고에 고도리에 피박이니까……."

일식의 입은 귀에 걸렸고 그의 상대인 성수는 입이 툭 튀어나와 있었다.

"어디 보자, 그럼 얼마인 거야……."

퍽!

그때 문이 갑자기 열리더니 아름다운 얼굴의 여자가 어울리지 않게 칼을 들고 서 있었다. 머리엔 상갓집에서나 다는 리본을 달고 검은 상복을 입은 여자는 아름다웠다. 일식은 첫눈에 마음을 빼앗겼다.

상황이 좀 묘하긴 했지만 그래서 더 매력적으로 보였다. 그를 향해 칼을 든 여자가 매력적으로 보이다니. 그는 자신이 변태 같다는 생각을 하며 비릿한 미소를 지었다. 눈으로는 벌써 여자의 상복을 벗기고 있었다.

"뭐야?"

성수가 자리에서 일어났다.

"경비원들은 뭐 한 거야?"

그때 비서가 여자의 뒤에서 멀찍이 떨어져 말했다.

"다 맞고 쓰러졌어요!"

"하하하, 뭐?"

이번엔 일식이 웃었다. 키가 크긴 했지만, 너무 마른 여자였다. 한주먹에 날아갈 것처럼 가녀린 여자였다.

"네가 죽였어?"

여자는 독기 가득한 눈으로 그를 바라보며 칼을 든 손에 힘을 주었다.

"누구야?"

"난 임성민 사장의 딸이다."

"임성민이라면…… 강남파?"

"맞아……."

일식이 눈이 가늘어졌다.

"우린 안 죽였어. 임 사장 죽은 거 교통사고 아니야?"

그가 시킨 일이었지만 굳이 자신이 했다고 말하고 싶지 않았다. 죽은 놈의 딸이 이렇게 예쁜 경우라면 더욱더…….

"아니, 네가 우리 아버지 죽이라고 지시했다고 했어."

"어떤 미친 새끼가 그런 소리를 한 거야? 난 아니니까 돌아가. 그리고 우리는 다른 일로 만나도 좋을 것 같은데?"

일식은 문 앞에 서 있는 여자가 아주 마음에 들었다. 태어나서 연예인들 빼고, 아니 다 합쳐서 이렇게 예쁜 여자는 처음이었다. 다른 사람 같았으면 벌써 그의 부하인 성수의 손에 죽었을 것이다.

"왜 죽인 거야?"

"아니라니까! 좋은 말로 할 때 가라."

"나쁜 새끼! 죽어!"

여자가 칼을 들고 달려들었다. 그냥 무턱대고 덤비는 게 아니라 제대로 된 무술을 배운 여자였다. 성수가 막지 않았다면 그녀의 칼이 그의 심장을 찔렀을 것이다.

"영화를 너무 많이 봤어."

"……."

"분명히 말하지만 난 아니야."

그때였다. 부하 하나가 피투성이가 된 채 안으로 들어왔다.

"무슨 일이야?"

이제 슬슬 짜증이 나기 시작한 일식이었다.

"구지민이 범수 형님의 조직을 쳤습니다."

"뭐?"

"구지민도 많이 다치고……."

그가 자리를 박차고 일어나자 성수에게 잡힌 여자가 소리를 치기 시작했다.

"예쁜 입에서 그런 험한 말이 나오면 쓰나. 오늘은 바쁘니 그만 돌아가. 나중엔 내가 찾아갈 테니까."

일식은 차를 타고 빠르게 범수의 사무실로 갔다.

"왜 이 자식은 아직 여기 있는 거야?"

"모르겠습니다. 분명 일본으로 간다고 했는데……."

성수가 난감한 표정을 지었다. 그들이 범수의 사무실에 도착했을 땐 이미 모든 일이 끝난 후였다.

"욱!"

저도 모르게 헛구역질이 나왔다. 바닥에 누워 있는 녀석치고 멀쩡한 놈이 하나도 없었다. 거기에 사무실 바닥은 피로 물들어 걸을 때마다 끈적이는 피를 밟아야 했다.

"범수는?"

"저기 있는데, 안 보시는 게 좋을 것 같습니다."

"……."

범수의 상태를 본 일식은 이를 갈았다.

"구지민은?"

"만기파에서 데려갔습니다."

"최 선생은?"

최 선생은 조직원들이 다치면 봐 주는 불법 의사였다. 오늘은
애들이 너무 많이 다쳐서 난감한 표정을 지을 것 같았다.

"이리로 오고 계십니다."

"알았어."

"사장님, 구 회장님 전화입니다."

전화를 받은 일식의 표정이 굳어졌다. 구 회장은 모든 일은 없
던 일로 하자고 말했다. 물론 그에게 한 가지 조건을 걸면서. 그는
수락했고 다음엔 구지민과 그의 싸움에 개입하지 말아 달라는 말
도 했다.

"……다음엔 내 손으로 구지민을 죽여 버리겠어."

일식은 이를 갈았다.

3년 후.

좌악—

창가의 커튼을 치는 카페 주인의 손이 어느 때보다 경쾌했다. 바람이 불면 꺾일 것 같은 가는 허리에 야무지게 매고 앞치마를 오래된 LP판을 턴테이블에 올려놓았다.

평범하기 그지없는 어제와 같은 오늘이었다. 잔잔한 통기타 소리에 청아한 목소리의 젊은 양희은의 노랫소리가 카페 안을 가득 채웠다. LP판의 살짝 튀는 소리와 레트로 감성이 물씬 풍기는 오래된 가구들이 카페를 더욱더 감성적으로 만들었다.

"흠흠흠……."

저도 모르게 나오는 여주인의 콧노래가 카페의 시작을 알렸다. 카페의 성수기인 여름이라 오픈을 준비하는 주인의 손길이 바빴다. '커피 명가'의 입간판도 카페 앞에 내놓았다.

달그락!

영업하기 위해 준비된 찻잔들이 군대에서 사열하듯이 열을 맞추었고 커피를 뽑기 위한 도구들은 잘 정돈되어 놓였다. 이 모든 것이 다 준비되어 갈 즈음에 첫 손님이 카페 안으로 들어왔다.

"어서 오세요."

운동으로 온몸이 땀에 젖은 한 남자가 어깨에 걸친 수건으로 땀을 닦으며 그녀 앞으로 다가왔다. 어제와 같이 남자는 오늘도 아이스 아메리카노에 샷을 추가해서 주문했다. 낮은 저음은 묘하게 통기타 소리와 어울렸다.

"아이스 아메리카노 한 잔이요?"

"네."

그의 목소리를 한 번이라도 더 듣기 위해 주문 내용을 한 번 더 묻고는 서희는 그에게 등을 돌려 커피를 만들기 시작했다. 등 뒤에 남자의 시선을 그대로 느끼며 그녀는 처음으로 두근거리는 자신의 심장 소리를 들었다.

그가 자신을 뚫어지게 보고 있는 모습이 커피 머신을 통해 보였다. 애써 그의 시선을 무시하며 서희는 힘들게 아메리카노 한 잔을 만들었다.

"여기, 샷 추가한 아메리카노 나왔습니다."

커피를 건네는 짧은 순간, 서희는 남자의 모습을 다시 한 번 눈에 담았다. 검은색 나이키 팬츠에 같은 색 티셔츠를 입은 그는 검은색 스포츠 수건을 두른 모습이었다. 웬만한 남자들보다 머리 하나는 더 커 보이는 남자는 '검은 전사' 같다는 생각이 들게 했다.

각진 얼굴에 뚜렷한 이목구비는 연예인이라고 해도 믿을 정도로 잘생겼다. 하지만 서희의 시선을 끄는 건 남자의 잘생긴 얼굴이 아니라 그의 슬픈 눈동자였다. 이유는 알 수 없었지만, 그의 눈은 슬퍼 보였다. 왜일까?

이름이라도 묻고 싶었지만 너무 떨려서 서희는 오늘도 기회를 놓치고 말았다.

한 달. 이렇게 매일같이 그를 보고 있었지만, 쉽게 입이 떨어지지 않았다.

늦은 저녁, 마지막 손님을 보내고 서희는 장부 정리를 마치고 나머지 뒷정리를 했다. 그때 가게 문이 열리더니 그녀의 하나뿐인 오빠 우진이 굳은 얼굴로 들어왔다. 3년 전, 부모님의 사고 후에 오빠는 많이 변했다. 예전에도 다정한 건 아니었지만 이렇게 차가운 사람은 아니었다. 지금은 세상에 대한 증오만이 가득한 사람이었다.

단 하나, 지금 오빠의 머릿속에는 강남파의 재건만이 가득했다. 오빠에게서 아버지를 빼앗은 게 폭력 조직인데도 오빠는 아버지가 보스로 있던 조직을 우리나라 최강의 조직으로 만들고 싶은 야망을 품고 있었다. 그게 지금껏 오빠를 살아가게 한 이유였다. 잘되는 것 같지는 않았지만 말이다.

우진은 어제 갑자기 그녀에게 전화해서 폭탄 발언을 했다. 종일 그 생각을 하긴 했지만, 연락이 없어서 그냥 지나가는 말인가 했었는데 이렇게 온 걸 보니 정말 할 모양이었다. 우진의 폭탄 발언은 다름 아닌 그녀에게 선을 보라는 말이었다.

그것도 일반인이 아닌 우리나라 최대 조직의 보스 아들과 말이다. 조폭이라면 치가 떨리는 서희로서는 도저히 받아들일 수 없는 일이었다.

"이번 주 토요일이야."

오빠는 카운터에 있는 초콜릿 하나를 까서 먹으며 별일 아니라는 듯이 말했다.

"오빠, 난 선 안 본다고 했잖아."

조용한 성격인 서희였지만 지금은 가만히 있을 수 없었다.

"아니, 넌 볼 거야."

"싫어."

그녀는 단호하게 거부했다.

"내가 아버지처럼 서울을 먹으려면 네가 필요해. 구지민이 나에게 서울을 줄 거야."

"오빠, 그건 아니야."

"만약에 네가 선을 보러 가지 않으면…… 최일식 첩으로라도 넣을 테니 얌전히 선을 보러 가는 게 좋을 거야."

최일식은 아버지를 죽게 한 원수이자 그녀 나이의 두 배는 먹은 사람이었다.

"최일식은 우리의 원수라고!"

너무 화가 난 서희가 목에 핏대를 세웠다.

"증거가 없었잖아. 지금은 누구라도 필요해. 그리고 너도 젊은 놈이 좋지 않아?"

"그게 친동생에게 할 소리야?"

"최일식의 첩으로 가기 싫으면 구지민과의 선을 보면 되는 거야. 그리고 잘해."

"오빠!"

"강남에서 정통파는 우리야. 시골 촌놈들에게 뺏길 순 없어. 난 그 자식들과는 근본부터가 달라."

서희는 너무 화가 나서 욕이 튀어나오려는 걸 꾹 참았다.

"깡패에게 근본이 어딨어?"

그러자 우진이 갑자기 서희의 얼굴을 한 손으로 쥐고는 벽으로 밀어붙였다. 가냘픈 서희는 오빠의 힘을 당할 수가 없었다.

"내가 널 키웠다는 걸 잊지 마. 그리고 요양원에 있는 네 엄마의 병원비를 이제까지 대 준 이유이기도 해."

"오빠. 우리 엄마야."

"아니, 난 그 여자를 엄마라고 생각 안 해."

"오빠를 낳아 주신 분이야."

"아니, 아버지를 죽게 한 여자야."

우진은 아버지를 광신도처럼 추앙했다. 그래서 아버지가 살아 계실 때처럼 완벽한 조직을 만들어 정통성을 지키고 싶어 했다. 조직에 무슨 족보란 말인가? 어이가 없었다.

"잔소리하지 말고 토요일에 나가. 네 엄마가 요양병원에서 쫓겨나는 꼴을 보고 싶지 않다면 말이야."

"……."

카페도 오빠의 것이었다. 그녀의 얼마 안 되는 수입으로는 요양비는 엄두도 내지 못한다는 걸 서희도 알았다. 오빠가 카페를 나가고 서희는 텅 빈 카페에 멍하게 한참을 앉아 있었다. 선을 보지 않을 방법이 없었다.

3년 전, 아버지와 어머니는 갑작스러운 교통사고를 당했다. 그 배후엔 최일식이 있었고 그녀는 복수하기 위해 최일식을 찾아갔었다. 어릴 때부터 온갖 종류의 무술을 배운 그녀였다.

서희는 무술에 소질이 있었다. 특히 검도 실력이 아주 출중했다. 오빠는 그런 서희가 못마땅했는지 아버지에게 무술을 가르치면 안 된다고 했다. 여자는 얌전하게 커야 한다고 말이다. 그래서 그 후로는 무술 대신에 피아노를 배워야 했다.

서희는 신경질적으로 장부를 서랍에 집어넣고는 가게 문을 닫았다. 천불 나는 그녀의 속처럼 서울의 열대야는 계속되었다.

일주일 전.

세상의 모든 것이 다 타들어 갈 것 같은 8월에 양복 재킷을 끝까지 벗지 않은 우진은 우리나라 최대 조직의 본거지인 '일석당'의 정원을 거닐고 있었다. 오후 2시, 태양은 그의 몸에 있는 육수를 다 뽑아낼 듯이 강한 열기를 뿜어냈다.

"멀었어?"

"다 왔습니다."

일하는 사람의 안내를 받은 우진은 손수건으로 땀을 연신 닦아 내며 구 회장이 있다는 '일석당'의 안채로 향했다. 정원이 어찌나 넓은지 걸어도 걸어도 끝이 보이지 않았다. 우진의 다 쓰러져 가는 빌라와는 비교도 되지 않는 궁전 같은 곳이었다.

"회장님께서 기다리고 계십니다."

정중한 자세로 그를 맞이한 사람은 구 회장의 신임을 받고 있다는 현 집사가 분명했다. 우진은 이곳에 오기 전에 많은 것을 준비했다. 구 회장의 측근부터 그 집안사람들의 정보까지. 도움이 될 만한 건 닥치는 대로 조사해서 안 좋은 머리지만 열심히 외워 온 상황이었다.

"네, 현 집사님."

그가 아는 체를 했는데도 현 집사의 표정렝 아무런 변화가 없었다. 멋쩍은 얼굴로 현 집사의 뒤를 따르며 우진은 촌놈처럼 집 안을 구경하느라 정신이 없었다. 현 집사를 따라 들어간 곳은 구 회장의 안방이었다. 선비의 서책이 가득한 그림인 책가도로 된 12폭 병풍을 뒤로하고 여름용 고급 보료에 앉아 부채질하는 모습이 지체 높은 양반 같았다.

우진은 구 회장을 똑바로 보지도 못 하고 곁눈질로 보며 자신을 이곳에 부른 이유를 생각했다. 대체 왜 이런 거물이 하찮은 동네 건달인 자신을 부른 건지 아무리 생각해도 알 수 없었다. 서울의 강남은 화려한 곳이었지만 그가 거느리는 강남파의 현실은 너무나 초라했기 때문이었다.

"절 찾아 주셔서 영광입니다."

목소리를 가다듬으며 말문을 연 그였지만 여간 눈치가 보이는 게 아니었다.

"임우진이라고?"

"네, 회장님. 기억하실지 모르지만, 예전에 강남파 보스셨던 임성민 사장님의 아들입니다."

아버지는 그래도 조폭계에선 알아주던 분이셨기에 그는 나이든 조폭을 만나면 언제나 아버지의 이름을 먼저 말했다.

"그건 알고 있지."

"감사합니다. 미천한 저를 회장님 같으신 분이 알고 계시다니이건 가문의 영광입니다."

"사설은 빼고."

지금은 나이가 들어 구 회장의 모습이 사람 좋은 할아버지 같지만, 예전의 구 회장은 눈도 마주치지 못할 정도로 살기등등한 사람이었다.

"네, 회장님."

우진은 구 회장에게 잘 보이기 위해 사력을 다하고 있었다. 이런 기회는 그의 인생에서 두 번 다시 없을 일이기 때문이었다. 구회장은 말없이 그를 한참동안 보았다.

"……."

숨 막히는 침묵이 계속되었고 우진은 어찌할 줄을 모르고 바닥만 쳐다봤다.

"내가 요즘에 신경 쓰이는 일이 있어서 말이야."

드디어 구 회장이 속내를 드러내기 시작했다.

"어떤 놈이든 반드시 처리하겠습니다."

"어떤 놈이든? 무슨 일이든지?"

"네, 전 회장님을 위해 목숨도 버릴 준비가 되어있습니다."

"그래?"

구 회장이 한쪽 입꼬리를 올리며 우진을 빤히 바라보았다. 눈빛이 서늘한 것이 소름이 돋았다.

"네, 말씀만 해 주십시오."

"사실 요즘 내 신경을 건드리는 건 우리 아들 녀석이야."

"……네? 구지민 부회장님 말씀입니까?"

"그래."

이건 좀 곤란한 상황이었다. 지금이야 구 회장이 전권을 잡고 있지만 얼마 후면 구지민 부회장이 회장이 될 게 뻔한데 괜히 잘 못했다가는 강남파가 공중분해 될 수도 있었다.

"그게……."

"왜, 어려운가?"

"구지민 부회장님은 회장님의 핏줄인데 제가 감히 어떻게 손을 댈 수 있겠습니까?"

"하긴 우리 지민이에게 상대가 안 되긴 하지."

자존심이 상하긴 하지만 그것도 맞는 말이었다. 몇 년 전, 부산파의 산하에 있던 한 조직이 구지민에 의해 초토화가 된 적이 있었다. 우리나라에 조직이 들어온 이후에 가장 피비린내 나는 복수였다. 구지민의 애인을 잘못 건드린 대가로 조직원의 대부분이 중상을 입은 사건이었다.

물론 구 회장이 힘을 써서 모두가 함구하는 사건이었지만 그 후로 그 누구도 구지민을 건드리지 못하게 된 사건이기도 했다.

"네, 전 구 부회장님의 상대가 못 됩니다."

"그건 그렇고 본론으로 들어가서 말이야. 여동생이 있지?"

"네."

뜬금없이 구 회장이 여동생에 관해 묻자 우진은 어리둥절했다.

"임서희였나?"

"제 여동생을 어떻게 아십니까?"

"어릴 때 성민이가 사무실에 자주 데리고 왔었지."

"아버지께서요?"

우진은 단 한 번도 구 회장을 따로 만난 적이 없었다. 갑자기 아버지에게 서운한 마음이 들었다. 우진은 아버지를 신처럼 여기고 충성을 다했는데 이런 거물에게 단 한 번도 그를 소개해 준 적이 없기 때문이었다.

"그렇게 서운한 표정을 지을 필요 없어. 성민이는 자네가 같은 길을 걷는 걸 싫어했으니까."

"아버지를 잘 아시는 것 같습니다."

구 회장이 아버지의 이름을 너무나 자연스럽게 부르는 것이 신기했다.

"성민이는 지금의 날 있게 한 의리 있는 녀석이지. 그렇게 쉽게 세상을 떠난 게 안타까워."

구 회장과 아버지가 아주 친한 사이라는 걸 지금에서야 알다니 기가 막힐 노릇이었다.

"아버지 장례식 때는 제가 못 뵌 것 같은데……."

"그때는 미국에 있었어. 나도 수술을 받았거든. 그래서 그 틈을 이용해서 놈들이 친 거야."

처음 알게 된 일이었다. 우리나라 최고의 거물이 아버지를 이렇게 생각하는 줄 전혀 알지 못했다.

"오늘 자네를 부른 이유는…… 서희와 우리 지민이를 결혼시키는 게 어떨까 해서야."

"네? 서희랑요?"

우진의 눈이 두 배로 커졌다. 이건 하늘이 주신 기회였다. 하늘에 계신 아버지가 드디어 그의 편을 들어 주시는 것이었다.

"저희야 영광이죠."

우진의 입이 귀에 걸렸다.

"서희는 남자 친구 없고?"

"없습니다. 있어도 헤어지게 해야죠."

우진은 회장의 인상이 달라지자 얼른 말을 바꾸었다.

"하하하, 우리 서희에게 남자가 있을 리가 없죠. 서희는 깨끗하게 자란 청정구역입니다."

주변에서 서희를 건드릴 수가 없었다. 그가 아무리 이빨 빠진 호랑이라도 강남의 조직을 이끄는 사람이었다. 서희에게 접근하는 놈을 단 한 번도 본 적이 없었다.

"좋아, 언제가 좋겠나?"

"이번 주말이 좋겠습니다."

쇠뿔도 단김에 빼라고 했다.

"좋아 그렇게 하지. 장소는 우리 쪽에서 연락하겠네."

"네, 회장님."

"차 좀 마시게."

구 회장이 미소를 지으며 그에게 차를 권했다. 아무래도 어젯밤에 자신도 모르게 돼지꿈을 꾼 모양이었다. 이렇게 생각지도 않은 복이 굴러들어 온 걸 보면 말이다.

"감사합니다."

우진은 떨리는 손으로 자신의 앞에 놓인 찻잔을 집어 들었다.

"한데, 우리 지민이에 대해 말할 게 있는데……."

"구 회장님에 대해 다 알고 있습니다. 잘생기시고 훌륭하시고 사업도 잘하시고…….”

“그게 아니라…….”

있는 힘껏 아부를 떨고 있는데 구 회장이 인상을 쓰며 우진의 말을 막았다.

“그럼, 무슨 문제라도…….”

“우리 지민에 대한 고약한 소문 말이야.”

“네?”

소문엔 구지민이 칼에 맞아 남자 구실을 못 한다는 말이 있었다. 그렇게 허우대가 멀쩡한 사람이 어떻게 여자를 안지 못한다는 건지 이해가 되지 않았다. 그래서 그는 믿지 않았지만, 소문이 돌긴 했었다.

“그래서, 몰라?”

“멀쩡하신 분이……. 전 이해가…….”

너무 놀라서 말도 제대로 나오지 않았다.

“그렇게 놀란 표정 할 필요 없어. 어차피 결혼하면 다 알 일이니까.”

“…….”

쉽게 입이 떨어지지 않았다. 서희가 걱정돼서가 아니라 그렇게 되면 서희가 아이를 낳지 못한다는 이야기였기 때문이었다. 그렇다면 다음 후계자는 둘째인 구하준에게서 나온다는 말인데 그건 좀 곤란한 일이었다.

그렇게 되면 서희가 언제 쫓겨난다고 하더라도 막을 구실이 없는 일이고 그만큼 그의 입지도 흔들리게 되는 것이었다.

"비밀이 새 나가지 않고 결혼 생활이 유지된다면 내가 강남파의 재건을 돕지."

드디어 우진이 듣고 싶었던 말이 나왔다. 우진의 입이 또다시 귀에 걸렸다. 조금 전, 서희 문제는 이제 그의 안중에도 없었다. 엊그제 그는 강남파의 재건을 위해 최일식을 찾아갔었다. 여자를 좋아하는 일식에게 서희를 주는 조건으로 강남파를 좀 도와 달라는 말을 하기 위해서였다.

재건 따위가 아닌 조금이나마 도와달라는 말이었다. 그런데 깔끔하게 거절당했다. 다음은 어떻게 해야 하나 고민하고 있었는데 이건 하늘이 준 기회였다.

"감사합니다. 회장님."

그가 자리에서 벌떡 일어나 구십 도로 허리를 숙였다.

"자네가 아버지처럼 강력한 조직을 갖고 싶다면 이번 일은 잘해야 할 거야."

"네, 최선을 다하겠습니다."

"최선은 서희가 다해야지."

구 회장의 말도 귀에 들리지 않을 만큼 우진의 기분은 하늘을

날 것 같았다.

금요일은 언제나 정신없이 바빴지만, 오늘은 그 정점을 찍는 날이었다. 2년의 장사 기간에 오늘이 최고의 매출을 올린 날이었다. 어찌나 바쁜지 놀러 온 친구가 서빙을 도와주었다.

"내가 아르바이트 쓰라고 했지?"

초등학교 때부터 단짝 친구인 연우가 서빙 후에 설거지까지 하며 투덜거렸다.

"우린 원래 이렇게 바쁘지 않아. 오늘이 이상한 거지."

"다음 주는 써."

"다음 주에도 도와주면 안 될까?"

"양심도 없지. 내일도 오라며?"

선을 본다고 카페 문을 닫을 수는 없었다. 서희는 카페를 시작한 2년 동안 단 하루도 쉰 적 없었다. 우진이 카페의 수익으로 엄마의 요양비를 조금이라도 보태라고 했기 때문이었다. 그녀의 월급과 운영비를 제하고 엄마의 요양비까지 내려면 쉴 수가 없었다.

"정말 선보는 거야?"

연우가 설거지하던 손을 놓으며 물었다.

"응, 그런 것 같아."

"그런 것 같다니?"

"모르겠어. 오빠가 자세한 말도 안 해 줬고. 보고 싶어서 보는 것도 아니고."

"아주머니가 돌아가시기 전에 너라도 시집가는 모습을 보이는 건 좋은 일인 것 같아."

"글쎄……."

"멋진 사람이 나올 거야."

설거지를 마치고 고무장갑을 벗으며 연우가 위로하듯이 말했다. 연우는 그녀의 마음을 이해할 수 없을 것이다. 평범한 가정에서 자란 연우는 부모님이 일찍 돌아가신 것을 빼곤 곱게 자란 친구였다.

그러니 조폭 가정에서 자라 지금도 조폭인 오빠가 있는 게 어떤 건지 이해할 수 없을 것이다. 그런 서희에게 이제는 조폭 집안에 시집을 가라고 하는 것이었다. 정말 죽기보다 싫었다.

"아닐 거야."

연우에게 그녀가 누구를 만나는지 말하고 싶지 않았다. 연우 오빠가 태원건설 비서실에 근무하고 있다는 걸 알기 때문이었다.

"태원건설 부회장실이라고 했지?"

"뭐가?"

"승진 오빠 말이야."

"왜? 선보는 사람이 태원건설 다녀?"

연우가 또다시 눈을 반짝이며 물었다. 궁금하긴 한 모양이었다.

"아니, 몰라."

그때였다. 우진이 카페 안으로 들어오는 게 보였다. 아버지를 닮아 오빠는 키가 크고 덩치도 좋았다. 요즘은 살이 더 올라 땀을 많이 흘렸다. 그래서 손에는 늘 손수건이 들려 있었다. 겉보기에는 완벽한 조폭의 모습이었지만 일은 못하는 것 같았다.

"연우 왔구나?"

오빠의 목소리가 그녀를 대할 때와는 달랐다.

"안녕하세요?"

작고 귀여운 스타일인 연우가 그녀의 뒤로 몸을 숨겼다. 오빠를 무서워하는 연우였다. 하지만 서희가 보기에 오빠는 연우를 마음에 들어 하는 것 같았다.

"우리 연우 더 예뻐졌어."

서희가 듣기에도 오빠의 목소리는 기분 좋아 보였다. 아마도 내일 그녀가 보는 선 때문일 것이다.

"일찍 차 보낼 테니까. 내일은 카페 문 닫아."

"내일 문 열 거야."

"아니, 닫아. 내일 예쁘게 하고 가야지. 이대로는 내가 쪽팔려."

그녀를 대놓고 무시하는 우진이었다.

"내일 연우가 카페 봐 주기로 했어."

"어차피 곧 있으면 이 카페 문 닫을 거야."

"오빠!"

"네가 내일 잘하면 우린 완전 팔자 피는 거지."

연우가 있는데도 우진은 내일 선 볼 이야기를 하며 좋아했다. 연우는 어리둥절한 표정으로 우진과 그녀를 번갈아 보았다.

"나, 갈 테니까 내일 잘하고. 연우야, 오빠 갈게."

"……."

연우에게 윙크를 날리는 우진을 보며 서희는 기가 막혔다.

"너 선보는 거 되게 좋은가 봐."

"……그렇겠지."

우진이 나가고 서희는 커피콩을 볶기 시작했다. 로스팅 기계 안의 커피콩을 넣을 놓고 보고 있으니 마음이 한결 편했다.

"내일 선 보려면 커피콩을 볶을 게 아니라 집에 가서 팩이라도 붙이고 자야 하는 거 아니야?"

"커피콩을 왜 볶게 됐는지 알아?"

멍하게 볶아지는 커피를 보며 서희가 힘없이 말했다.

"무슨 뜬금없는 소리야?"

"옛날 수도사들이 커피 열매가 악마의 것일지도 모른다는 두려움에 불 속에 던져 버렸대. 그런데 그 향기에 모두 빠져서 커피를 볶아 먹기 시작했대."

"정말?"

"그렇게 전해져."

"그런데 그 얘긴 왜 하는데?"

"옛날 수도사들처럼 이 향기에 매료돼서. 내일 일을 생각하면 커피고 뭐고 아무것도 못 느껴야 하는데 정말 커피는 악마의 열매인가 봐. 날 이렇게 홀리는 걸 보면 말이야."

헛된 욕망을 가진 오빠를 보면 선을 보긴 싫고 아픈 엄마를 생각하면 내일 나가지 않을 수도 없고 답답했다.

"연우야, 나 내일 나가기 싫어."

볼을 타고 눈물이 주르르 흘러내렸다. 자신의 신세가 한탄스러워 눈물이 나온 서희였다. 그런 서희를 연우는 말없이 꼭 안아 주었다.

"신은 내 편이 아닌가 봐."

태어나 보니 조폭의 딸이었다. 그건 어쩔 수 없지만, 조폭의 아내가 되는 건 싫었다. 겉으로는 건설업을 하지만 그들은 뼛속까지 조폭인 사람들이었다. 이번엔 무슨 수를 써서라도 이 모진 인생의 굴레를 벗어날 것이다.

서희는 눈물을 훔치며 다짐했다.

다음날, 우진은 생각해 주는 척 생색을 내며 아침 일찍 그녀의 오피스텔로 차를 보내왔다. 집안에 행사가 있어서 차를 보내 줄 때마다 부끄러움은 언제나 서희 몫이었다.

"식사는 하셨습니까?"

검은 양복을 입은 건장한 체구의 남자가 그녀를 보자마자 구십 도로 몸을 숙여 인사한 후에 차 문을 열어 주었다. 지나가던 사람들이 그녀를 힐끗거리며 쳐다봤다. '뭐 하는 여잔데 조폭의 인사를 받는 거야?' 라고 말하는 것 같았다.

어릴 때부터 이런 일들이 많았지만, 아직도 조폭들의 예법이 싫었다.

"오빠한테 안 간다고 말해 줘요."

"왜 이러십니까?"

"비켜요."

그녀가 남자를 피해 옆으로 걸어가자 남자가 그녀의 팔을 잡았다.

"이거 안 놔?"

"좋게 말할 때 타시는 게 좋으실 겁니다."

오빠가 단단히 교육한 모양이었다. 하지만 지금 서희는 이대로 물러날 수가 없었다. 남자의 팔을 뿌리치며 도망갔지만 잠시 후 서희는 남자의 어깨에 짐짝처럼 매달려 차에 태워졌다.

"조용히 가시죠. 사장님께서 반항하면 제 마음대로 해도 좋다고 하셨습니다.”

남자가 그녀를 향해 경고했다. 조용히 가는 게 이로울 거라는 말이었다.

서희는 차 안에서 팔짱을 낀 채 눈을 감아 버렸다. 남들과 다른 이런 삶이 지긋지긋했다.

학창시절 그 누구도 그녀에게 먼저 말을 걸지 않았다. 하다못해 선생님들까지도 그녀를 혼내는 법이 없었다. 그녀는 모두에게 두려운 존재였다. 그게 싫어서 남자들과 연애 한 번 하지 않은 서희였다. 대학 때 그녀를 쫓아다니던 남자가 있었는데 집 앞에서 그녀의 오빠와 조직원들을 보고는 식겁을 해서 다시는 그녀와 연락을 하지 않고 도망가 버렸다.

그 후로 그녀는 언제나 혼자였다. 혼자인 게 편했다. 그런데 갑자기 선이라니. 그것도 우리나라 최대 조직의 2인자라니 기가 막혔다.

눈을 뜨니 미용실이었다. 남자는 그녀를 짐짝 끌고 가듯이 미용실 안으로 밀어 넣고는 출구에 서서 그녀를 감시했다. 도망갈 수도 없는 처지였다. 솔직하게 너무 고집을 부린다면 엄마에게 좋을 게 없었다. 그래서 마음을 접은 서희였다.

미용실에 도착하자마자 머리에서부터 발끝까지 그녀를 장식해 줄 옷과 액세서리들이 한쪽에 준비되어 있었다.

자신을 위해 준비된 건데 하나도 기쁘지 않았다. 이건 오빠가 자신을 위해 한 일이지 그녀를 위해 준비한 것이 아니었다.

"이거 다 임우진 씨가 준비해 준 건가요?"

오빠는 자기에게 쓸 돈은 있어도 그녀를 위해 이런 걸 준비하는 사람은 아닌데 의아한 마음에 직원에게 물었다.

"아닙니다. 이건 태원건설 구 회장님께서 준비해 주신 겁니다. 미래의 며느리를 위해 준비한 선물이라고 하셨습니다."

"구 회장님이요?"

"네. 손님."

구 회장은 그녀도 기억하고 있는 아버지의 지인이었다. 몇 번 그의 사무실에 놀러 간 적이 있었다. 어린 나이에 보기에도 그는 어마어마한 부자였다. 사무실이 끝이 보이지 않을 정도로 넓었던 기억이었다.

그런데 학교에 들어가면서부터는 아버지가 그녀를 데려가지 않아 그 후로 본 기억은 없었다. 그녀의 기억 속의 구 회장은 조폭이라기보다는 동네 아저씨 같아서 그녀도 잘 따랐던 것 같았다. 하지만 그때의 일을 구 회장처럼 바쁜 사람이 기억할 것 같지는 않았다. 너무 오래전의 일이었다.

"앉으세요."

헤어부터 메이크업까지 정성스럽게 받은 서희는 점점 바뀌어

가는 자신의 모습을 보며 살짝 당황했다. 큰 키에 마른 체격인 서희는 며칠 동안 선보는 것 때문에 고민하다 잠도 못 자서 살이 더 빠진데다가 다크서클까지 짙어져서 고민이었는데 메이크업으로 완전히 투명하고 밝은 피부로 변신해 있었다.

거기에 그녀의 커다란 눈도 더 깊어 보이게 화장을 했고 입술도 촉촉하면서 도톰하게 잘 표현되었다. 한마디로 다른 사람이 앉아 그녀를 보는 것 같았다.

"다 됐습니다."

아침부터 저녁까지 모든 스텝이 그녀의 헤어와 메이크업에 매달려서 완성을 시켰으니 안 예쁠 수가 없었다. 정말 거울 안의 여자는 낯설었다. 오늘 한 모든 것들은 그녀의 몇 달 치 수입과 맞먹었다. 이것 또한 구 회장의 선물이라고 했다.

연예인들이나 하는 메이크업은 조폭의 딸이지만 평범하게 살았던 서희와는 동떨어진 것이었다.

"너무 예쁘시다. 당장 광고 촬영을 해도 될 것 같아요. 일반인인데 어쩜, 연예인들보다 더 예뻐요."

원장의 아부 소리에 서희는 멋쩍은 미소를 지었다. 그렇게 준비를 하고 도착한 곳은 서울의 최고급 호텔인 VIP호텔이었다. 로비에 도착하자 호텔과는 어울리지 않게 검은 양복을 입은 남자들이 일렬로 서서 그녀에게 구십 도로 인사를 했다.

"아름다우십니다."

기가 막힌 일이었다. 처음 보는 그녀에게 마치 보스의 부인을 대하듯이 하는 그들을 지나 서희는 호텔 로비 안으로 들어섰다. 그녀의 등장에 호텔의 직원들과 손님들의 시선이 일제히 쏟아졌다.

가뜩이나 어색한 복장인데 사람들의 시선까지 느껴지니 걷는 것도 불편해서 죽을 것 같았다.

Rrrrrr—

멋쩍은 상황에서 전화벨이 울렸다. 우진이란 이름이 액정에 보였다. 다른 때 같으면 받지 않았을 텐데 사람들의 시선을 모른 척하기 위해 전화를 받았다.

"여보세요?"

[아직 안 만났지?]

오빠의 목소리가 잔뜩 기대에 차 있었다.

"아직."

[만나서 잘해. 우리의 미래가 달린 일이니까.]

"알았어."

[대답만 하지 말고 생각 잘해. 네 엄마 생각도 하고.]

"알았으니까 협박하지 마."

서희는 굳은 표정으로 오빠의 전화를 끊었다.

"받지 말았어야 했어."

레스토랑에 들어선 서희는 안을 둘러보았다. 최고의 호텔답게 불편할 정도로 고급스러웠다. 이런 곳은 서희에게 익숙하지 않은 곳이었다. 단정한 유니폼을 입은 매니저가 그녀를 안내했다.

매니저의 뒤를 따르며 서희는 사방을 둘러보았다. 조폭은 언제나 한눈에 알아볼 수 있었기 때문이었다. 짙은 색 양복과 그들만의 짧은 머리는 뒷모습만 봐도 알았다. 체격이 아주 좋거나 아니면 아예 신경질적으로 보일 만큼 마른 체형의 사람들이 많았다.

어떻든지 상관없었다. 단지 이 시간이 빨리 갔으면 하는 바람뿐이었다. 지금 서희는 선보는 상대가 그녀를 마음에 들어 하지 않기를 바라는 마음이었다. 그렇게 되면 오빠도 어쩔 수 없기 때문이었다.

매니저의 안내를 받으며 안으로 들어갈수록 서희는 한 곳만 바라보게 되었다. 다른 사람보다 머리 하나가 더 큰 건장한 체격의 남자였다. 떡 벌어진 어깨와 커다란 키는 뒷모습에서도 카리스마를 뿜어냈다. 솔직히 그녀의 이상형에 가까운 모습이었다. 서희는 자신을 폭 안아 줄 남자가 좋았다.

여자로서 큰 키의 서희는 자신을 내려다볼 수 있는 키의 남자가 이상형이었다. 아침마다 그녀의 카페를 찾는 그 운동복의 남자처럼 말이다.

저런 사람이 조폭일 리가 없었다. 남자에게선 조폭의 느낌이 없었다. 하지만 시선이 가는 남자 외에는 테이블에 사람이 없었다. 아무리 봐도 조폭 같아 보이진 않는데 이상했다. 매니저가 발길을 멈춘 곳은 남자가 앉은 자리였다.

"좋은 시간 되십시오."

매니저는 자리를 떴고 그녀는 남자의 옆에 서게 되었다.

"안녕하세요?"

그녀가 남자를 향해 인사했다. 그녀의 인사에 남자가 자리에서 일어나 그녀를 내려다보았다. 순간 둘의 시선이 공중에서 부딪쳤다. 차갑고 어두운 슬픈 눈동자가 그녀를 바라보았다.

"어?"

"……."

서희는 아침마다 보는 얼굴을 마주했다.

"이래서 오늘 아침엔 문을 열지 않았군?"

남자의 낮은 저음이 그녀의 귀를 사로잡았다. 미소포니아(청각 과민증)도 아닌데 남자의 목소리에 서희의 몸은 과민한 반응을 보였다. 온몸에 소름이 돋았다. 솜털 하나까지도 그에게 반응하는 것 같았다.

"앉아요."

"……네."

남자가 매너 좋게 그녀의 의자를 빼 주었다. 그녀가 알고 있는 조폭과는 다른 분위기의 사람이었다. 이런 일을 할 거라고는 생각도 못 했는데 이상했다.

"이렇게 만나게 될 줄은 상상도 못 했어요."

"그런가?"

남자는 다소 냉소적으로 말했다. 마치 그녀가 의도적으로 그에게 접근한 게 아니냐는 느낌이었다.

"전 다른 일을 하시는 줄 알았어요. 군인이나 형사나……."

"전혀 반대의 일을 하지."

남자는 관심이 없다는 투였다. 괜히 남자의 눈치를 살피게 되는 서희였다.

"전 아버지와 오빠가 그런 쪽의 일을 해서 솔직히 남자 친구까지, 아니 미래의 남편까지 같은 일을 하는 건 싫어요."

"그런데?"

"그런데 어떻게 하다 보니 이렇게 나오게 됐어요."

남자는 그녀가 마음에 안 드는 게 분명했다.

"제가 혹시나 마음에 안 드시는 거라면……."

"……."

"아니, 마음에 안 드셨으면 좋겠어요."

남자의 한쪽 눈썹이 올라갔다. 그 모습도 멋지게 느껴지는 건 왜일까?

"왜지?"

"오빠가 헛된 꿈을 꾸지 않기를 바라니까요."

"헛된 꿈이라⋯⋯."

"솔직하게 엄마 때문에 나왔어요. 여기에 안 나가면 엄마의 요양비를 끊겠다고 해서요."

남자가 알 수 없는 표정으로 그녀를 보았다. 안 믿는 눈치였다. 그의 입장에서 보면 그녀는 카페 사장이니까 돈을 잘 벌 거라 생각할 수도 있을 것 같았다.

"제가 카페를 하긴 하지만 카페는 오빠의 소유거든요. 거기서 제 생활비와 운영비, 엄마의 요양비가 나와요. 그 외에는 가져가는 게 없죠."

"그런데 이 자리에 안 나오면 요양비를 끊겠다고 했다고?"

"네, 오빠는 엄마를 증오해요. 아버지가 엄마 때문에 돌아가셨다고 생각하거든요."

그런 깊은 이야기까지는 하고 싶지 않았지만, 다시 볼 사람도 아니라서 더 편하게 말할 수 있었다. 그의 깊은 눈이 오롯이 그녀를 향해 있다는 것도 그녀의 말을 끌어내는 데 한몫했다.

"그래서 이 자리에 나왔다?"

"네."

"그런 이유로 나와 결혼하겠다고?"

그녀의 말을 알아들은 줄 알았는데. 서희는 엉뚱한 소리를 하는 그를 굳어진 얼굴로 보았다.

"결혼이 아니라 선을 보는 거죠."

"그게 그거 아닌가?"

"다르죠."

"뭐가 다르지? 서로 확인할 거 다 하고 얼굴만 확인하러 나온 게 아닌가?"

그는 서희를 속물로 보는 것 같았다.

"아니죠, 마음에 들지 않으면 거절할 수도 있죠."

"내 사진을 안 보고 나왔어?"

"지나친 자신감이네요. 그냥 통보만 받았어요."

그가 머리를 갸우뚱거렸다.

"제 사진은 보셨어요?"

"아니, 서류는 줬지만 귀찮아서……."

그도 확인하지 않았으면서 서희한테만 뭐라고 한 거였다. 정말 알 수 없는 사람이었다.

"내가 마음에 안 드나?"

"제가 마음에 드세요?"

"난 마음에 들어."

"……."

할 말이 없었다. 그들의 시선이 공중에서 부딪쳤다. 그의 말에 기분이 좋은 건지 아니면 싫은 건지 도무지 알 수 없는 복잡한 감정이 들었다.

"농담할 때는 아닌 것 같은데요?"

"마음에 들어. 난 농담 같은 건 안 하는 사람이야."

서희는 그의 단호한 말에 놀란 눈으로 그를 보았다.

"내 느낌이긴 하지만 카페에서 날 보는 눈빛은 관심이 있던데……. 아니었나?"

"……."

정곡을 찔린 서희는 온몸이 달아오르는 부끄러움을 느꼈다.

"그, 그건 누군지 몰랐을 때고요."

말까지 더듬었다.

"지금은?"

"지금은…… 아니에요."

"날 거절하면 어머니의 요양비는?"

이번엔 그가 그녀를 협박하는 것 같았다.

"난 완벽한 남편은 못 될 거야. 될 생각도 없고. 다만 필요 때문에 하는 결혼이니까 난 할 거야. 문제 있나?"

"네?"

"난 여자에게 관심이 없거든. 물론 남자가 취향인 것도 아니야. 일이 바쁘기도 해서 말이지."

"그럼, 가짜 결혼 같은 건가요?"

"완전히 가짜는 아니지. 내가 서희에게 손을 대지 않겠다는 것 빼고."

"……."

그의 말이 이해가 되지 않았다.

"평범한 부부는 아닐 거란 말이야."

"그럼 혼인신고만 하고 같이 안 사는 건가요?"

"그건 아니고. 아버지가 계시니 같이 살아야겠지. 안 그러면 안 믿으실 분이니까."

꼬르륵.

그때 서희의 배꼽시계가 요란하게 울렸다.

"밥부터 먹어."

하루 종일 굶었던 서희는 일단 모든 의문을 뒤로 한 채 밥을 먹기 시작했다. 솔직하게 지금은 먹는 것에만 집중하고 싶었다. 옷 때문에 아침부터 거른 서희는 솔직하게 접시라도 씹어 먹을 지경이었다. 그녀는 그가 앞에 있든 말든 스테이크를 다 먹어 치웠다.

"배가 고팠나 보군?"

"아침부터 아무것도 먹지 못해서 그래요."

"더 먹어."

그가 자신의 스테이크를 그녀의 접시 위에 올려놓았다. 이런 자상한 면은 없을 줄 알았는데 의외의 모습이었다.

"호텔 음식은 양이 너무 적어."

"맞아요."

처음으로 그와 통했다. 서희는 지민의 말에 격하게 동의하며 그가 준 것도 다 해치웠다.

"우리, 결혼하는 건가요?"

불쑥 말이 튀어나오고 말았다. 실수한 것일까? 괜한 걸 물었다는 생각이 들었다.

"아마 그렇지 않을까? 우리 집 보스가 원하는 일이거든."

"원래 아버지 말씀을 이렇게 잘 듣는 편인가요?"

의외의 모습이 여기저기서 보였다. 물론 그녀가 가지고 있는 조폭의 편견을 말끔하게 해소하진 못했지만.

"내가 몇 년 전에 대형 사고를 쳤는데, 그걸 무마해 주는 대가로 아버지가 원하는 거 한 가지는 해 주기로 했거든. 그게 뭐가 됐든지 간에."

"결혼이 그런 건가요?"

"맞아."

서희는 그와의 결혼은 어쩔 수 없는 일이라는 걸 느낄 수 있었다.

식사를 마친 그들은 기약 없이 헤어졌지만, 서희는 곧 다시 만날 것 같다는 느낌을 강하게 받았다. 호텔에서 지민과 헤어진 서희는 택시를 타고 집으로 향했다. 지민은 데려다준다고 했지만, 그녀가 거절했다.

지민과 마주 앉아 있는 것만으로도 심장이 터질 것 같은데, 좁은 공간에 그와 딱 붙어서 앉는다면 정말 심장마비로 죽을 것 같았기 때문이었다. 서희는 택시 안에서 창밖을 바라보았다. 화려한 조명이 유난히도 밝게 빛났다. 화려한 서울의 하늘 아래 그녀는 너무나 초라했다.

쿵!

순간 서희의 고개가 뒤로 젖혀질 정도로 뒤에서 강하게 차가 박았다. 신호 대기 중이던 택시를 뒤차가 그대로 들이받은 것이었다.

"제기랄! 오늘 되는 일이 없더라니……. 넌 오늘 죽었어."

기사 아저씨가 목덜미를 잡으며 택시에서 내렸다. 서희가 괜찮은지 묻지도 않았다. 정말 화가 난 모양이었다. 요란한 소리가 들릴 줄 알았는데 밖은 의외로 조용했다. 서희는 일이 다 마무리될 때까지 밖은 신경 쓰지 않고 차 안에 앉아 택시 기사가 돌아오기를 기다렸다. 마음 같아선 다른 택시를 잡아타고 싶었지만 그렇게 하지는 않았다.

그러기엔 지금 서희의 머릿속은 혼돈 상황이었다. 그녀가 평소에 마음에 들어 하던 남자가 선보는 자리에 나와서 더 혼란스러웠다.

똑똑!

누군가 그녀가 앉은 곳의 창문을 두드렸다. 옆을 보니 딱 봐도 건달 같아 보이는 남자가 서서 그녀를 보았다. 내리지 않으려고 했지만 그가 차 문을 먼저 열었다.

"괜찮으십니까?"

의외의 말이었다.

"괜찮아요."

목이 좀 아프긴 했지만 다친 건 아니었다.

"잠깐 내리셔야겠습니다."

"왜요?"

"기사분은 합의했는데 아가씨도 합의를 해 주셔야 할 것 같아서요."

남자의 얼굴은 합의와는 무관하게 쓸데없이 굳어 있었다. 할 수 없이 차에서 내리자 그가 앞장서서 사고가 난 차주 앞으로 그녀를 데리고 갔다. 차주인인 것 같은 남자는 조직의 보스 같은 모습이었다.

아니, 조직의 보스였다. 가까이서 보니 그는 바로 최일식이었다. 죽여 버렸어야 했는데 그때 기회를 놓친 게 안타까웠다.

짙은 회색 양복을 입은 그는 머리 색도 회색이었다. 3년의 세월 동안 그도 늙었다는 생각이 들었다. 명품으로 온몸을 도배한 그가 서희를 위아래로 훑어보았다.

"괜찮나?"

반말이 귀에 거슬렸다. 그게 최일식이라서 더 싫었다.

"네."

서희는 인상을 쓰며 답했다.

"내 명함이니까 받아 둬."

서희는 일식의 명함을 보지도 않고 주머니에 넣었다. 옆에 있는 택시 기사는 뭐가 그리 좋은지 연신 싱글벙글이었다. 돈이라도 받은 모양이었다.

"택시는 운행이 어려울 것 같으니 내 차로 가지."

"괜찮아요, 다른 택시 타면 돼요."

최일식과 한 차에 타고 싶지 않았다. 다행히 그는 그녀를 알아 보지 못한 것 같았다.

"그건 아니지. 우진이 동생을 그냥 이렇게 보낼 수는 없지."

"……오빠를 아세요?"

일부러 모른 척하며 말했다. 남자의 얼굴은 쉽게 잊을 수 있는 얼굴이 아니었다. 마치 뱀을 연상시키는 얼굴이었다. 뭔가를 숨기고 뒤통수를 칠 것 같은 간교한 인상이었다.

"너무 잘 알지."

남자는 매너 있어 보이려고 애를 썼다. 하지만 그녀 앞의 사람은 최일식이었다. 아버지를 죽게 하고 엄마를 그렇게 만든 사건의 배후 인물이었다. 매너라니 웃기는 말이었다.

서희는 굳어진 얼굴로 일식을 바라보았다.

"그럼 어서 타. 난 더위는 딱 질색이거든."

열대야의 연속이었다. 낮보다는 덜했지만 8월의 더위는 밤에도 기승을 부렸다. 서희는 원수인 최일식과 이야기를 하고 싶다는 생각이 들어 그의 차에 몸을 실었다. 이렇게 최일식을 우연히 만나다니 어쩌면 이게 기회가 될지도 모른다는 생각이 들었다.

"집이 어디지?"

"논현동이요."

"논현동으로 가지."

"네, 사장님."

기사가 차를 출발시켰다.

"가까이 보니 더 미인이군."

그의 말이 귀에 거슬렸다.

"우진이가 어찌나 동생 자랑을 하는지 말이야."

"……"

"선수를 빼앗긴 게 기분 나쁠 정도로 미인이야."

선수를 빼앗기다니? 그렇다면 그는 서희가 선본 사실을 안다는 말이었다.

"저에 대해 많이 아시네요."

"관심이 있으니까."

점잖게 말하고 있었지만, 그의 눈은 뱀의 교활함을 품고 있었다. 마치 먹잇감을 놓친 뱀의 표정이었다.

"무슨 말씀이신지……."

"얼마 전에 우진이가 찾아와서 동생을 주면 자신의 조직을 도와 주겠냐고 묻길래, 웃었지. 속으로 미친 녀석이라고 생각했거든."

"오빠가요?"

"동생을 미끼로 조직을 키운다는 녀석을 나는 제정신이 아니라고 생각해서 돌려보냈지."

"오빠가 미친 게 분명하네요. 사장님은 유부남이신데……."

그가 결혼했다는 사실은 알고 있었다. 그의 부인이 유명한 영화배우였기 때문이었다.

"그게 중요한가? 뭐든 많은 게 좋지."

그는 오빠와 똑같은 인간이었다.

"전 오늘 태원건설 부회장님과 선봤어요."

"알아, 태원건설 부회장의 부인이 되고 싶어?"

"무슨 말씀을 하시려는 건가요?"

"이렇게 미인을 불행하게 하고 싶진 않아서."

"알아듣게 말씀하세요."

마치 뭔가를 알고 있는 것처럼 말했다.

"녀석은 남자 구실을 못 하지."

"……."

그가 서희의 머릿속에 있던 의심을 직설적으로 말해 주고 있었다.

"예전에 사건이 하나 있었는데 그때 한 놈이 부회장의 물건을 칼로 베어 버렸다는 말이 있어. 수술은 했지만 남자 구실을 못 한다고 들었지."

"모함이 심하시네요."

"사실이야. 그런 녀석에게 시집을 가느니 유부남이긴 하지만 변강쇠인 내가 낫지 않겠어?"

그는 지금 서희를 바보 취급하고 있었다.

"무슨 말씀을 하시는지 이해가 가질 않는군요."

"똑똑한 아가씨가 말귀를 못 알아듣는군, 평생을 도 닦으며 살게 될지도 모른다는 말이야. 그러니 결혼을 하지 말라는 소리기도 하고."

"아!"

그가 갑자기 그녀의 턱을 강하게 잡아 그를 마주 보게 했다.

"우리 사이에 작은 오해가 있다는 걸 알아. 하지만 그 일은 내가 한 일이 아니야. 아버지의 죽음과 난 무관하다는 말이야. 그건 경찰이 입증해 주었지."

"그런가요? 그래도 오늘 이야기는 못 들은 거로 하죠."

그녀가 그의 손에 잡힌 턱을 신경질적으로 뺐다.

"장미엔 가시가 있어야 제맛이지. 그리고 말이야. 한 가지 제안을 할까 하는데……."

이건 또 무슨 소린지. 그녀가 차 문을 열려고 하자 일식이 그녀의 팔을 잡았다.

"구지민에 대한 정보를 주면 내가 1억 원을 주지. 물론 결혼해서 유용한 정보를 준다면 그때는 돈을 더 줄 거야. 알아본 바로는 돈이 필요한 것 같던데……."

"……."

"그리고 섹스 파트너도 해 줄 수 있어. 결혼하고 독수공방은 너무 가혹한 일이니까. 이선 신심이야."

자존심이 너무 상했다. 가난하다고 선본 남자의 정보를 팔고 몸까지 팔 여자로 보다니. 일식의 얼굴을 치고 싶은 심정이었다.

"어때? 서로 좋은 것 아닌가?"

"거절할게요."

"난 사람 하나 보내는 건 어렵지 않아. 오빠를 보내면 덜 슬플 테니까. 엄마를 보내는 게……."

"이봐요!"

그가 정말 그렇게 하고도 남을 인간이라는 걸 알았다.

"그러니 입조심하고 생각해 봐. 맞다. 아직도 칼 가지고 다니나? 매력적이긴 한데 위험한 물건을 이렇게 예쁜 여자가 가지고 다니면 안 되지."

그의 손을 뿌리친 서희가 차에서 내렸다.

"들어가세요."

너무 화가 나서 호흡이 거칠어진 서희는 이를 악물고 인사를 했다. 도망치듯이 가고 싶진 않았다.

"그런데 오늘 사고는 고의로 내신 건 아니죠?"

"그럴 리가."

"……알겠습니다."

오피스텔 앞에 도착한 그녀는 차에서 내린 뒤에 뒤도 돌아보지 않고 빠른 걸음으로 집으로 향했다.

"정말, 기가 차게 재수 없는 하루야."

그녀는 자신의 신세를 한탄하며 침대에 누웠다. 그리고 뜬눈으로 밤을 지새웠다.

2

연우는 당직을 선 후에 근처 백화점을 찾았다. 오늘은 그녀의 절친인 서희의 생일이었기 때문이다. 주말에 선본 것도 궁금하고 생일 축하도 해 줄까 싶어 그녀는 서희의 카페로 가기로 했다. 선물을 사기 위해 백화점에 들른 연우는 지난번에 봐 둔 아이섀도를 사기 위해 매장을 찾았다. 서희의 예쁜 눈에 깊이를 더해 줄 푸른색 계열의 아이섀도였다. 그날도 사람이 많았지만, 오늘은 유달리 사람이 많았다.

명품 화장품들이 자체 세일을 하기 때문이었다. 그녀가 샘플을 손가락으로 집자 판매 사원이 난감한 표정을 지었다.

"어쩌죠? 저기 손님께서 마지막으로 제품을 사셨어요. 다음 입고되면 연락드릴게요."

"얼마나 걸리죠?"

"일주일 정도 걸릴 거예요."

"안 되는데……."

"워낙 인기 상품이라서요. 저희도 어쩔 수가 없네요. 아니면 저기 손님께서 세 개를 구매하셨는데……."

판매 사원의 말이 끝나기도 전에 연우의 발길이 남자에게로 향했다.

"저기요?"

포장 중인 상품을 보고 있던 남자가 그녀를 향해 고개를 돌렸다. 그녀는 손가락으로 아이섀도 하나를 가리켰다.

"오늘이 제 가장 친한 친구의 생일인데 제가 저 아이섀도를 꼭 선물하고 싶거든요. 하나만 저에게 양보해 주시면 안 될까요?"

"……."

남자가 그녀를 빤히 바라봤다. 뭔가 기억하려는 얼굴이었다.

"오늘이 생일이라서 다음 입고까지는 기다릴 수가 없어요. 지난주에 살걸, 젠장."

그녀는 순간 입을 손으로 막았다. 쓸데없이 속에 말까지 나온 것이었다.

"제가 하나를 드리면 전 뭐가 좋을까요?"

"천당에 가장 좋은 자리를 차지하실 수 있을 거예요."

"아하!"

"네, 암요. 제가 그 자리를 비워 드릴게요."

"그건 좀……."

남자가 미소를 지으며 고개를 갸웃거렸다. 그 모습이 상당히 멋지게 보였다.

"뭘 해 드릴까요? 설마, 웃돈을 바라시는 건 아니죠?"

"제가 그렇게 보입니까?"

"아뇨……."

그녀는 절망 어린 표정을 지으며 고개를 떨구었다. 남자가 잘생기기는 했지만, 모르는 남자와 이런 식의 농담을 하는 건 별로 기분이 좋지 않았다.

"받아요."

"네?"

"천국의 자리를 준 대가라고 해 두죠."

"……."

그가 그녀의 손위에 선물 포장이 된 작은 쇼핑 백 하나를 올려 주었다. 그리고는 커다란 쇼핑백을 들고는 자리를 뜨려고 했다.

"이보세요!"

그가 뒤를 돌아봤다.

"혹시 점심 식사하셨어요?"

남자가 그녀를 잠시 내려다보았다.

"마침 배가 고프려던 참이었죠."

"여기 레스토랑이 잘해요."

"1시간 정도 시간이 있으니 괜찮을 것 같습니다."

남자의 말에 연우가 미소로 답했다. 그들이 함께 이동하는 내내 백화점 사람들의 시선이 남자에게 향했다. 귀하게 자란 도련님 느낌이 물씬 풍기는 남자였다. 키도 크고 생긴 것도 꽃미남에 완전 그녀의 스타일이었지만, 그는 여자 친구에게 줄 화장품을 잔뜩 사들고 가는 남자였다.

레스토랑은 지난번에 오빠와 같이 온 적이 있었다. 오빠는 그녀에겐 아빠 같은 존재였다. 부모님이 일찍 돌아가셔서 그런지 그녀를 잘 챙겨 주었다. 아니, 때로는 과보호를 해서 그녀가 짜증이 나기도 했다.

"자주 오시는 곳인가 봐요?"

"아니요, 친오빠와 함께 온 적이 있어요."

"친오빠와……."

그가 친오빠라는 말을 강조하자 부끄러움 생각이 들었다. 차라리 남자 친구랑 왔다고 할걸.

"그냥, 온 적이 있는데 이 집은 스테이크가 일품이에요."

주문을 마친 후에 그가 연우를 뚫어지게 바라보았다.

"구하준입니다."

"한연우예요."

소개하고 나니 기분이 더 묘해졌다.

"여자 친구분께 선물하시나 봐요?"

"이거요?"

그가 쇼핑백을 손으로 잡으며 말했다.

"여자 친구들 거죠."

"여자 친구들?"

"그건 농담이고 이번에 고생한 직원들에게 줄 선물입니다. 남자 화장품도 있죠."

"아……."

안심이 되는 건 왜일까? 이건 선물이지만 여자 친구가 있을 수도 있는데 말이다. 그녀의 표정을 살피던 하준이 그녀에게 말했다.

"현재 여자 친구는 없습니다."

하준의 눈빛이 장난스럽게 빛나고 있었다. 농담인지 진담인지 알 수 없게 말이다.

음식이 나오고 연우는 음식에만 집중하려고 노력했지만, 자꾸 남자를 곁눈질로 보게 되었다. 이건 그가 너무 잘생긴 탓이었다.

식사를 마친 후에 인사하고 헤어지려는데 그는 끝까지 연락처를 묻지 않았다. 식사하는 내내 그가 자신을 마음에 들어 하는 줄 알았는데 아니었던 모양이었다. 실망한 연우는 그렇게 김칫국을 사발로 마신 자신을 원망하며 발길을 돌렸다.

"생일 축하합니다. 생일 축하합니다! 사랑하는……."

케이크를 들고 카페 안으로 들어서던 연우가 걸음을 멈추고 멍한 얼굴로 멈춰 섰다. 서희는 그런 연우를 보며 하마터면 마시던 물을 뿜어낼 뻔했다. 그도 그럴 것이 갑작스럽게 이벤트 회사에서 그녀의 생일 현수막을 다는 바람에 서희도 당황스러워 물을 마시던 중이었기 때문이다.

"후……."

서희는 연우 앞으로 가서 케이크의 불을 껐다.

"저건 뭐야?"

"내 생일 축하 현수막."

"그러니까 제 사람들이 왜 저걸 붙이냐고?"

"이번에 선본 사람의 아버지가 보내 주신 거야."

연우가 여전히 놀란 얼굴로 그녀를 바라보았다.

"너 그 집에 시집가는 거야?"

"……아마도."

서희는 담담하게 말했다.

"한 번 만나고 결혼을 해?"

"잘 모르겠지만 그렇게 될 것 같아."

"그게 말이 돼?"

연우는 놀랐는지 계속해서 질문 폭탄을 쏟아냈다.

"마음에는 들어?"

"인연인지 악연인지······. 우리 집에 아침마다 오는 남자 손님 얘기했었지?"

"응, 완전 눈 돌아가게 잘생겼다고 말했던 남자?"

연우가 그녀의 표정을 살피더니 케이크를 테이블 위에 올려놓고 그녀의 손을 잡았다.

"설마······."

"맞아, 그 사람이야."

"그건 완전 인연이지. 이런 로맨스가 어디 있어? 우연한 만남······. 넌 전생에 나라를 구한 거야. 언제 보여 줄 거야. 내일 아침에 올까?"

"실망할 말이지만 선본 이후에 못 봤어."

"왜?"

연우가 그녀보다 더 아쉬워하는 것 같았다.

"나도 모르겠어. 불편해서가 아닐까?"

"네가 불편한데 그 사람 아버지가 이런 선물을 보내?"

"그런가? 그래도 연락 없었어."

선본 이후에 그는 모습을 보이지 않았다.

"전화는?"

"그것도."

"뭐야? 그 남자는 너 마음에 안 들어 해?"

"모르겠어."

"마음에 드니까 자기 아버지에게 말한 거고 그러니까 이런 선물이 온 거지."

"아니야, 그분은 우리 아버지 친구분이셔. 어릴 땐 날 귀여워해 주셨거든."

"그렇다고 마음에 안 드는데 이렇게 보내?"

하긴 연우의 말이 맞았다. 현수막도 현수막이지만 장미 꽃바구니는 딱 봐도 비싸 보였다.

"다 됐습니다. 그리고 생일 축하드립니다."

"감사해요."

이벤트 업체 사람들이 카페 벽면에 현수막을 붙이고 장미 꽃바구니로 장식을 해 주고는 사라졌다.

"그냥 돈으로 주지."

"하여튼 서희 넌 로맨스를 몰라."

서희는 이런 식의 이벤트를 좋아하지 않았다.

"다 쓰레기야. 종량제 봉투값도 들고."

"예쁘기만 한데 뭐. 난 솔직히 부럽다."

연우는 두 손을 마주 잡고는 현수막을 꿈꾸듯이 바라보았다. 그 모습을 보며 미소 짓는데 갑자기 카페 안으로 지민이 들어왔다. 너무 놀란 서희는 그 자리에 얼어붙어 버렸다.

"여긴 어떻게……."

"아버지가 가 보라고 하셔서……. 이유가 있었군."

그도 커다란 현수막을 보았다. 운동복이 아닌 정장을 입은 그의 모습은 숨이 막힐 정도로 매력적이었다.

"더운 날 태어났군."

"엄마가 고생하셨죠."

그를 넋을 놓고 보고 있는 건 서희만이 아니었다.

"안녕하세요?"

연우가 마치 연예인을 보는 눈빛으로 지민을 바라보았다.

"승진이 동생이군."

"절 아세요?"

지민의 말에 연우는 놀란 토끼 눈을 하고 있었다. 솔직하게 서희도 지민이 연우를 안다는 사실에 놀랐다.

"우리 회사 직원 중에 모르는 사람이 있을까?"

"태원건설 다니세요?"

"맞아."

비서인 승진 때문에 연우의 얼굴을 아는 모양이었다.

"절 어떻게 아시는지……."

"승진이의 책상 위에 모니터만 한 사진이 있거든."

"그거 제가 장난으로 준 건데……. 정말 책상 위에 있어요?"

"승진이는 원래 말을 잘 듣지."

그때 문이 열리더니 장미꽃과 쇼핑백을 든 승진이 카페 안으로 들어왔다.

"오빠."

"연우야? 네가 여기에 왜 있어?"

"여기가 서희 카페야."

서희가 승진을 보며 고개를 숙이자 승진도 같이 고개를 숙였다. 이건 친구 오빠가 친구에게 하는 인사가 아니었다.

"부회장님, 이거……."

지민에게 장미꽃과 쇼핑백을 전해 준 승진은 연우의 손을 잡고는 밖으로 나갔다.

"오빠, 왜 이래……."

연우는 눈치 빠른 승진의 손에 이끌려 밖으로 끌려 나갔다.

"생일 축하해."

"감사해요."

선물과 꽃바구니를 받으며 그에게 감사 인사를 했다.

"감사 인사는 구 회장님께 해. 이것도 구 회장님이 준비한 거니까. 난 여기 와서 생일인 줄 알았어."

지나치게 솔직한 사람이었다.

"그럴게요. 감사 인사는 대신 전해 주세요."

어색한 침묵이 흘렀다.

"커피 드릴까요?"

"아이스 아메리카노."

그녀는 커피를 만들고 연우가 사 온 케이크를 잘라 그에게 가져다주었다.

"항상 느끼는 거지만 커피 향이 좋아."

"여기서 로스팅을 해서 더 좋게 날 거예요. 원래 빵 굽는 냄새 때문에 빵을 사잖아요."

"고도의 전략이군."

지민은 묘한 표정으로 그녀를 바라보았다. 오늘은 그의 눈동자에서 슬픔은 느껴지지 않았다. 지나치게 깊은 눈동자였다.

"고도의 전략이라기보다는 제가 커피에 쏟는 정성을 보여 주고 싶은 거죠."

지민의 눈길을 피하며 말했다. 심장이 미친 듯이 뛰기 시작했기 때문이었다.

"그래서 카페 이름이 커피 명가인가 보군. 하지만 결혼하게 되면 카페 문은 닫아야 할 거야."

"……그래야 한다면 그래야겠죠."

"순종적이군."

"순종적이진 않지만, 분쟁은 싫어하죠."

그가 한참 동안 서희를 바라보았다. 그의 깊은 눈동자 안에 온전히 그녀의 모습이 담겨 있었다. 기분이 아주 묘했다. 서희는 그녀가 준 커피와 케이크를 깨끗하게 비우고 있는 그를 말없이 바라보았다. 어쩜 정수리까지도 멋진 건지 외모는 완전히 여자들의 로망이었다.

그가 고개를 들어 그녀를 바라보았다. 불꽃이 튀지는 않더라도 뭔가 관심을 가지는 눈빛이었으면 좋았을 텐데, 그녀를 바라보는 그의 눈빛은 공허했다.

서희와 커피 한 잔을 마신 후에 카페를 나오는 지민의 머릿속은 복잡했다. 단순히 결혼하기 위해 여자를 만나야 한다니 기분이 좋지 않았다. 지민은 서희를 제대로 바라보지 않았다. 이상하게 서희를 보면 자꾸 소현이 생각나기 때문이었다. 그 때문에 아침마다 수많은 카페를 놔두고 집에서 한참이나 먼 이 작은 카페를 찾았는지도 모른다.

3년의 세월이 흘렀지만, 그의 마음에 아직도 상처로 남아 있는 소현이었다. 어머니 이후에 누군가에게 처음으로 정을 주었던 여자는 소현뿐이었다. 어머니는 유방암으로 세상을 떠나셨다. 아버지와는 특별하게 사이가 좋을 것도 나쁠 것도 없는 결혼 생활을 하셨던 어머니였다.

하지만 언제나 그들 형제를 보며 바쁜 아버지를 대신해서 많은 사랑을 주신 분이었다. 어머니가 돌아가신 후에 그는 어머니의 사랑이 그들에게만 향했던 게 아니라 아버지에게도 향해 있었다는 걸 알게 되었다.

그는 어머니 장례식장에서 처음으로 아버지의 눈물을 보았다. 어머니가 돌아가시고 홀로 남겨진 아버지를 보며 그는 아버지가 얼마나 어머니를 사랑하셨는지 알게 되었다. 부부 사이는 정말 그들만 아는 것이었다.

그에게 소현은 어쩌면 어머니 같은 존재였을지도 모른다. 우리나라 최고의 배우였지만 소현은 그에게 따뜻한 여자였다. 그런데 3년이 지난 지금 소현처럼 따뜻한 미소를 가진 여자가 나타났다.

"부회장님."

그때 동생과 함께 사라졌던 승진이 그의 차에서 내리며 그를 불렀다.

"승진아, 술이나 한잔하자."

그는 승진을 데리고 그의 집 근처에 있는 직은 실내 포장마차로 향했다. 그의 수하로 있다가 손을 씻고 새 생활을 하는 은혁이 운영하는 곳이었다. 회사에는 S대 출신의 승진이 있다면 조직에서는 나는 새도 떨어뜨린다는 은혁이 있었다.

하지만 그의 오른팔인 은혁은 3년 전 그가 소현의 복수를 하던 날 이후로는 손을 씻었다. 은혁의 눈앞에서 지민이 중요 부위에 칼을 맞았기 때문이었다. 지민을 지키지 못한 죄책감에 은혁은 손을 씻은 것이었다.

"부회장님 오셨습니까?"

"그래, 소주 한잔하려고."

"네, 준비하겠습니다."

은혁은 빠르게 대답을 하고는 포장마차의 문을 닫아 버렸다. 그렇게 하지 말고 손님을 받으라고 해도 소용이 없었다.

"오늘은 오돌뼈가 맛있습니다."

"그걸로 줘."

은혁이 안주를 준비하는 동안 지민은 굳은 얼굴로 빈 술잔을 손가락으로 돌렸다.

"무슨 일 있어?"

퇴근 후에는 친구 모드로 변하는 승진이 걱정스러운 얼굴로 그를 보며 물었다.

"아니, 없어."

"아닌데?"

어릴 때부터 친구인 승진은 그의 표정만으로도 그가 어떤지 알아차리는 친구였다.

"연우 친구인 서희가 그분일 줄은 몰랐어."

"……잘 알아?"

"따로 만난 적은 없지만, 사진으로 본 적은 있어. 그리고 우리 연우가 서희 얘기밖에 안 해서 귀에서 딱지가 생길 정도야. 예쁘고 착하고 공부도 잘하고……. 아 참, 오빠가 조폭이라고 했던 것 같은데?"

승진이 그의 눈치를 살폈다.

"맞아, 강남파 두목이지. 지금은 거의 와해 직전인 곳이야."

"서희만 보면 집안에 그런 사람이 없을 것 같은데……."

"조폭들은 일반인들에게 인기가 없지."

"두려움의 대상이기도 하고 좀 무식한 느낌도 들고. 하지만 그것도 사람마다 다르지."

소주와 안주가 나오고 두 친구는 술잔을 기울였다.

"결혼은 안 할 줄 알았어."

"하기 싫어. 단지 약속은 약속이니까. 아버지 덕분에 우리 애들도 감방에 안 들어갔고."

그 당시 아버지가 손을 쓰지 않았다면 그가 데리고 있던 동생들 중의 상당수가 감옥에 갔을 것이다. 지금도 그날의 피 냄새가 그의 코 가를 맴돌았다.

"천하의 구지민이 아버지의 말을 이렇게 잘 들을 줄은 몰랐다."

"……."

승진은 믿기 힘들다는 표정이었다.

"최일식은 요즘 어때?"

"지난번에 서희에게 접근한 이유로 별 소식 없어."

"서희에게 무슨 말을 했을까?"

"아마도 너에 대한 흠이겠지? 둘이 선본 거 알고 있으니까."

그가 사내구실을 못 한다는 소문은 최일식 쪽에서 흘리고 다닌다는 걸 알고 있었다.

"비열한 새끼."

언젠가는 최일식의 목을 그의 손으로 비틀어 버릴 생각이었다.

"옛일은 잊어. 지금은 최일식의 영웅건설은 우리 태원건설의 상대도 되지 않으니까."

승진은 단호하게 말했다. 3년 전에는 최일식이 거느린 부산파가 유력 정치인을 등에 업고 승승장구하던 시기였다. 그래서 이미 태원건설이 선정된 수주를 중간에서 가로채기도 하고 허가가 날 수 없는 땅에 허가를 받기도 하면서 최일식의 영웅건설도 갑자기 건설업계의 1위 자리까지 넘보기도 했었다. 그런 상황을 지민 쪽에서 언론에 흘리면서 최일식은 큰 타격을 입었다.

그래서 지민에게 보복한 것이었다. 차라리 그를 죽였다면 괜찮았을 텐데 최일식은 소현을 죽였다. 그게 최일식의 일생일대 실수라는 걸 지민은 알게 해 줄 것이다. 한 차례의 보복으로 끝낼 거라 생각했다면 그건 최일식의 착각이었다.

최일식이 세상에서 사라지는 날까지 지민은 그의 숨통을 조일 것이다.

"서희는 마음에 들어?"

갑자기 승진이 지금까지와는 다른 질문을 해서 지민은 당황했다.

"마음에 드냐고? 갑자기 왜?"

"아버지가 아무리 결혼하라고 했다지만 아무하고 하면 안 될 것 같아서 말이야. 난 너도 행복했으면 좋겠고 연우 친구인 서희도 행복했으면 해서."

"……."

뭐라고 답을 해 줄 수가 없었다. 그러기엔 상황이 너무 복잡했다.

"왜 말이 없어."

"……나중에."

"지금은 모르겠고 나중에 감정이 정리되면 말해 주려고?"

승진이 지금 그의 마음을 대변해 주었다. 술잔을 기울이는 내내 지민은 서희의 얼굴이 떠올랐다. 서희는 그의 신경을 건드렸다. 괜히 상처 주기 싫은 마음이었다.

"잘해 줘."

"어?"

"서희 말이야. 연우의 친구라 그런지 마음이 쓰여."

"……."

지민은 대답 대신에 소주를 단번에 털어 넣었다.

어제 생일 축하 선물로 받은 현수막과 꽃들을 정리하고 집에 간 시간은 1시가 넘은 시각이었다. 어제의 선물은 정말 반갑지 않았 다. 서희는 카페 문을 열며 허리를 뒤로 젖혔다. 오늘은 또 무슨 일이 일어날지 은근히 걱정되기까지 했다.

결혼이라는 무게감이 그녀를 짓눌렀다. 오늘 오후에 엄마가 입 원해 있는 요양병원에 전화를 걸 생각이었다. 어차피 병원에 가 봐야 그녀를 알아보지도 못하는 엄마 때문에 엄마의 증세가 심해 지면서 서희는 병문안을 잘 안 가게 되었다.

마음이 아팠기 때문이었다. 카페 안으로 들어간 서희는 어제와 마찬가지로 장사 준비를 했다. 오늘 카페는 장미꽃으로 장식되어 있었다. 커피 향과 은근히 맞는 장미향이 하루를 준비하는 서희의 기분을 좋게 만들었다.

오픈 준비를 다 한 서희는 의자에 앉아 장미꽃을 손으로 만지며 깊은 한숨을 쉬었다. 엄마가 가장 좋아하던 꽃이 장미였다. 지금 엄마는 뇌를 다쳐서 일곱 살의 지능으로 몇 년을 살다가 지금은 더욱 상태가 안 좋아져서 침대에만 누워서 지내고 있었다.

그런 엄마를 친오빠인 우진, 선본 남자인 지민, 그리고 최일식까지 인질처럼 생각하고 그녀를 겁박했다.

"불쌍한 엄마……."

지금 엄마를 지킬 수 있는 건 그녀뿐이었다. 그때 문에 달린 풍경이 소리를 냈다.

"어서 오세……."

오늘 첫 손님은 지민이었다. 언제나처럼 올 블랙의 운동복 차림인 지민이 아무렇지 않게 아메리카노를 시켰다. 떨리는 손길로 서희는 그에게 아메리카노를 내밀었다. 다른 날 같으면 커피를 받아들고 가는데 오늘 지민은 테이블에 앉았다.

서희의 온 신경이 지민을 향했다.

"카페 일은 재미있나?"

카페에 처음 온 사람처럼 지민은 카페 안을 두리번거리면서 물었다.

"네, 온종일 여기에 있다 보면 잡념이 없어져서요."

그건 사실이었다. 그가 온 시간을 제외하면 서희는 커피에 온전히 집중했다.

"잡념이라면?"

'당신'이라고 말하고 싶었지만, 입술을 지그시 깨문 서희였다.

"이런저런 일들이죠."

"고민이라는 말인가? 예를 들어 어머니의 일 같은 거?"

"맞아요."

그는 덤덤하게 물었고 그녀도 떨리지만 아무렇지 않은 척 답했다.

"운동을 열심히 하시네요?"

매일같이 달리는 건 쉬운 일이 아니었다.

"나도 잡념이 있어서."

"여자 문젠가요?"

"복합적이지."

그의 솔직함에 서운한 마음이 들었다.

"결혼하고 싶은 여자분이 있었나 봐요?"

"예전에."

서희의 머릿속에는 그가 남자 구실을 못 할 정도로 다쳤다는 최일식의 말이 맴돌았다.

"최일식과 만났다고?"

"네?"

갑작스러운 그의 질문에 서희는 당황한 표정을 감출 수가 없었다.

"무슨 말을 했지?"

"……다치셨다고."

서희는 일부만 솔직하게 말했다. 일식이 스파이가 되란 말을 했다고는 하지 않았다. 엄마가 위험해지기 때문이었다.

"그럴 줄 알았지. 사실이야. 다친 것도 사실이고 여자를 안지 못하는 것도 사실이야."

"……."

지민은 담담하게, 아니 마치 남의 일을 말하듯이 자신의 상처를 말했다.

"하지만 난 이 결혼을 할 거야."

지민이 저렇게 단호하게 말하니 서희도 더는 할 말이 없었다.

"왜 하필 저죠?"

"이 모든 걸 감수해야 할 이유가 있으니까."

그는 정곡을 찔렀다. 그의 말이 맞았다. 이 모든 걸 감수해야 할 이유가 그녀에게 분명 있었다.

"커피 잘 마셨어. 이번 주말에 아버지가 보자고 하셔."

"……."

"부담 가질 필요 없어. 그냥 의례 하는 일이라고 생각하면 되는 거야."

"네."

대답은 했지만, 부담이 가지 않는다면 그건 거짓말일 것이다. 서희는 지민을 빤히 바라보았다. 무심코 땀에 젖은 모습도 심장 떨리게 잘생겼다는 생각을 했다.

"이만 일어날게."

"네."

"토요일은 조금 일찍 문 닫아."

"친구에게 부탁하면 돼요."

"그렇게 하든지."

그와 결혼을 한다고는 하지만 엄마의 요양비는 그녀의 책임이 었다.

"아 참, 이번 달부터 어머님의 병원비는 우리 쪽에서 책임질 테니까 신경 쓰지 마."

마치 그녀의 속마음을 읽은 듯이 지민이 말하자 서희는 깜짝 놀라고 말았다.

"네?"

"결혼 준비에만 신경 써 줬으면 좋겠어. 하객들에게 우울한 표정의 신부를 보이기는 싫으니까."

"……네, 감사해요."

그냥 고맙다는 말밖에 할 말이 없었다. 오빠도 그녀에게 속 시원하게 병원비를 책임지겠다는 말을 한 적이 없었기 때문이었다. 이제 결혼 전에 엄마에게 자주 찾아가 봐야겠다는 생각뿐이었다.

지민이 가고 카페를 정리하는데 연우가 카페 안으로 들어섰다. 하지만 연우의 표정이 심상치 않았다.

"왜 그래?"

"아니, 카페 앞에 어떤 남자가 계속해서 기웃거리고 있는 거야."

"그래서?"

"그래서 뭐 하는 거냐고 물었지."

"야, 요즘이 어떤 세상인데 그런 걸 물어? 그냥 무시해야지. 아니면 경찰에 신고하든지. 겁 없이 묻긴 왜 물어?"

서희는 연우가 괜히 다칠까 봐 걱정이었다.

"요즘에 묻지 마 범죄도 많고……."

"걱정하지 마. 내 등 뒤에는 든든한 우리 오빠가 있으니까."

"오빠가 항상 같이 있는 건 아니잖아?"

"알았으니까 잔소리 그만해."

"그 남자가 뭐래?"

"내가 뭐 하는 거냐고 묻으니까 그냥 도망가던데?"

그 말이 더 수상했다. 왜 그녀의 카페를 아침부터 보고 있었던 걸까?

"그나저나 학교 안 가?"

"이번 주까지 방학이시다."

"선생님은 좋은 직업 같아."

"그래도 중간에 당직이면 출근해. 난 제일 밑이라서 당직 일도 많다."

연우와 오전 손님을 맞이하니 심심하지도 않고 좋았다.

"오늘 점심은 뭐로……."

갑자기 카페 안으로 배달통을 든 남자가 들어왔다.

"저희 주문 안 했는데요?"

아침밥을 잘 챙겨 먹는 서희가 아니었다. 그런데 아침부터 음식 배달이라니. 잘못 온 게 분명했다.

"구지민 씨가 보내신 건데요?"

"어머, 구지민? 그 구지민?"

배달해 온 음식은 잔칫집 음식 수준의 한식이었다. 미역국에 따뜻한 밥까지. 연우와 서희는 너무 놀라서 멍하게 테이블에 차려지는 음식을 보고 있었다.

"오늘도 생일이네."

연우가 자리에 앉으라며 손짓했다.

"부회장님이 네가 마음에 무척 들었나 봐. 이런 것까지 준비해서 보내게."

"오늘 아침에 카페에 왔었어."

"정말?"

그녀가 고개를 끄덕였다. 왜 이렇게 잘하는 걸까? 그냥 자신의 단점을 감추기 위해 그러는 것 치고는 과한 것 같았다.

"첫눈에 반했데?"

"아니, 내가 이 사람의 일급비밀을 알거든."

"그 비밀 나도 좀 공유하자. 꽤 쓸모가 있는 비밀인 것 같다."

"……."

지민은 그녀가 마음에 드는 게 아니었다. 결점이 있는 자신과 결혼을 해 주는 그녀가 고마운 것이다. 착각하면 안 되는데 마음이 이상했다.

"이리 와서 먹자. 너무 맛있겠다."

음식을 한 입 먹은 서희는 너무 맛있는 음식 탓에 지민에 대한 부담스러운 마음도 사라졌다.

시간은 그녀의 바람과는 다르게 쏜살같이 지나갔다. 주말에는 카페를 연우에게 맡기고 지민이 보낸 차를 타고 태원건설의 본가로 향했다. 태어나서 이렇게 으리으리한 집은 처음이었다. 고관대작들이 살던 고풍스러운 한옥은 민속촌에서나 봤을 법한 모습이었다.

넓은 정원에는 호수가 있었고 잔디 사이에 징검다리처럼 돌들이 박혀 있어서 손님들의 발길을 인도했다. 서울에서 아스팔트나 콘크리트가 아닌 잔디를 밟으며 집으로 들어간다는 건 쉬운 일이 아니었다.

"어서 오십시오."

한참을 걸어서 한옥 본채에 다다르자 점잖게 생긴 남자가 그녀를 마중 나왔다.

"안녕하세요?"

"안녕하십니까? 현상민 집사입니다. 그냥 현 집사라고 부르시면 됩니다."

"네, 현 집사님."

"회장님께서 기다리고 계십니다."

차분한 목소리의 현 집사는 빈틈이라고는 없어 보이는 사람이었다. 저녁 시간인데도 그의 바지는 칼 주름을 유지하고 있었다. 저 정도면 온종일 앉지 않아야 가능한 일이었다.

그의 안내를 받아 들어간 곳은 사극에서나 볼 수 있는 용무늬 보료가 있는 넓은 방이었다. 방 안은 온통 고가구로 장식되어 있었다. 박물관에 있을 법한 청자들과 각종 민화가 방 안을 가득 메웠고 책에서나 본 책가도 병풍이 장식되어 고풍스러운 분위기를 연출했다.

드르륵.

현 집사가 나가는 소리에 정신을 차린 서희는 구 회장에게 큰절을 올렸다. 그동안 보여 준 친절에 감사한 마음을 전한 것이었다.

"안녕하십니까?"

"그래, 앉아. 오느라 수고했다."

"아닙니다."

지민은 보이지 않고 둘만 앉아 있으니 어색하기도 하고 어렵기도 했다.

"지민이는 조금 있다가 식당에 가면 볼 수 있다."

"네."

회장의 눈에도 그녀가 불안해 보이는 모양이었다.

"어릴 때 모습이 남아 있구나."

"저도 기억합니다."

"그래? 나의 젊은 시절을 기억해 준다니 고맙구나. 지금은 너무 늙어서 그 시절이 그리울 때가 있지."

"지금도 멋있으세요."

"하하하, 그 말은 정말 오랜만에 들어 보는구나. 지금은 우리 아들 녀석들이나 듣는 말이지. 오늘 우리 하준이는 없어. 나중에 시간을 따로 마련하자꾸나."

"네."

지민의 동생이 있다는 건 알고 있었지만, 얼굴은 알지 못했다.

"잘 자라 주었어. 성민이의 딸을 며느리로 맞이할 거란 생각은 꽤 오래전부터 하고 있었다."

"네?"

"우린 피를 나눈 형제보다 가까웠다. 물론 지민이의 짝으론 생각하지 않았지만 말이야. 나이 차이가 나니 난 지민이보다는 하준이와 널 짝으로 생각했지."

"……."

"인생이라는 게 참 묘해."

"왜 마음을 바꾸시게 된 건지……."

구 회장이 그녀를 따뜻한 눈으로 바라보았다.

"널 지켜본 지는 오래됐지. 다른 사람의 상처를 잘 보듬어 줄 아이란 걸 알게 됐어. 그래서 부탁하는 거야."

"회장님 전……."

"거절은 하지 말아 주렴. 이건 내가 살아생전 두 번째로 하는 부탁이다. 첫 번째는 우리 지민이가 사고 친 걸 봐달라고 경찰놈들에게 사정한 적이 있단다. 그래서 이번이 두 번째야."

구 회장에게 뭐라고 답을 해야 할지 몰라 서희는 그냥 앉아 있었다.

"흠이 많은 녀석이란 건 알고 있다. 하지만 잘 해 줄 거라고 믿고, 이제 밥 먹으러 가자."

그가 몸을 일으켰다. 일흔이 넘은 나이에도 그는 50대나 다름없는 몸이었다. 구 회장과 같이 간 곳은 고급진 한식당 같은 곳이었다.

서희는 그녀와는 너무나 다른 그들의 삶에 자신이 낄 수 있을지

의문이었다. 현 집사가 빼 준 의자에 앉은 서희는 맞은편에 앉은 지민을 바라보았다.

"왔어, 오늘 아주 예뻐."

"감사해요."

형식적인 인사였다. 그는 서희를 볼 때 점점 더 무덤덤해지는 것 같았고 그녀는 지민이 점점 더 의식되었다. 이런 느낌은 달갑지 않았다. 가슴이 두근거리는 건 심장이 안 좋아 생기는 일이지 자신 앞에 남자 때문이 아니라고, 그녀는 애써 자신의 마음을 감췄다.

"밥 먹자."

"네."

진수성찬이 따로 없었다. 이렇게 많은 음식이 가득한 상은 처음이었다. 가난하게 자라지는 않았는데 오늘 여러모로 놀라고 있었다.

"우리 주방장이 신경을 많이 썼어."

"너무 많아서 뭐부터 먹어야 할지……."

"이 사람은 불고기를 잘해. 아니, 양념이 들어간 고기 요리는 최고야."

그녀가 불고기 한 점을 집으려는데 거리가 멀었다. 그러자 지민이 그녀를 위해 그릇을 그녀 쪽으로 밀어주었다.

"감사해요."

"……."

그가 자꾸만 그녀에게 무심한 척하며 신경을 써 주는 게 서희는 싫었다. 차라리 아무런 관심을 가지지 않는 게 훨씬 좋을 것 같았다. 식사 중간중간 그가 그녀에게 음식 접시를 밀어주어서 그녀 앞에 반찬이 수북했다.

구 회장은 흡족한 눈길로 그들을 보고 있었지만, 서희는 여간 불편한 게 아니었다. 식사가 끝이 나고 구 회장이 그들을 위해 자리를 피해 주었다.

"저기요."

"말해."

정원에 있는 호숫가에 서서 그가 그녀를 바라보았다.

"결혼하게 될지 안 하게 될지 모르겠지만……."

"할 거야."

"그래도 진짜는 아니니까. 저에게 너무 티 나게 잘해 주실 필요 없어요. 그렇게 안 하셔도 전 최선을 다해 제 할 일을 할 거니까요."

진심이었다. 결혼도 직업이라고 생각하면 되는 것이었다. 평생 직장 말이다.

"난 잘해 준 적이 없는데?"

"그러니까……."

반찬 한번 옮겨 주고 커피를 챙겨 주고 정원을 안내해 주는 정도는 잘해 주는 게 아니란 소리였다.

"난 사람들에게 친절을 베푸는 사람이 아니야. 지금은 그냥 시끄러운 게 싫을 뿐이야."

그녀를 위한 게 아니라 구 회장과 자신을 위해 구 회장이 소개한 신붓감에게 잘해 준다는 말이었다.

"아무것도 안 하셔도 조용히 지낼 거예요. 자꾸 뭔가 받는다고 생각하면 불편해요."

어차피 잘 돼서 결혼하더라도 억지로 잘해 줄 필요는 없다는 말이었다.

"불편하다?"

그가 의외라는 듯 한쪽 눈썹을 올렸다.

"네."

"우리는 결혼을 할 거고 남들 앞에선 최소한 사이좋은 부부여야 해."

이건 부탁이 아닌 명령처럼 들렸다.

"그렇게 할게요."

"그러면 됐어. 자연스럽게 웃고."

"네, 알았어요. 더 원하시는 거 있으세요?"

지민의 말을 들으며 서희도 기분이 좋지 않아 그의 말에 토를 달았다.

"아니, 아버지가 서희를 마음에 들어 하시니 다행이야."

"동생분이······."

그때 하준이 그들을 향해 걸어오고 있었다.

"하준이는 신경 쓰지 마."

"그게 아니라 뒤에······."

그가 뒤를 돌아보았다. 그와 형제라고는 하지만 다르게 생긴 남자가 그들을 향해 다가왔다. 지민이 남자답게 생겼다면 하준은 꽃미남 같은 얼굴이었다.

"형, 여기서 뭐 해?"

그때였다. 그의 손이 서희의 가는 허리에 감겼다. 너무 놀라 서희는 그대로 얼어붙었다. 신경 쓰이는 남자의 품에 안기다니 심장이 터질 것 같았다.

"인사해. 형수야."

형수라는 말이 어색했지만, 이상하게 싫지 않았다.

"안녕하세요? 구하준입니다."

하준은 윙크를 날리며 그녀에게 인사했다.

"안녕하세요? 임서희예요."

하준이 손을 자신의 바지에 닦더니 그녀에게 내밀었다. 그의 행동에 미소 지으며 서희도 손을 내밀었다. 그러자 그때 지민이 서희의 손을 하준이 잡기 전에 얼른 잡았다.

"악수까지 할 건 없고."

누가 보면 질투하는 줄 알 것 같았다.

"형, 너무 형수를 독점하는 거 아니야?"

"아니."

말은 그렇게 했지만, 지민은 여전히 서희의 손을 잡고 있었다.

"치사해서 악수 안 한다. 우리 형이 이렇게 독점욕이 강한 사람이라니까요. 우리 철없는 형 잘 부탁드립니다."

"쓸데없는 소리 하지 말고 들어가서 밥이나 먹어."

"알겠습니다. 좋은 시간 보내세요."

하준은 이렇게 말을 하고는 본채로 들어갔다. 하지만 여전히 그의 손은 그녀의 허리를 감싸고 그녀의 한 손은 여전히 그의 손에 잡혀 있었다.

"저기……."

서희가 그에게서 손을 빼려고 했다.

"아직 하준이 안 들어갔어."

"아……."

그의 동생 때문에 한 일이었다.

"우리가 가짜 결혼을 하는 걸 동생분은 모르시나요?"

"우리 아버지도 모르셔. 소개는 했지만 내가 마음에 들어 한다고 생각하시지. 내 단점과 결혼은 별개의 문제고 난 서희가 마음에 든다고 분명히 말했으니까."

"이 사실을 알면 모두 걱정하시겠네요."

"그렇겠지."

"우리의 약속도 무효가 되는 거고요."

"그래."

엄마의 얼굴이 다시 떠올랐다. 서희는 한숨을 쉬며 그의 가슴에 머리를 기댔다. 그녀의 갑작스러운 행동에 이번엔 지민의 몸이 굳었다.

"보고 있다면서요."

"......."

"저도 잘하고 싶어요."

쿵쿵쿵.

그녀의 심장 소리인지 그의 심장 소리인지 구별은 안 되지만 쿵쿵거리는 소리가 그들 사이에 강하게 울려 퍼졌다.

"가 봐야겠어요."

"데려다주지."

그가 그녀의 손을 잡고는 주차장으로 향했다. 지하 차고에는 슈퍼카들이 즐비했다. 그중에 그는 블랙이 벤틀리에 그녀를 태웠다.

그가 직접 운전할 줄 알았는데 어느새 기사가 와서 그들은 뒷좌석에 앉았다.

"운전은 안 하시나 봐요?"

솔직하게 그는 스피드를 즐기는 사람처럼 보였는데 이렇게 점잖게 기사가 딸린 차를 탈 거라고는 상상도 해 보지 않았다. 물론 회사일 때문에 탈 때는 기사가 있는 게 당연했지만, 지금처럼 개인적인 일까지 기사가 운전할 거라고는 생각하지 않았었다.

"사고 이후엔 잘 안 해."

"……큰 사고가 있었나 봐요?"

"옆에 타고 가던 여자가 죽었어."

"옆에 탔던 여자?"

솔직하게 그가 하는 말은 깜짝 놀랄 만한 얘기였다. 동승자가 죽은 일이라면 큰 사고가 분명했다.

"……3년 전 송소현이 교통사고로 죽었다는 보도는 들어 본 적 있겠지. 그때 옆자리에 동승자가 나야."

꽤 큰 사고라 서희도 들어 본 적 있었다. 잠깐 동승자에 관한 소문이 있었지만, 어느새 사라졌고 사람들에게서 잊혀져 갔다. 물론 송소현의 죽음은 사람들에게는 안타까운 일로 기억되었지만 말이다

"송소현……."

"그리고 그 일로 피비린내 나는 싸움이 있었고, 그때 다친 거야."

운전석과의 차단막이 올라가고 있었다. 가뜩이나 숨이 막히는데 정말 둘만의 공간이 되다 보니 서희는 미칠 것 같았다.

"칼에 다친 게 맞나요?"

"맞아."

"결과가 많이 안 좋아요?"

"결과는 나쁘지 않은데 이건 어디까지나 내 심리적인 요인이야."

"그럼 소문하고는 다르네요?"

"아니, 내 심리 상태는 내가 더 잘 알아."

그는 불안한 것 같았다. 3년 전, 그 사건이 있고 난 뒤에 그는 많은 상처를 받은 것 같았다.

"궁금한 게 있어요. 구 회장님께서 갑자기 이렇게 결혼을 서두르시는 이유를 알고 싶어요."

"아버지, 암이셔."

"네? 저렇게 건강하신데……."

구 회장은 겉보기엔 정말 건강해 보였기 때문에 서희는 더 놀랄 수밖에 없었다.

"돌아가시진 않을 거야. 내가 그렇게 놔두지 않을 테니까. 하지만 그보다 내가 안정된 생활을 하길 바라시는 거야. 또 회사 내에서 반발하는 놈들도 있고 최일식도 날 노리고 있으니까. 모든 걸 잠재우는 방법이 내 안정된 모습이라고 생각하시는 거지."

"결혼하면 안정되는 건가요? 그게 경영과 무슨 관계죠?"

"내가 여자 때문에 벌인 일이 다시 일어날 수 있다고 생각하니까."

"……너무 사랑하셨나 봐요?"

"맞아."

그의 눈이 슬퍼 보였던 건 송소현 때문이었다. 그는 소현을 마음에서 지울 생각도 없어 보였다. 죽은 여자를 질투해야 한다니 기가 막힐 노릇이었다.

"결혼 후에는 그냥 내 곁에만 있으면 돼."

"혹시 제가 커피숍을 계속 운영할 수는 없을까요? 달리 집 안에서 제가 할 일도 없을 것 같고……."

"아니, 그건 안 돼. 내 아내가 되면 그만큼 위험해지니까."

그는 송소현에게 일어났던 일이 그녀에게도 일어날 수 있다고 말하는 것이었다.

"너무 걱정하진 마세요. 제 몸은 지킬 수 있으니까요."

"소현이는 안 그런 줄 알아? 놈들이 소현이를 내가 보는 앞에서 죽였어. 죽기 직전에 소현이의 모습은 상상하고 싶지 않을 정도로 처참했어. 난 두 번 다시 그런 모습을 보고 싶지 않아. 알아?"

그가 갑자기 소리를 지르는 바람에 서희는 너무 놀라 차창 쪽으로 물러났다.

"세상에 장담할 수 없는 게 안전이지. 어쩌면 모든 사람은 오늘 하루 운이 억세게 좋아서 살아 있는 건지도 몰라."

"……."

그가 위험스럽게 점점 그녀에게 다가왔다.

"술에 취한 운전자가 모는 차에 치이지도 않았고 사이코패스의 먹이가 되지도 않았고 묻지마 폭행을 당하지도 않았어. 당한 사람들은 그냥 운이 없었을 뿐이야. 하지만 소현이는 달랐어. 나와 최일식 간의 수 싸움의 희생자였다고. 그건 내가 사업을 하는 한 어쩌면 계속해서 반복될 일일 수도 있어."

"……일어나지 않을 수도 있어요."

두려움에 서희의 목소리가 가늘게 떨렸다.

"최일식을 모르는군."

"아니, 알아요. 우리 부모님도 그 자식 손에 그렇게 됐으니까요. 난 조심할 수 있어요."

"아니!"

그가 손으로 서희의 턱을 아프게 잡았다.

"내 손도 제대로 피하지 못하면서 조심할 수 있다고?"

지민은 지금 화가 많이 나 있는 상황이었다. 그의 눈동자에 불길이 솟아올랐다. 차 안에 둘만 있다는 게 이렇게 무서운지 몰랐다. 물론 서희는 그의 손을 피할 수 있는 무술 실력이었지만 섣불리 그를 자극할 마음은 없었다.

"구지민 씨!"

"맞아, 구지민. 이제 더는 내 앞에서 누군가 희생되는 건 못 참아."

서희는 구 회장이 지민의 이런 모습을 걱정했겠다는 생각이 들었다. 그리고 저도 모르게 지민의 품 안에 뛰어들었다.

"당신 말이 맞아요. 지민 씨가 날 지켜 주세요."

"……."

그의 격해졌던 호흡이 점차 차분해졌다. 맹수를 다스리는 방법을 알지 못하는 서희로서는 지금 본능에 맡기는 수밖에 없었다.

"그러니까 이제 진정해요."

"……."

서희는 저도 모르게 지민의 등을 손으로 쓸어내렸다. 그날의 일은 지민에게 트라우마로 남아 고통을 주는 것 같았다.

"생각하지 마요."

그냥 다른 뜻은 없었다. 그에게 따뜻한 위로의 말을 해 주고 싶었다. 지금 그에게 필요한 건 왠지 위로 같았다.

"……."

"제발……."

서희의 작은 품에 커다란 그가 안겼다. 단단한 그의 몸이 지금
은 남자라기보다는 보호해 주고 싶은 아이와 같이 느껴지는 건 왜
일까? 그때 차가 멈추었다. 밖을 보니 그녀의 집 앞이었다.

"잠깐 들어가서 커피 마실래요?"

정말 위로의 뜻이었다. 당연히 그가 거절할 줄 알았지만, 그녀
의 예상은 보기 좋게 빗나갔다. 그가 작은 오피스텔 안으로 들어
서자 작은 집이 더 작게 느껴졌다.

"덥죠?"

그녀는 이렇게 물으며 에어컨을 켰다. 아버지가 돌아가시고 분
가를 한 이후에 그녀는 쭉 이곳에서 살았다. 원룸 형태였지만 한
번도 작다는 생각을 해 본 적이 없었다. 지민이 들어오기 전까지
는.

"잠깐만 기다려 주세요. 시원한 아이스 아메리카노 드릴게요."

"……."

그는 그녀의 작은 집을 둘러보느라 대답도 하지 않았다. 서희는
서둘러 커피를 내리고 커피 잔을 빼기 위해 싱크대 위에 선반에
손을 올렸다. 하지만 그녀보다 그의 동작이 빨랐다. 컵을 잡은 그
의 손이 그녀의 머리 위에 있었다.

"고마워요."

서희의 목소리가 떨렸다. 오늘 그의 품에 몇 번이나 안기는지 몰랐다. 이렇게 짐승미를 풍기는 남자가 성욕이 없다니 정말 놀랄 일이었다.

"자리에 앉아 계시면……."

그녀가 몸을 돌렸는데도 그는 여전히 그 자리에 있었다. 뒤로 한 발짝 물러서자 싱크대에 엉덩이가 닿았다. 영락없이 그와 싱크대 사이에 갇힌 꼴이 되었다.

"커피 잔은 저한테 주시고 앉아 계시면……. 읍!"

순식간의 일이었다. 그가 그녀의 얼굴을 한 손으로 잡더니 입을 맞추었다. 성욕이 전혀 없을 거로 생각했는데 너무 충격적인 일이었다. 그리고 그가 하는 건 단순한 입맞춤이 아니었다. 그의 혀가 저돌적으로 그녀의 입안으로 밀고 들어왔다.

서희는 중심을 잡기 위해 저도 모르게 그의 목에 팔을 감았다. 대학 때 남자 친구와 키스를 한 이유로 처음이었다. 그때의 키스를 지금과 비교한다면 그때는 완전히 애들 장난이었다.

달그락!

그가 컵을 싱크대 위에 놓는 모양이었다. 그의 다른 손이 그녀의 허리를 감았다. 그들은 한 치의 오차도 없이 붙어 있는 상황이었다. 그의 혀는 집요하게 그녀의 입안을 휘저으며 항복을 요구하고 있었다.

하지만 서희는 어떻게 반응해야 하는지 몰라 그가 하는 대로 그냥 내버려 둘 수밖에 없었다. 그녀 또한 놀라긴 했지만 싫지 않았기 때문이었다.

그의 혀가 그녀의 혀를 감았다가 놓으며 정신을 못 차리게 했고 허리에 가만히 있을 줄 알았던 손은 어느새 그녀의 가슴에 올라와 있었다.

"으읍!"

그가 흥분했는지 그녀의 혀를 강하게 빨아들이자 서희는 저도 모르게 신음했다. 남자가 그녀의 가슴을 만지다니 기분이 아주 묘했다. 그들의 키스가 깊어 갈수록 서희는 단단한 무언가가 그녀의 배를 찌르고 있음을 느꼈다.

처음엔 뭔가 하다가 그가 흥분했다는 걸 알 수 있었다. 정말 그가 남자 구실을 할 수 없는 건지 의심스러워지기 시작했다. 도대체 어떻게 된 일일까?

"……."

그가 갑자기 그녀를 놓아주었다. 그리고 화가 난 사람처럼 그녀를 혼자 두고는 나가 버렸다. 서희는 다리의 힘이 풀려 그 자리에 주저앉았다. 처음으로 남자의 키스에 영혼까지 빠져드는 느낌이었다.

시간이 지나면 그에게 빠져드는 복잡한 마음이 어느 정도 정리가 될 줄 알았는데 이건 그의 반칙이었다.

"헉헉!"

이건 전혀 예상하지 못한 일이었다. 본가에 온 서희를 본 순간부터 이상하게 자꾸 신경이 쓰였다. 아버지에게 친절하게 웃는 서희의 모습은 낯설지가 않았다. 하지만 그가 서희를 향해 느끼는 감정은 낯설었다.

소현에게도 느끼지 못한 복잡한 감정이었다. 그러다가 하준을 보며 웃는 서희를 보자 그는 불같은 질투심을 느꼈다. 그를 보고는 한 번도 그렇게 따뜻한 미소를 건넨 적이 없는 서희였다. 동생에게 질투라니 말도 안 되는 감정이었다.

거기에 그를 더 혼란스럽게 했던 건 서희의 자연스러운 스킨십이었다. 그의 품 안에 쏙 들어오는 서희의 가는 몸의 느낌도 좋았다. 그렇게 자꾸만 흔들리는데 그녀의 초대는 휘발유를 끼얹는 격이었다.

커피를 준비하는 서희의 모습에 그는 완전히 정신 줄을 놓고 달려들었다. 그녀의 입술이 주는 뜨거움에 그는 온몸이 불길에 휩싸이는 것 같았다. 그를 그렇게 달아오르게 만든 여자는 이제껏 없었다.

지민은 순간적으로 몸을 휘청이며 오피스텔의 벽을 잡았다. 그리고 가까스로 자신의 벤틀리에 몸을 실었다.

"부회장님 괜찮으십니까?"

그의 창백한 얼굴을 본 기사가 걱정스러운지 괜찮냐고 물었다.

"집으로 가지."

"네."

그는 본가가 아닌 강남에 위치한 자신의 레지던스로 향했다. 본가엔 거의 가지 않고 요즘은 이곳에 묵을 때가 많았다. 출퇴근도 쉽고 호텔 서비스도 받으니 편했다. 그는 도착하자마자 옷을 벗고는 샤워실로 향했다.

날씨가 덥기도 했지만 지금 그의 마음도 심란했기 때문이었다. 그리고 무엇보다 오늘 그의 신체에 있었던 변화에 관해 확인하고 싶은 마음에서 그는 곧바로 욕실로 향했다. 한쪽 벽에 있는 전신 거울에 자신의 몸을 비추었다.

3년을 보지 않았던 몸이었다. 애써 무시하며 지나온 세월이었다. 그런데 언제나 잠자고 있을 것 같았던 녀석이 고개를 들었다. 그는 거울을 통해 자신의 배꼽 아래를 바라보았다. 지금도 그때의 수술 자국이 선명하게 드러나 있었다.

조금만 깊이 들어갔다면 남성이 완전히 잘릴 뻔한 상황이었다. 20cm도 넘는 칼자국이 배꼽 아래로 나 있었고 그 아래에 한 개의 칼자국이 더 나 있었다. 그때는 자신의 남성이 잘리거나 말거나 상관이 없었다. 오로지 그의 머리에는 소현에 대한 복수만이 자리 잡고 있었다.

그리고 그는 그렇게 했다. 복수가 끝이 나고 그는 피를 잔뜩 흘려 그대로 의식을 잃었었다. 은혁의 말로는 쓰러지면서 그가 미소를 짓는데 그렇게 소름이 끼칠 수가 없었다고 했다. 공포영화에 나오는 악마와 같았다고 말했다.

하지만 그는 그 후에 자신이 더는 여자를 안을 수 없음을 알았다. 수술이 잘됐다고는 했지만, 그가 심리적으로 여자를 밀어내서 성기능에 장애가 왔다고 했다. 의사의 그 말은 사실이었고 지금껏 그는 그 어떤 여자도 안을 수 없었다.

오늘 이런 일이 있기 전까지 그는 자신이 여자를 안을 수 없다고 생각하고 살았다.

쏴아아—

샤워기 아래로 시원한 물이 쏟아졌다. 오늘만 이런 걸까? 아니면 다시 서희를 만나면 이렇게 되는 걸까? 서희가 아니더라도 이제 여자를 안을 수 있는 걸까? 차가운 물이 머리 위로 쏟아져 내렸지만, 그는 가만히 물을 맞으며 생각에 잠겼다.

샤워를 마친 그는 차가운 맥주를 꺼내 들었다. 그리고 시끄러운 음악을 크게 틀고는 단번에 맥주를 마셨다. TV도 크게 틀었지만,

그는 지금 단 하나의 생각뿐이었다. 그는 다시 모든 걸 끄고는 승진에게 전화를 걸었다.

"여보세요?"

[네, 부회장님.]

목소리가 잠긴 승진이 전화를 받았다.

"잤어?"

[네, 내일 일찍 출근해야 해서…….]

"나 오늘 술 한잔하고 싶은데……."

[부회장님, 내일 일찍 출근하셔야 합니다. 지금 안 주무시면…….]

"알았다. 자라."

전화를 끊은 지민은 서희에게 전화하려다가 휴대폰을 소파에 집어 던졌다. 전화하는 것보다 직접 만나는 게 더 나을 것 같았다. 그는 다시 운전기사를 불러 서희의 집으로 향했다. 도저히 이 수수께끼 같은 일을 확인하지 않는다면 잠이 오지 않을 것 같았기 때문이었다.

쾅쾅쾅!

11시가 넘은 시간이었다. 오피스텔이라서 그런지 서희의 문이 열리는 것 보다 옆방의 문이 먼저 열렸다.

"뭐야!"

남자가 문을 열고 나오다가 그의 얼굴을 보고는 눈을 비비기 시작했다. 지민의 얼굴을 아는 모양이었다.

"부, 부회장님!"

"……."

그가 차가운 눈으로 남자를 쳐다보자 남자는 조용히 문을 닫고 사라졌다.

찰칵!

그때 문이 열리더니 잠옷 차림의 서희가 놀란 눈으로 그를 바라보았다. 젖은 머리에 맨얼굴이 너무나 섹시하게 느꼈다. 그는 저도 모르게 서희의 손을 잡고는 안으로 들어갔다.

쿵.

문이 닫히는 소리가 들렸지만, 그들 중 그걸 신경 쓰는 이는 아무도 없었다.

"부회장님, 여긴……. 읍!"

그녀의 촉촉한 입술을 본 순간 그는 멈출 수가 없었다. 아니 확인하고 싶어서 왔다. 또 한 번 그녀를 미친 듯이 원할까 하는 궁금증에서였다. 하지만 그의 궁금증 따위는 지금 아무 소용이 없었다.

서로의 입술이 뜨겁게 겹쳐지자 아무런 생각을 할 수 없었다. 부드러운 입술에 지민은 자신의 혀를 밀어 넣으며 섹스가 아닌 키스로도 갈 수 있다는 걸 알게 되었다. 처음이었다. 이렇게 뜨겁게 누군가를 원한 적은 말이다.

그는 뜨거운 키스를 하며 서희를 안아 들었다. 그녀는 솜털같이 가벼웠다. 내일은 뭔가 살찌는 걸 먹여야겠다는 생각이 들었다. 솔직하게 지민은 너무 마른 여자를 좋아하진 않았다. 하지만 서희에게도 마르지 않은 구석이 있었다.

키스하며 정신없이 만졌던 서희의 가슴은 마른 체형에 비해 풍만했다.

"으으읍!"

그녀를 안아 들고 본능적으로 움직이다 보니 침대가 눈에 보였다. 작은 공간이라 한 걸음만 옮겨도 될 거리였다. 그는 서희를 침대 위에 올려놓고 그대로 몸을 겹쳤다. 그녀의 입술을 놓아줄 수가 없었다.

키스의 강도가 너무 셌는지 입안에서 피 맛이 느껴졌다. 서희의 혀를 뽑을 듯이 빨아들이며 그는 허벅지 안으로 손을 넣어 그녀의 원피스를 머리 위로 벗겨냈다.

"흡!"

그리고 순간적으로 자신의 호흡을 삼키고 말았다. 서희는 잠옷 안에 아무것도 입고 있지 않았다. 새하얀 피부는 눈이 부셨고 그녀의 검은 숲은 그의 호흡을 더욱 거칠게 만들었다. 보는 것만으로 미칠 것 같았다.

그의 눈길이 점점 위로 올라가 서희의 풍만한 가슴에 머물렀다. 마른 체형에 큰 가슴이라서 수술을 한 걸까 싶었지만 아니었다. 그녀의 가슴은 자연 그대로였다. 검은 숲과는 반대되게 그녀의 유두는 옅은 분홍색이었다.

마치 그 누구도 탐한 적이 없는 청정 구역인 듯 맑고 예쁘게 그를 유혹했다. 지민은 저도 모르게 그녀의 유두를 입안에 넣었다.

"잠깐……."

그가 유두를 물자 그녀가 몸을 파르르 떨었다. 마치 처음 남자에게 유두를 물린 것처럼 서희는 두려워했다. 그 모습에 지민의 욕망은 더 불타올랐다. 맛있는 먹이를 먹어 치우듯이 그는 유두를 빨기 시작했다.

츄읍츄읍—

자신이 생각해도 탐욕스럽게 그는 서희의 유두를 빨고 가슴을 핥았다. 서희는 숨을 헐떡이며 처음 받는 자극에 숨이 넘어갈 것 같았다. 그의 입술이 점차 아래로 내려가다가 배꼽에서 멈추었다.

더는 참을 수가 없었다. 이렇게 빠르게 사정감을 느낀 건 처음이었다. 그건 아마도 서희가 그를 자극하기 때문인 것 같았다. 그는 몸을 일으켜 빠르게 자신의 옷을 벗었다. 찢지 않은 것만 해도 다행이었다.

그는 빠르게 옷을 벗은 후에 그녀를 내려다보았다. 그를 바라보는 서희의 눈빛은 많은 걸 담고 있었다. 처음 하는 섹스에 대한 두려움과 기대가 섞여 있어 보였다. 확실한 건 그를 거부할 것 같지는 않았다.

"전……."

처음이라고 말하고 싶은 것 같았다.

"알아."

"……."

그녀의 시선이 그의 페니스로 향했다. 그리고 커다란 상처를 보았다.

"상처가……."

"소문의 상처지. 흉한가?"

그는 그녀가 흉하다고 할까 봐 솔직하게 걱정이었다. 하지만 그렇다고 멈출 마음은 없었다. 지금은 그의 이성으로는 제어하기 힘든 상황이었기 때문이었다.

"아뇨. 생각보다……."

아니라고는 말했지만, 서희의 눈은 두려움에 떨고 있었다.

"무서운가 보군."

"그게 아니라……."

그런데 그녀의 시선은 상처보다는 그의 페니스의 크기를 보고 놀란 눈치였다. 그 모습이 너무나 사랑스럽게 느껴지는 건 왜일까?

"아플 거야."

"……."

그는 이렇게 말을 하며 자신의 페니스를 촉촉하게 젖은 그녀의 질에 대고 문지르기 시작했다. 조금이라도 덜 아프게 해 주고 싶은 심정이었다. 그도 누군가의 첫 경험을 가지는 건 처음이었다. 하지만 지금 지민은 이성보다는 욕망이 앞선 상황이었다.

"윽!"

"아아악!"

그녀가 비명을 지르기 시작했다. 그도 너무나 **빡빡**한 그녀의 질 때문에 몹시 힘들었다. 그가 강하게 허리를 움직이자 그녀의 외마디 비명과 함께 그녀와 하나가 되었다. 그를 조여 오는 그녀의 질 때문에 지민은 미칠 것 같았다.

퍽퍽퍽.

허리를 움직이는 소리가 요란하게 집 안을 울렸다. 서희의 손이 그의 가슴을 긁어내렸다. 그녀 자신도 모르게 한 행동에 그의 가슴에 생채기가 났다.

"으윽!"

그녀의 손톱자국 때문이 아니었다. 서희가 몸을 활처럼 휘면서 허리를 움직이는 바람에 그는 강한 자극을 받았다. 더는 견딜 수가 없었다. 그는 굶주린 짐승이 되어 서희를 덮쳤다. 그의 으르렁거리는 소리와 서희의 비명 섞인 신음이 묘하게 어울렸다.

"헉헉헉……. 이제 더는 못 참겠어."

"아흐……."

이렇게 말한 그는 빠르게 속도를 높여 그녀의 안에 자신의 분신을 쏟아냈다. 너무 커다란 자극에 지민은 서희의 허리를 잡고 짐승처럼 포효했다. 그리고 그녀의 몸 위로 무너져 내렸다.

"헉헉헉……."

거친 숨소리가 작은 집 안을 울렸다. 그의 심장은 좀처럼 진정되지 않았다. 그가 여자를 3년 만에 안았다. 조금 진정이 되자 그는 자신의 몸 아래 있는 서희를 보았다. 서희는 죽은 듯이 잠들어 있었다.

처음 하는 섹스에 지친 것 같았다. 그는 다시 한 번 그녀를 안고 싶었지만, 혀를 깨물며 참았다. 그리고 따뜻한 물수건으로 그녀의 몸을 닦아 주고는 조용히 서희의 집을 나섰다.

"으으으음……."

요란한 알람 소리에도 도저히 몸을 일으킬 수 없는 서희는 얼굴을 베개에 묻은 채 손으로 알람시계를 찾아 끄는 신공을 발휘했다.

"5분만……."

처음이었다. 알람 소리에도 일어나지 못하고 아무것도 안 입고 아침을 맞이한 것도 처음이었다. 어제의 일이 빠르게 스쳐 지나갔다.

"아아악!"

베개에 얼굴을 묻은 채로 비명을 질러 보았지만, 목만 아플 뿐이었다. 어제의 시간을 돌릴 수는 없었다.

"미쳤어."

자리에서 벌떡 일어난 서희는 침대에서 일어서다 다시 주저앉았다. 다리에 힘이 풀렸기 때문이었다.

"임서희, 거절했어야지."

그가 적극적이긴 했지만 싫었다면 얼마든지 거절할 수 있었다. 하지만 서희는 그렇게 하지 않았다.

"바보."

이상한 건 모두가 그에 대해 말했던 사실이 거짓이었다는 것이었다. 그는 남자 구실을 못 하는 게 아니라 완전히 짐승남이었다.

"왜 거짓말을 한 거지? 아니 왜 남들을 속인 걸까?"

하지만 어제 놀란 건 그녀뿐만은 아니었다. 분명히 지민도 스스로의 반응에 놀라워했다.

"그렇다면 괜찮아진 건가?"

서희는 자신의 머리를 감싸 쥐고는 생각에 잠겼다.

Rrrrrr—

머리가 터질 것 같은데 오빠의 전화였다. 전화를 받지 않으려고 했지만 계속해서 올 게 뻔해서 그녀는 전화를 받았다.

"여보세요?"

[가게 문 안 열 거야?]

사장이 직원을 나무라듯 말하는 오빠 때문에 서희는 마음이 상했다. 카페의 문을 여는 건 그녀의 몫이었다. 오빠가 참견할 일은 아니었다. 하지만 시계를 본 서희는 깜짝 놀랐다. 멍하게 너무 오래 앉아 있었다.

9시, 평소라면 벌써 가게 문을 열고도 남는 시간인데 그녀는 아직 침대 안이었다.

"오빠 어디야?"

[카페 앞 막 지나가는 중이야.]

오빠는 절대 아침형 인간이 아니었다. 새벽까지 일하니 보통은 해가 중천에 떠야 일어나는 사람이었다.

"왜?"

저절로 말이 나와 버렸다.

[어, 오늘 결혼 날짜 잡으러 가.]

"뭐?"

[구 회장님께서 너를 많이 예뻐하시더라. 빨리 며느리로 삼고 싶어 하셔. 그래서 용한 점집도 소개해 주셨어.]

"오빠……."

오빠는 너무 들떠 있었다.

[그리고 강남에 있는 다른 조직들을 정리하는 데 도움을 주기로 했어. 만기파에서 도움을 준다는 건 이제 강남은 내 것이 된다는

거야. 아버지도 기뻐하실 거야.]

마치 자신이 노력해서 된 것처럼 기뻐하는 오빠가 한심하게 느껴졌다.

"최일식한테는 왜 그랬어?"

[아, 그거. 그때는 태원건설 쪽에서 이렇게 나올지 몰랐던 때고 내가 좀 급했거든. 넌 어떻게 알았어.]

"최일식이 찾아 왔었어."

[늦게 와서 후회하는 거겠지. 네가 완전 최일식 스타일이거든.]

"……오빠는 사람도 아니야."

[맞아, 난 사람이 아니야. 그래도 강남파 보스지. 아버지처럼 말이야. 아 참, 아침에 구지민 비서한테 전화 왔더라. 네가 오늘 아파서 가게 문 못 열 수도 있다고 말이야. 구지민이 너한테 빠졌나봐.]

오빠는 그녀의 말을 듣지도 않고 일방적으로 전화를 끊었다.

딩동!

전화를 끊자마자 초인종 소리가 요란하게 울렸다.

"누구세요?"

천근만근인 몸을 이끌고 그녀는 인터폰까지 겨우 갔다.

"배달이요."

"아무것도 안 시켰어요."

"구지민 씨가 보냈는데요. 그러면 아실 거라고……."

문을 여니 쇼핑백을 든 택배기사가 서 있었다.

"맛있게 드세요."

"……네."

쇼핑백에는 VIP 호텔이라고 쓰여 있었다. 그리고 그 안에는 전복죽과 몸살약이 들어 있었다.

"병 주고 약 주네."

말은 이렇게 하면서도 서희의 입가에 미소가 번졌다. 지민은 참 묘한 사람이었다. 소현을 아직도 잊지 못한다고 하면서도 그녀에게 굉장히 잘해 주었다. 거기다가 어젯밤의 뜨거웠던 섹스는 또 한 번 지민에게 빠져들게 했다.

어두운 것이 마음에 들지 않았다. 탱화가 사방에 붙여져 있었고 향냄새까지 나니 더 기분이 좋지 않았다. 그리고 오늘은 이상하게 대기실에 우진뿐이었다.

"원래 손님이 없는 거야?"

그는 구 회장이 잘못 소개한 곳이 아닌가 하는 생각을 했다.

"내가 잘못 온 건가?"

그가 아는 점집은 미아리에 다 몰려 있는데 여기는 강남의 고급 빌라촌이었다. 돈은 많이 버는 모양이었지만 해 놓은 게 꼭 공포

영화에 나오는 무당집 같아 싫었다.

"밝게 하면 돈을 못 버는 거야?"

그렇게 투덜거리고 있는데 일하는 사람이 그에게 들어오라고 했다. 무당을 마주한 우진은 무당이 상당히 젊은 여자라는 것에 놀랐다. 그리고 그에 관해 척척 알아맞히는 게 신기해서 나중엔 무당의 말에 넋을 놓으며 옳다고 말하고 있었다.

그렇게 넋이 빠진 가운데 날짜를 받은 우진에게 무당은 동생에게 잘하라는 말을 반복적으로 했다. 그렇지 않으면 망한다는 소리까지 했다. 솔직히 그 말은 맞았지만, 기분이 좋지는 않았다. 결혼식 날은 10월 13일로 잡았다.

주로 조직들이 하객으로 올 텐데 굳이 주말에 잡을 필요는 없었다. 그가 점집을 나서려는데 문밖에 뜻밖의 인물이 앉아 있었다. 최일식이었다.

"사장님, 안녕하셨습니까?"

언제나처럼 허리를 구십 도로 숙인 우진이었다.

"여긴 어찌한 일이야?"

그를 찾아온 것 같은 느낌인데 마치 우연히 만난 것처럼 행동하는 일식을 우진은 속으로 비웃었다. 이제 우진은 태원건설과 사돈 지간이기 때문이었다. 어깨에 자동으로 힘이 들어가는 게 사실이었다.

"동생 결혼 날짜 잡으러 왔습니다."

"나한테 준다던 그 동생?"

일식이 얄밉게 꼭 찍어 말했다.

"형님은 관심이 없으시지 않습니까? 그래서 다른 곳으로……."

"내가 언제 싫다고 했어?"

"……."

싫다고 한 적은 없었다. 다만 그 이후에 말이 없었을 뿐이었다.

"말씀이 없으셔서 싫다고 생각하시는 줄 알았습니다."

"그래서?"

집요하게 물고 늘어지는 일식이었다.

"형님, 어쩔 수가……."

그때였다. 갑자기 어디선가 조직원들이 들어와서 그를 무작정 때리기 시작했다. 솔직하게 우진은 덩치만 컸지 싸움을 잘하지는 못했다. 잔인하기로 유명한 부산파의 조직원들에게 우진은 당해 낼 수가 없었다.

정신을 차릴 수 없을 정도로 맞은 우진은 이러다가 죽겠다는 생각이 들었다.

"그만."

딱 죽기 일보 작전인 상황에서 일식이 손을 들어 부하들을 말렸다.

"날 가지고 놀지 마. 내가 구지민을 얼마나 싫어하는지 몰라?"

"죄, 죄송합니다."

우진은 이런 상황에서도 구지민과 서희의 결혼을 최일식이 방해할까 봐 조마조마한 마음이었다.

"이번 결혼은 시켜."

"감사합니다. 사장님."

입에서 피를 토하면서도 우진은 비굴하게 일식에게 고맙다는 말을 했다.

"그 대신에 나도 조건이 있어."

"……."

일식이 그의 앞으로 오더니 손수건을 건넸다.

"닦아."

"……."

손수건을 받아든 우진은 불안한 마음으로 일식을 보았다.

"내 조건은 간단해. 구지민의 일거수일투족을 보고해."

"네?"

"네가 아니라 서희가 하는 거야. 그렇게 해 준다면 네가 강남파를 재건하는 일에 최소한 방해는 안 할 거야."

"감사합니다."

우진은 무조건 감사하다고 했다. 뒷일이야 어찌 됐든 간에 지금은 이 방법이 최선이었다.

"만약에 약속을 지키지 않으면 서희는 쥐도 새도 모르게 사라지는 거야. 알지?"

"⋯⋯."

일식이 우진에게 가까이 다가와 그의 귀에 대고 속삭였다.

"네 아버지도, 그리고 구지민의 여자도 내가 죽였어. 서희 따위 죽이는 건 아무것도 아니야."

알고는 있었지만 이렇게 직접 말하다니. 일식은 우진을 발바닥의 때로도 여기지 않는 것이었다.

서희가 죽는 건 아쉽지 않지만, 서희가 죽으면 만기파의 지원이 끊길 텐데 큰일이었다.

"알겠습니다."

"확실히 넌 비열해."

일식이 자리를 뜨자 방 안에 있던 무당이 나와 어수선한 손님 대기실을 보며 혀를 찼다.

"쯧쯧쯧, 불쌍한 놈."

"뭐?"

무당의 말에 우진이 욱해서 소리쳤다.

"뭘 잘했다고 소리를 질러? 동생이나 팔아먹고 사는 놈아."

"내가 네년 하나 못 죽일 줄 알아?"

그가 이를 갈며 말했다.

"내 말 잘 들어."

무당이 다시 한 번 그에게 말했다.

"이건 네 놈이 불쌍해서 해 주는 말인데, 줄을 잘 서야 해. 양다리를 걸치면 네 목숨은 날아가. 봉구야, 손님 가신다."

"목숨이 날아가다니 그러면 굿 같은 거……."

"넌 명이 너무 짧아. 그 명을 쥐고 있는 건 동생이니까 말 잘 들어."

"서희……."

그렇게 말을 한 무당은 다시 자신의 방으로 들어갔다. 우진은 온몸이 만신창이가 된 채 집으로 향했다.

몸이 좋진 않았지만, 카페의 문을 연 서희였다. 어제의 섹스는 유희가 아닌 노동이었다. 그동안 사람들은 왜 이런 짓을 좋아하는지 서희는 알지 못했지만, 어제 이후로 조금은 알 것 같았다. 만약에 서로가 사랑하는 사이에서 어제와 같은 일이 일어났다면 굉장히 행복했을 것 같았다.

남들이 모르는 은밀한 행위를 한다는 건 두 사람에게는 특별한 일이니까 말이다. 하지만 어제의 일은 어쩌면 그녀에게만 특별한 일인 것 같았다. 서희는 그에게 처음부터 마음이 있었지만, 그는 단순히 자신의 몸 상태를 확인한 것 같았기 때문이었다.

"뭔 생각을 그렇게 해?"

트레이닝복 차림에 목욕 가방을 든 연우가 가게 안으로 들어왔다.

"목욕 갔다가 오는 거야?"

"찜질방."

연우는 양 볼이 발그레 한 것이 귀여운 캐릭터 인형 같았다.

"나도 가고 싶다."

섹스로 인해 온몸이 천근만근이었다.

"진작 말하지."

"그러게."

연우는 근처에 살아서 오며 가며 카페에 잘 들렀다. 아침 운동 후에 들리는 지민처럼 말이다. 이렇게 생각해 보면 지민이 아침에 운동을 마치고 그녀의 카페에 들렸던 이름 모를 손님일 때가 오히려 더 나았던 것 같았다.

"어서 오세요."

훤칠하게 잘생긴 얼굴이 낯익은 남자가 카페 안으로 들어왔다.

"어?"

지민의 동생인 하준이었다.

"아악!"

"……."

서희가 더 깜짝 놀란 이유는 지민의 동생이 카페 안으로 들어온 것보다 연우가 소리를 지르며 그녀의 등 뒤에 숨었기 때문이었다.

"죄송해요. 이런 애가 아닌데……."

그녀의 등에 얼굴을 가린 채로 연우는 어쩔 줄을 모르고 있었다.

"왜 이래?"

"아니야, 나갈래. 문까지만 데려다줘."

연우가 그녀에게 매달린 채 문 쪽으로 향했다.

"한연우!"

서희는 지금 상황이 난감하기만 했다.

"연우 씨, 맨얼굴도 예뻐요."

"……."

연우가 뒷걸음을 치다가 그대로 멈췄다. 그런데 그것도 모자라서 지민과 승진이 동시에 카페 안으로 들어왔다.

"어서 오세요."

애써 담담한 척하며 인사를 한 서희는 아랫입술이 긴장으로 파르르 떨리는 게 느껴졌다. 왜 한꺼번에 들어와서 이렇게 정신을 쏙 빼놓는 건지 알 수가 없었다.

"같이 오신 거예요?"

일부러 승진을 보며 말을 한 서희는 지민을 제대로 보지도 못했다. 어젯밤의 일이 떠올랐기 때문이었다.

"네, 저희가 할 말이 있어서요. 커피 세 잔 부탁드립니다."

"네."

그녀가 뒤로 돌려고 하자 등 뒤에 숨어 있던 연우가 빼꼼히 얼굴을 내밀며 승진에게 인사했다.

"오빠……."

"넌 몰골이 그게 뭐야?"

승진이 놀란 얼굴로 연우를 보았다. 찜질방을 다녀와 볼이 발그레한 연우는 오빠를 매서운 눈으로 보았다.

"찜질방 다녀와서 그래. 나 갈게."

"먼저 들어가."

"알았어."

그때 하준이 연우의 팔을 살며시 잡았다.

"같이 식사하고 가세요."

"네? 아니요……."

연우가 놀라긴 한 것 같았다.

"두 사람 알아?"

서희가 궁금하게 생각했던 걸 승진이 물었다.

"압니다."

하준이 연우 대신에 말했다.

"그럼 밥 같이 먹어요. 우리 얘기 금방 끝이 나니까."

하준은 연우에게 다정하게 말했고 표정을 보니 연우도 싫지는 않은 것 같았다. 서희는 두 사람의 묘한 기후를 느낄 수 있었다.

"앉으세요. 커피 가져다드릴게요."

지민의 시선을 애써 피하며 그녀는 매달리는 연우를 끌고는 커피를 만들기 시작했다.

"어떻게 된 일이야?"

남자들에게 들리지 않게 작은 목소리로 물었다.

"뭐가?"

연우가 앙큼하게 시치미를 떼자 서희는 둘 사이가 더 궁금해졌다.

"부회장 동생하고 아는 것 같은데?"

"부회장 동생?"

연우는 하준의 정체를 모르는 것 같았다.

"맞아, 둘이 형제야."

"넌 어떻게 알아?"

"내가 맞선 본 사람이 저기 앉아 있는 구지민 부회장이잖아. 집에서 봤어."

"그래, 집안사람들이 다 한 인물 하네."

그건 맞는 말이었다.

"잘생겼다는 거에는 반박을 못 하겠다. 우리 오빠가 저렇게 오징어가 되어 있을 줄은 상상도 못 했어. 형제가 어쩜 저렇게 잘생겼을까?"

연우는 아직도 정신을 차리지 못하는 것 같았다.

"네가 커피 가져다줄래?"

"미쳤어? 이 꼴로 어딜 가?"

"알았다."

서희는 커피를 들고는 그들이 있는 테이블로 향하다가 지민과 눈이 마주쳤다. 그는 뚫어지게 서희를 볼 뿐 아무런 말도 하지 않았다. 어제의 일을 도대체 어떻게 생각하는 걸까? 그의 마음을 알 수 없었다.

아침에 음식을 보내 준 것도 그렇고 저녁에 이렇게 찾아온 것도 그녀를 마음에 두었기 때문이 아닌가 하는 생각이 들었다. 그런데 그는 그녀를 마음에 있어 하는 표정이 아니었다. 관심이 있는 표정이라기보다는 뭔가 복잡한 표정이었다.

"커피 나왔습니다."

"감사해요. 오늘 아프시다고 들었는데 괜찮으세요?"

승진의 말에 서희는 얼굴이 붉어졌다.

"승진 오빠 왜 자꾸 존댓말을 해요?"

"이제 사모님이 되실 분인데 당연하죠. 그리고 저는 한 비서라고 부르시면 됩니다."

"……네."

승진의 입장을 생각해서 대답하고는 서희는 얼른 자리를 피했다. 무슨 이야기를 하는지 세 사람은 심각한 표정이었다. 연우는 그동안 서희의 화장품을 빌려 카운터 아래 쭈그리고 앉아 열심히 화장 중이었다.

"나 괜찮아?"

하준이 어지간히 신경 쓰이는 모양이었다.

"예뻐."

"건성으로 말하지 말고."

"예뻐, 정말이야. 얼굴은 괜찮은데 머리 좀 어떻게 해 봐."

"지금 할 거야."

젖은 머리를 손으로 열심히 말리는 연우에게 서희가 수건을 가져다주었다.

"고마워."

연우가 머리까지 다 정돈이 되자 남자들의 이야기도 끝이 난 것 같았다.

"정리는 내일 하고 식사하러 가시죠."

하준이 웃으며 말했다. 꽃미남인 하준이 웃으며 말하자 서희는 저도 모르게 고개를 끄덕였고 그런 서희의 얼굴을 보며 지민이 인상을 썼다. 그들은 근처의 레스토랑으로 향했다. 평소에 양식을 즐겨 먹지 않는 서희였지만 오늘은 그들이 가는 곳으로 향했다.

그들이 도착한 곳은 연우의 핑크색 트레이닝복과는 전혀 어울리지 않는 정통 이태리 레스토랑이었다.

"망했다."

"나도."

연우의 한마디에 서희는 동감했다. 연우의 트레이닝복 못지않은 청바지에 티셔츠 차림의 서희였다. 그런데 완벽한 옷발을 자랑하는 세 남자와 함께 레스토랑 안으로 들어가니 모두의 시선이 그들을 향했다.

"부끄럽다. 우리 그냥 나가자."

연우가 그녀의 허리를 쿡쿡 찌르며 말했지만 지금 서희의 귀에는 들리지 않았다. 연우가 뒤에 있어서 보지 못하고 있었지만, 지민이 그녀의 손을 잡고 있었기 때문이었다. 심장이 터져 버릴 것 같았다.

"서희야……."

연우가 또다시 그녀의 이름을 불렀다.

"가길 어딜 갑니까?"

"……."

지민이 연우를 보며 말하자 연우도 더는 말하지 못하고 매니저가 안내해 준 자리에 가서 앉았다. 지민은 서희의 손을 자리에 앉기까지 계속해서 잡고 있었다.

"그렇게 좋아?"

하준이 놀리듯이 말했다. 하준은 그들의 상황을 잘 모르고 있는 것 같았다. 마치 좋아해서 만난 사이처럼 알고 있었다.

"난 솔직하게 형하고 형수가 선봐서 결혼한 그저 그런 사이라고 생각했는데, 아닌가 봐."

"아니야."

"오……."

하준이 웃으며 그들을 번갈아 보았다.

"둘이 이번에 처음 본 게 아니라면서요?"

하준의 질문이 그녀에게 이어졌다.

"네, 선보기 전에 우리 가게 단골이셨어요."

"형, 몰라봤어요? 우리 형, 뉴스에도 종종 등장하는데……."

"제가 일을 하느라 TV 볼 시간이 없어서요."

"아……."

하준이 고개를 끄덕였다.

"그런데 우리 연우는 어떻게 아세요?"

이건 서희가 궁금해 물었다.

"승진이 형 때문에 얼굴은 알고 있었고 직접 본 건 이번에 백화점에서 우연히 봤어요."

"왜 아는 척 안 했어요?"

이번엔 연우가 물었다.

"아는데 뭐 굳이 해. 승진이 형에게 직장도 물어봤고 전화번호도 물어봤는데……."

연우의 얼굴이 귀까지 빨개져 있었다. 연우가 이러는 건 처음이었다.

"식사부터 합시다. 배고픕니다."

승진이 끼어들었다. 그 후로 연우와 하준, 승진은 이야기를 나누었고 지민과 서희는 말이 없었다.

"더 먹어."

지민이 옆에 앉은 서희에게 테이블에 앉아 처음으로 말을 걸었다.

"아니에요. 오늘 아침 보내 주신 거 잘 먹었어요."

"다행이군. 너무 말랐어."

"아니에요."

"아니."

그가 자신의 접시에 있는 스테이크를 그녀의 접시에 덜어 주었다.

"형? 잠깐!"

갑자기 하준이 핸드폰을 들더니 사진을 찍었다. 자신의 스테이크를 그녀의 접시 위에 놓던 지민이 그대로 동작을 멈추었다.

"우리 형이 여자에게 자신의 음식을 양보하다니 이건 기록으로 남겨야지."

"미친놈."

"형수, 우리 형은 남의 걸 뺏어 먹으면 먹었지 절대로 이런 일을 하는 사람이 아닙니다."

"먹기나 해."

지민이 인상을 쓰자 하준은 당장 말을 멈추고 접시에 얼굴을 박고 먹기 시작했다. 지민이 무섭긴 한 모양이었다.

"정말 달라진 것 같아."

승진도 한마디 했다. 서희는 얼굴이 화끈거렸다. 그렇게 입으로 들어가는지 코로 들어가는지 모를 지경이던 저녁 식사를 마치고 그들은 레스토랑을 빠져나왔다. 올 때는 연우의 차를 타고 온 서희는 연우의 차를 타려다가 지민의 손에 이끌려 지민의 차에 올랐다.

"커피숍 정리해야 내일……."

"오늘은 그만해."

"……네."

그의 말에 더는 말을 할 수가 없었다. 그에게는 쓸데없이 다른 사람을 주눅 들게 하는 힘이 있었다. 운전기사가 그녀의 오피스텔로 향하지 않고 다른 방향으로 향했다.

"어? 여기는 아닌데……."

"우리 집에 가는 거야."

"우리 집?"

"내 집이자 우리가 앞으로 살 집."

"……."

그는 왜 이러는 것일까? 그녀가 정말 마음에 들어서 이러는 건지 아니면 아버지 때문에 하는 결혼이니까 예의를 차리는 건지 도통 그를 알 수 없었다.

"우리 결혼 날짜 잡혔어."

"……."

"10월 13일이야."

날짜가 너무 빨랐다. 카페도 정리해야 하고 할 일이 태산인데 두 달 정도 남았다니 기가 막혔다.

"너무 빠르지 않나요?"

"아니, 난 더 빨리하고 싶어."

"왜요?"

"왜냐니. 하기로 한 거 빨리하는 게 낫지 않아?"

뭘 기대한 걸까? 그는 정말 의무적이었다. 그리고 그들은 그의 집에 도착할 때까지 아무런 말도 하지 않았다. 그의 집은 우리나라 최고의 레지던스였다. 모든 게 호텔 서비스를 받았고 집은 100평에 가까운 크기였다. 길을 잃을 정도로 넓은 집의 규모에 서희는 솔직하게 놀랐다. 이렇게 큰 집에 단둘이 살다니 서로 어디에 있는지 모를 것 같았다.

"집이 넓네요."

"여기서는 2년 정도 있다가 단독으로 옮길 생각이야."

"거긴 더 넓겠네요?"

"아마도."

그냥 물은 건데 답은 정해져 있었다.

"마음에 들어?"

"너무 넓어서 그렇지 완벽한 궁전 같아요."

얼음 궁전 같다는 말은 하지 않았다. 집 같은 느낌이 아니라 모델하우스처럼 완벽하게 정리된 느낌이었다. 서희는 더는 집에 대해 말을 하지 않았다. 이렇게 큰 집은 부담스러웠지만, 그는 이런 집에 익숙한 사람이었다.

집이 마음에 안 드는 게 아니라 그들의 생활의 차이인 것이다.

"커피 줄까? 아니면 다른 음료라도?"

저녁 식사 내내 그가 음식을 계속 주어서 속이 더부룩했다.

"맥주요."

"맥주?"

"그냥 시원한 맥주가 마시고 싶어서요. 와인이나 위스키, 그런 종류밖에 없나요?"

그가 웃으며 냉장고로 가서 맥주 2캔을 꺼냈다.

"안주가……."

그가 냉장고 안을 보고 있는데 답을 찾지 못한 것 같아. 서희는 그의 옆에 서서 같이 냉장고 안을 살폈다.

"흠……. 안주는 제가 만들게요."

"서희가?"

"뭐, 우리 집은 아니지만 이렇게 많은 재료를 가지고도 고민하는 걸 보니 제가 만드는 게 낫겠어요."

그녀는 소시지와 야채를 꺼내서 빠르게 소시지 야채볶음을 만들었다. 그리고 망고를 가져다가 보기 좋게 잘랐다. 간단하게 먹기엔 그리 나쁠 것 같지 않은 안주였다.

"소파에 앉아서 먹을까?"

"네."

그녀가 만든 안주를 그가 소파 테이블 위에 놓고 영화 스크린 같은 대형 TV에 영화를 틀었다. 그가 소파에 앉고 그의 옆에 나란히 앉아 있자니 기분이 아주 묘했다.

"영화 잘 보시나 봐요?"

숨 막히는 침묵이 싫어서 서희가 먼저 말을 꺼냈다.

"아니 처음이야."

"네?"

"집에 오면 보통 와인이나 맥주 한 잔 마시고 자."

그의 목소리가 위험스럽게 잠겨 있었다. 차마 그의 얼굴을 볼 수가 없어서 서희는 앞만 보고 맥주를 마셨다. 화면이 저렇게 큰데 영화가 눈에 들어오지 않았다. 그리고 화면에는 어제 그들의 뜨거웠던 장면이 보이는 것 같아 서희는 저도 모르게 고개를 흔들었다.

미친 게 분명했다. 서희는 저도 모르게 맥주 한 캔을 원샷했다.

"하나 더 줘?"

그의 목소리가 야릇하게 들리는 건 그녀의 착각일까?

"네? 아뇨……."

"술을 잘 마시네."

그의 팔이 그녀의 어깨 위 소파에 걸쳐졌다. 자신의 어깨에 그의 팔이 직접 닿은 것도 아닌데도 서희는 심장이 쿵 하고 떨어지는 것 같았다.

"잘 마시진 않아요."

"그런가? 그런데 왜 자꾸 시선을 피하지?"

"제가요? 아니에요."

말은 이렇게 하면서도 그녀는 그와 눈도 못 맞추고 있었다.

"어?"

지민이 그녀의 얼굴을 자신 쪽으로 돌렸다.

"이제야 보는군."

"……."

심장이 미친 듯이 뛰기 시작했다. 이렇게 따라서 오는 게 아니었다. 정중하게 거절하고 연우의 차를 타고 집으로 갔어야 했다. 무슨 생각으로 지민의 집까지 따라온 것일까? 어제와 같은 일이 또 일어나길 바란 것일까?

자신이 이렇게 밝히는 여자인지 서희는 오늘 알게 되었다.

"그 작은 머릿속에 무슨 생각을 하는지 궁금하군."

그가 피식 웃었지만, 여전히 그녀의 얼굴을 손으로 잡고 있었다.

"키스 받고 싶다고 생각했어요."

"……."

이번엔 그의 눈빛이 흔들렸다. 왜 이런 말을 한 것일까? 정말 미친 게 분명했다.

"나와 같은 생각을 했군."

"읍!"

그는 곧바로 그녀의 입술을 삼켰다. 키스하는데 한 치의 망설임도 없었다. 그는 입술을 삼킴과 동시에 그녀의 입안으로 혀를 밀어 넣었다. 어찌나 강하게 몰아붙이는지 서희는 소파 위로 쓰러졌다. 그의 탄탄한 가슴이 그녀의 가슴을 눌러 왔지만 답답하진 않았다.

굶주린 늑대처럼 그는 낮은 신음을 삼키며 그녀의 입술을 먹어치웠다. 남자와 이렇게 야릇한 행동을 한 적이 한 번도 없었다는 게 믿어지지 않을 만큼 서희는 그의 키스에 강하게 반응했다.

그는 서희를 그저 아버지가 정해 준 여자에 불과하다고 생각할지 몰라도 그녀는 아니었다. 한 달간 그를 매일같이 보며 속앓이를 했던 마음이 그와 이렇게 키스를 할 때면 폭발하는 것 같았다.

"으으음……."

서희는 신음을 흘리며 그의 셔츠 안으로 손을 넣어 그의 등을 쓰다듬었다. 그의 탄탄한 근육이 마음에 들었다. 그와 떨어지고 싶은 생각이 없었다. 그의 입안에서는 맥주 맛이 그대로 느껴졌다.

그냥 마시는 맥주보다 훨씬 더 강한 알코올이 그녀의 입안에 퍼졌다. 그의 입술이 그녀의 목선을 따라 내려왔다. 부드러운 혀가 주는 느낌이 아닌 야수가 핥는 느낌이었다. 그는 숨을 헐떡이며 다급하게 그녀의 목을 핥았다.

그녀의 티셔츠가 그의 입술에 걸리자 그는 인상을 쓰며 몸을 일으키더니 단번에 그녀의 옷을 찢어 버렸다. 그녀의 티셔츠는 사라져 버렸고 속옷 또한 빠르게 사라졌다. 놀랄 사이도, 가슴을 가릴 사이도 없이 그녀의 유두는 그의 입속으로 사라졌다.

"하아……."

신음이 절로 나왔다. 이성을 잃어버린 지민은 야수와 같았다. 통제할 수 없는 거친 야수는 그렇게 서희의 육체와 마음을 사냥했다.

츄읍츄읍—

유두에 찌릿한 아픔이 계속됐다. 전기에 감전이 된 것 같기도 하고 뾰족한 가시에 찔린 것도 같은 날카로운 쾌감이 그녀를 점령했다. 한참을 가슴에서 배회하던 그의 입술이 위험하게 자꾸만 아래로 내려왔다.

본능적으로 다리를 꼰 서희는 그의 다음 공격대상을 알았다. 그의 축축한 혀가 배꼽을 파고들어 그녀의 이성을 흐릿하게 만들었다. 그가 주는 쾌감은 지옥의 불구덩이를 헤매는 것 같이 고통스럽기도 했고 어두운 터널을 뚫고 나온 것 같이 환해지는 느낌이기도 했다.

이제껏 풀지 못한 문제를 푼 느낌이기도 했다. 복잡한 감정이 그녀를 휘감았다. 하지만 그것도 잠시, 그녀의 청바지를 단번에

벗긴 후 그의 혀가 그녀의 검은 숲에 다다랐을 때 서희는 아무런 생각을 할 수가 없었다. 머리가 하얀 백지가 되어 버렸다.

"악!"

그의 손이 그녀의 허벅지를 강한 힘으로 벌렸다. 남자 앞에 다리를 벌리고 자신의 은밀한 부분을 보인다는 건 이제껏 상상도 해본 적이 없었다. 거기에 거실의 환한 불빛이 부끄러움에 붉게 물든 그녀의 몸을 선명하게 보여 주고 있어서 더욱 부끄러웠다.

"뭐 하는 거예요?"

놀란 마음에 말을 하며 다리를 오므리려고 애를 썼지만, 그의 힘을 당할 수가 없었다. 그는 으르렁거리는 소리를 내더니 서희가 두려워하던 일을 하고야 말았다.

~~츄읍츄읍~~

"아아악!"

어제의 섹스보다 오늘의 섹스가 서희는 감당하기 힘이 들었다. 아직 초반인데 그는 어제보다 백배나 더 진한 스킨십을 했다.

"제발……."

버둥거리면서 사정을 했지만, 그에겐 아무런 소용도 없었다.

"흡!"

그의 입술이 검은 숲을 헤치고 들어오자 서희는 처음 느끼는 강력한 쾌감에 숨을 삼켰다. 그의 혀가 그녀의 여성을 가르고 들어와 클리토리스를 자극하자 서희는 경련에 가까울 정도로 몸을 떨었다.

이렇게 은밀한 부분까지 그의 입술이 닿을 거리고는 상상도 못했던 일이었다.

"아아아앙."

저도 모르게 신음이 터져 나왔다. 그의 혀가 그녀의 촉촉하게 젖은 질 안으로 들어오자 서희는 몸을 활처럼 휘었다. 정신이 아득해질 것 같은 쾌감이었다.

지민이 몸을 일으켜 자신의 옷을 빠르게 벗었다. 밝은 곳에서 보는 지민의 모습은 전사 같았다. 아니 검은 악마 같았다. 그의 피부색은 바닷가에서 운동을 한 사람처럼 짙은 구릿빛이었다.

그래서인지 그의 근육들이 더 조각 같아 보였다. 그의 굵은 목에서부터 그의 탄탄한 가슴을 지나 복근까지 모든 것이 완벽했다. 아름다운 조각상을 보는 느낌이었다. 멍하게 그를 보는 사이 지민이 그녀의 허벅지 사이로 들어왔다.

어제는 그의 표정을 보지 못했는데 오늘 보니 극도로 흥분한 얼굴이었다. 동공이 짙어진 모습을 보니 사나운 늑대가 생각났다. 사냥하기 전 눈동자였다.

그리고 그녀의 시선을 강하게 사로잡은 건 그의 검붉은 페니스였다. 생물 시간이나 조각상으로 보았던 남자들의 페니스와는 그

크기가 달랐다. 너무 놀란 나머지 서희의 머리는 패닉 상태가 되었다. 어제는 어떻게 받아들인 걸까? 오늘 만약에 그의 페니스가 그녀의 몸으로 들어온다면 그녀는 분명 죽을 것 같았다.

"감상은 다 끝났나?"

"……."

그의 말을 알아차리기도 전에 그가 자신의 페니스를 그녀의 질에 밀어 넣었다.

"아악!"

달궈진 쇠가 들어오는 것처럼 질이 아파 왔다. 그의 것은 어제보다 더한 고통을 주는 것 같았다. 하지만 고통의 시간은 그리 오래 가지 않았다. 신기하게도 묘한 느낌이 그녀를 매료시키고 있었다.

이게 쾌감인가 싶을 정도의 느낌이었다. 그가 어제보다 허리 짓의 속도를 높였다. 그가 움직일수록 그녀는 그에게 매달리며 쾌락을 마음껏 느꼈다.

"헉헉헉."

그의 거친 숨소리가 귓가를 울리자 그녀의 아랫부분은 더 격하게 반응했다.

"으으윽!"

그가 마지막 신음을 토해내며 자신의 분신들을 그녀 안에 쏟아냈다. 그리고 그대로 한참을 가만히 있었다.

"잠깐만……."

그녀가 움직이려 하자 그가 움직이지 못하게 했다.

"씻고 싶어요."

그의 욕망이 너무나 강해서 서희는 두려웠다.

"아니, 조금만 있어."

"왜요?"

"빼기가 싫으니까."

"……."

그의 말을 이해하는 데 약간의 시간이 걸렸다. 그리고 온몸이 붉어진 서희는 그대로 가만히 있었다. 얼마 후에 그가 몸을 일으키더니 서희를 안아 들었다.

"혼자 갈 수 있어요."

"알아."

그는 이렇게 말하며 그녀를 안아 들고는 성큼성큼 욕실로 향했다.

"원래 여자들에게 자상해요?"

"아니."

하지만 지민은 아직도 죽은 소현을 잊지 못하고 있었다. 서희가 보기엔 순정파 같은데 본인은 한사코 아니라고 한다. 욕실은 상상을 초월할 정도로 넓었고 작은 풀장 같은 히노끼 욕조와 사우나 시설까지 완비되어 있었다.

"와······."

저도 모르게 탄성이 나왔다. 서희를 샤워부스에 세워 놓고는 그는 욕조에 물을 받았다.

"그냥 샤워만 하고 갈게요."

그와 더 있다가는 몸이 가루가 될 것 같았다.

"자고 가."

"구지민 씨!"

그녀가 화가 나서 그의 이름을 부르자 지민이 피식 웃으며 그녀를 바라보았다.

"너무 자기 뜻대로 하는 거 아니에요?"

"아니, 이틀이나 나한테 안겼으니 그냥 갔다가는 내일은 응급실행이야. 충분히 휴식을 취해야 해."

"······."

그를 당할 수는 없을 것 같았다. 그녀가 샤워를 마치자마자 그가 욕조 안으로 그녀를 끌고 들어갔다. 그리고는 자신의 앞에 그녀를 앉히고는 뒤에서 끌어안았다.

"확실한 답 안 했어요."

"뭐?"

"원래 이렇게 아무 여자한테 자상하냐고요."

"대답했어. 아니라고."

"소현 씨에게는요?"

묻지 말았어야 하는 질문이란 걸 알면서도 서희도 여자인 관계로 소현과 자신 중에 그가 누구에게 더 자상한 건지 알고 싶었다.

"아니."

원래 그런 사람이 아니라는 말보다 그가 사랑해서 아직도 잊지 못하는 여자에게도 안 하던 걸 그녀에게 해 주었다는 게 좋았다. 이렇게 생각하는 게 나쁜 걸까? 서희는 죽은 사람과 자꾸만 비교하는 자신이 싫었다.

그렇게 샤워를 한 후에 그는 서희를 자신의 침실로 데려갔다. 그리고 침실을 나가는 그였다.

"어딜 가요?"

"같이 자면 오늘 또다시 안을 것 같아서."

"……."

그의 말에 서희는 이불을 뒤집어썼다. 그의 웃음소리가 들리더니 바로 문이 닫히는 소리가 들렸다. 아침이 올 때까지 그녀는 침대에서 혼자 잠을 잤다.

영웅건설의 사장실은 최고급 인테리어로 유명했다. 건설업계의
특성상 남에게 보이는 것도 중요했기 때문이었다. 그의 사장실은
현대적인 인테리어에 동양적인 분위기가 물씬 풍기는 최고급 도
자기들이 가득했다.

일식의 일과 중에 첫 번째 일들이 도자기를 닦는 일이었다. 그
의 유일한 취미이자 뭔가 있어 보이는 것 같았다. 예전에 태원건
설 본가에 갔을 때 구만기 회장이 도자기를 닦고 있는데 그게 그
렇게 좋아 보일 수가 없었다.

그래서 하나둘씩 사 모으다 보니 이제는 구 회장과 비슷한 수준
으로 도자기를 모을 수 있었다.

"흠······. 역시 청자야."

그가 가지고 있는 도자기 중에 가장 비싼 고려청자를 그는 열심히 닦고 또 닦았다.

"사장님······."

그때 그의 오른팔인 오성수가 사무실 안으로 달려들어 왔다.

"사장님 큰일 났습니다."

평소에도 호들갑스러운 성수이기에 그는 별다른 대꾸를 하지 않았다.

"이번 부산 해운대 주상 복합건물을 태원건설에 뺏겼습니다."

"뭐?"

그는 비싼 청자를 하마터면 떨어뜨릴 뻔했다.

"하 의원이 배신한 것 같습니다."

"그게 말이 돼? 하 의원에게 전화해?"

절대로 하 의원은 배신할 리가 없었다. 그를 배신하면 어떻게 된다는 걸 하 의원 자신도 알기 때문이었다.

"전화를 안 받습니다."

"그럼 직접 찾아가야지."

"지금 국회 일 때문에 만날 수가 없답니다."

낭패였다. 태원건설이 그들의 숨통을 조이고 있었다. 예전의 태원 같으면 그가 하나를 뺏으면 뺏기고 말았는데 구지민이 실권을 잡은 이후에는 하나를 뺏으면 두 개를 빼앗아 갔다. 그러다가 구지민의 애인이 죽고 난 후에는 하나를 빼앗기도 전에 그들의 것들을 빼앗기 시작했다. 그래서 수차례 구지민에게 경고했음에도 계속해서 그의 비위를 건드렸다.

"이번엔 안 참아……."

"참으신 적 없습니다."

"맞아, 참은 적은 없었지."

그가 꿈틀거릴 때마다 지민은 그의 숨통을 밟아 버렸다. 참지 않을수록 녀석은 집요하게 그를 괴롭혔다. 그러니 더 견딜 수가 없었다. 처음엔 승산이 있는 싸움이었지만 송소현을 죽이고부터는 승산이 없는 싸움을 그는 오기로 했다.

"더는 질 수 없지."

그는 마지막 카드를 쓸데가 되었다고 생각했다.

"일단 하 의원의 비서에게 이걸 보내."

그가 책상 밑에 있는 작은 금고에서 서류 봉투를 하나 보냈다.

"안 보면 큰일 날 거라고 전해. 그러면 연락이 올 거야."

"네."

하 의원의 성 추문 영상이었다. 뭐든 상대를 똥줄 타게 만드는 무언가는 있어야 한다는 게 일식의 생각이었다. 그의 오른팔인 성수가 나가고 그의 왼팔 격인 기남이 숨을 헐떡이며 들어왔다.

"사장님……."

"성수가 벌써 왔다 갔다."

"네?"

왼팔이라서 그런지 언제나 한발 느린 기남이었다. 하지만 느린 만큼 일은 기남이 훨씬 일을 잘 처리했다. 그래서인지 일식은 기남이 더 마음에 들었다. 웃기는 건 기남과 성수는 서로 못 잡아먹어서 안달이라는 것이었다.

"성수가 하 의원에게 갔으니까. 연락이 올 거야. 그러면 그때 네가 나서."

"제가요?"

성수가 일을 처리하긴 했지만, 입이 무거운 건 성수보다는 기남이었다. 은밀하게 일을 처리하려면 기남에게 맡기는 게 더 안전했다.

"그래, 네가 손을 봐. 내가 믿는 건 너뿐이야."

"네, 사장님."

기남이 눈물을 글썽이며 말했다. 기남이 어떤 말을 좋아하는지 일식은 누구보다 잘 알았다.

"이제 정말 때가 된 것 같아. 녀석이 부산까지 건드릴 줄은 몰랐는데……."

일식은 이를 악물었다. 발끝에 때로도 안 여기던 녀석이 끝까지 그의 속을 썩이고 있었다.

　승진은 지민에게 부산 주상 복합 건에 관한 서류를 넘겼다. 굉
장히 좋아해야 하는데 지민은 지금 얼이 나간 사람처럼 벽에 걸린
몬드리안의 작품을 멍하게 보고 있었다.

　"부회장님?"

　"……."

　보통 일이 아니었다. 선을 보고 나서부터 사람이 이상해져 버렸
다. 원래 이런 사람이 아닌데 소현이 죽었을 때처럼 뭔가에 충격
을 받은 얼굴이었다.

　"부회장님?"

　책상을 가볍게 두드리며 승진이 다시 지민을 불렀다.

　"어? 어……."

　"무슨 일 있으십니까?"

　"아니."

　"결혼 날짜가 잡히니 심란하십니까?"

　"아니."

　"그런데 왜 그렇게 넋을 놓고 계십니까? 예전에 그 일이 있었을
때처럼 마음을 잡지 못하고 계신 것 같습니다."

　"승진이 네가 보기에도 그래?"

승진이 대답 대신에 고개를 끄덕였다.

"아무렇지 않으니까 괜히 신경 쓰지 마."

"네."

"어디 보자."

그가 서류에 시선을 떨구었다.

"어제 통보가 되었고 오늘 확정이 났습니다. 저쪽에서도 알 겁니다."

"하 의원 단속 잘해. 그리고 경호하는 애들도 좀 붙여 주고. 최일식이 가만히 안 있을 거야."

"언제까지 영웅건설과 이러실 겁니까?"

"망할 때까지."

승진은 더는 묻지 않았다. 예전에 지민은 그들이 무릎을 꿇고 빌 때까지라고 했었지만 오늘은 확실하게 그의 마음이 바뀌었다는 걸 알았다. 지민은 자신이 뱉은 말은 기필코 지키는 사람이었다.

"오늘 퇴근하고 술이나 한잔하자."

"무슨 일이 있는 건 아니시죠?"

"아니야."

승진이 부회장실에서 나오자 하준이 기다렸다는 듯이 그의 팔을 잡고 비상구 쪽으로 나왔다.

"형……."

하준이 콧소리를 낼 때가 가장 무서운 승진이었다.

"무슨 일이십니까? 구하준 사장님."

"정말 딱딱하게 이럴 거야?"

"전 원래 딱딱한 사람입니다."

"이렇게 나온단 말이지. 내가 아무 말도 안 했는데?"

"들으나 마나 한 얘기입니다."

"아닐걸?"

구하준의 두 눈이 반짝일수록 승진의 불안감은 높아갔다. 형제가 어쩜 이렇게 그를 쥐어짜는 지 전생에 분명히 원수지간이 분명했다.

"말해."

"진작에 이렇게 나올 것이지."

하준이 미소를 짓자 잘생긴 얼굴이 더 잘 생겨 보였다. 이러니 여자들이 따를 수밖에. 승진은 이런 하준이 마음에 들지 않았다. 특히 여동생의 남자 친구로는 더욱더 마음에 들지 않았다.

"연우……."

"그만."

그가 아끼는 연우를 함부로 입에 올리는 걸 두고 볼 수가 없어서 하준의 말을 막은 그였다.

"형!"

"그만, 우리 연우를 그 입에 올리지 마."

"왜?"

"부정 타. 우리 연우는 얌전하고 조신하게 나의 보호를 받다가 점잖은 선생님에게 시집보내야 하니까. 아무 생각도 하지 마. 아니 네 머릿속에서 지워."

하준의 눈빛이 흔들리는 게 보였다. 어제 저녁을 먹는 내내 하준이 연우를 어떻게 보았는지 그는 잘 알고 있었다. 거기에 더 가관인 건 순진한 연우가 하준을 뜨거운 시선으로 바라보았다는 것이었다.

"안 돼, 절대 안 돼."

"형, 정말 이러기야?"

"말 안 해도 네가 어제 우리 연우를 어떻게 봤는지 다 알아. 걘 숙맥이라서 연애 한 번도 안 해 본 애라고. 너 같은 날라리에게 내 귀한 동생을 맡길 순 없어."

"형, 내가 잘할 수 있다니까."

"포기해. 나 죽는 꼴 보기 싫으면 다시는 이런 소리 하지 마."

"형!"

그가 비상구를 나가며 가운뎃손가락을 들어 올렸다. 절대로 안 될 일이었다. 어제 지민이 서희를 바라보는 눈빛에 솔직히 놀라서 연우와 하준을 신경 쓰지 못한 그였다. 그러다가 레스토랑에서 나올 때쯤이 되자 연우와 하준이 서로를 뜨겁게 바라본다는 걸 알고는 감시에 소홀했던 자신을 원망한 승진이었다.

"안 돼."

그는 이렇게 외치며 사무실에 들어갔지만 일이 쉽게 손에 잡히지 않았다.

"여보세요?"

[어, 오빠.]

그의 사랑스러운 동생 연우의 목소리를 듣자 승진은 안심이 되었다.

"너, 하준이 좋아?"

뭐든 직선적으로 묻는 게 최고였다.

[어? 그게 무슨 말이야?]

"그렇지? 넌 구하준에게 아무런 감정이 없지?"

[오빠?]

"빨리 말해."

[오빠, 나 지금 교무실 가 봐야 해. 미안.]

"연우야!"

연우가 그가 안심할 만한 대답을 해 주지도 않고 전화를 끊어버렸다.

"절대로 구하준 같은 바람둥이는 안 돼. 남자는 남자가 보는 눈이 정확하다고."

그는 이렇게 결론을 내리고 오후 일에 매진하려고 노력했다. 그리고 퇴근 후에 지민과 함께 은혁이네 포장마차에 갔다.

"캬아……."

오늘따라 술맛이 썼다.

"왜 그래?"

"어?"

"말없이 술만 먹으니까 하는 말이잖아."

"내가?"

"그래. 무슨 일은 내가 있는 게 아니라 승진이 네가 있는 것 같아."

"……맞아, 난 구하준이랑 우리 연우랑 연결되는 거 싫다."

그의 말에 지민의 표정이 묘하게 변했다.

"우리 하준이하고 연우랑 좋아해?"

"아니, 우리 연우는 아닌데 하준이가 꼬시는 거야. 말은 똑바로 해야지."

"알았다."

지민이 웃으며 소주를 입안에 털어 넣었다.

"그건 그렇고 넌 왜 그러는 거야?"

"뭐가?"

"서희랑 잘되는 거 아니야?"

"……맞아."

지민이 또다시 술잔을 비웠다.

"잘되는데 뭔 고민이 그렇게 많아?"

"나, 서희랑 잤다."

픕!

쨍그랑!

승진은 저도 모르게 술을 뱉어냈고 옆에서 소주를 가져오던 은혁도 충격에 병을 바닥에 떨어뜨렸다.

"그래서 서희가 헤어지자고 해?"

지민이 남자구실을 못 하는 건 세상이 다 알았다. 어쩐지 지민의 얼굴이 어둡더라니? 이제 어떻게 해야 할지 막막했다.

"내가 서희를 만나서 말해 볼까? 결혼이 꼭 밤에 뭔 일을 해야 하는 건 아니라고……."

뭐라 할 말이 없었다.

"병원에 다시 가 보자. 심리적인 요인이라잖아."

하지만 지금 승진이 뭐라고 말을 해도 위로가 안 될 게 뻔했다.

"형님……."

은혁은 고개를 떨구었다.

"뭔 소리 하는 거야? 나 말짱해."

"뭐?"

"서희랑은 정상적이었다고."

"축하드립니다. 형님!"

은혁은 부회장이라는 말도 잊고는 형님 소리를 연신 내뱉으며 눈물을 펑펑 흘렸다. 자신 때문에 지민이 그렇게 됐다고 그동안 마음고생이 많았던 사람이었다.

"이게 울 일이야?"

지민도 아무렇지 않은 척하고 있지만, 승진의 눈에는 울컥한 거로 보였다. 그동안 말은 안 했지만, 지민도 고민이 많았을 것이다. 어릴 때부터 지민의 곁에 있던 승진은 누구보다 지민을 잘 알았다.

"그렇게 좋은 일이 있는데 뭐가 고민이야?"

"서희랑 소현이, 자꾸만 겹쳐져서……."

"안 닮았어. 내가 보기엔 화려한 소현이보다 서희가 훨씬 더 예뻐."

"알아."

지민이 다시 잔을 비웠다.

"그런데 뭐가 문제냐고?"

"계약 관계일 뿐이야. 아버지가 원해서 결혼을 하는 거고. 좋긴 한데 이건 사랑이 아니야."

"그래서?"

"결혼은 해야겠지만 서희에게 미안할 것 같아."

"그래도 해."

"어?"

"이기적이긴 하지만 난 네가 더 소중해. 일단 정상적인 상태로 만들어 준 서희에게 감사하면서 살아. 그만큼 더 큰 보상을 주면 되는 거 아니야?"

승진은 망설이는 지민이 이해가 가지 않았다.

"그럼, 서희가 너무 힘들 것 같아."

"어차피 서희도 사랑으로 하는 결혼은 아닌데 뭐……."

말을 하면서도 마음이 좋지 않았다. 술자리에 오기 전에 서희에 관한 보고서를 받았다. 서희 오빠인 우진이 서희를 이용해서 강남파를 살리려 한다는 내용이었다. 서희는 원래 착한 아이란 걸 알지만 우진은 달랐다.

그리고 결혼은 두 사람 간의 문제만 있는 게 아니었다.

"그리고 오늘 여기에 온 건 은혁이에게 부탁이 있어서야."

"네?"

"당분간 임우진을 좀 도와야겠다."

"……."

"우진의 일이 어느 정도 잡히면 다시 네가 원하는 대로 해도 돼."

"형님······."

"이건 내가 처음이자 마지막으로 네게 부탁하는 거야."

오늘 자신이 건강한 남자로 돌아왔다고 이곳에서 이야기한 이유를 알 것 같았다. 그동안 마음고생 했을 은혁에게 알리기 위함이었고 다음으로 그에게 도움을 청하기 위한 일이었다. 은혁은 거절하지 않았다. 아니 거절할 수가 없었다.

"나중에 보상은 철저히 하지."

"네, 형님."

그들은 늦은 시간까지 술을 마신 후에 헤어졌다. 승진은 지민이 사라질 때까지 한참 동안 그 자리에 서 있었다. 지민의 발걸음이 무거워 보였다. 건강해진 지민이 더 고민이 많아진 것 같았다.

"댁으로 모실까요?"

"아니, 오피스텔로 가."

"네."

저도 모르게 또다시 서희의 오피스텔로 가자는 말을 하고 말았다. 어제도 서희를 품에 안았다. 3년 만에 안은 여자라서 그럴까? 그녀의 부드러운 살결을 다시 만지고 싶었다. 아니, 온종일 미친 놈처럼 서희 생각뿐이었다.

이제껏 그 어떤 여자를 만나도 이런 적이 없었는데 정말 굶주리긴 한 모양이었다. 오피스텔에 도착한 그는 차를 보내 버렸다.

쾅쾅쾅!

벨을 누를 겨를이 없었다.

찰칵!

문이 열림과 동시에 그는 서희의 입술을 삼켜 버렸다.

"으으음."

욕망의 화산이 터져 이제 자신을 제어할 능력이 없었다. 서희의 입술을 머금은 채로 그는 그대로 안으로 밀고 들어갔다. 그래도 다행인 건 침대까지의 거리가 그렇게 멀지 않다는 것이었다.

샤워했는지 서희에게서 향긋한 꽃냄새가 났다. 서희의 모든 게 그를 자극했다. 소현에게선 전혀 느끼지 못한 갈증이 서희에게는 느껴졌다. 마셔도 마셔도 목이 말랐다. 그녀의 입술 안으로 혀를 깊이 밀어 넣었다.

박하 향이 입안 가득했다. 밀어붙이던 걸음을 멈추고 그는 서희를 안아 들었다. 깃털보다 가벼운 서희였다. 더 먹어야 할 것 같았나. 그녀의 엉덩이를 양손으로 받치자 서희는 양다리는 그의 허리에 감았다.

서희도 그와의 섹스가 싫지는 않은 모양이었다. 한참을 키스에 빠져 있던 그는 서희를 침대 위에 내려놓았다. 그리고 빠르게 옷을 벗고는 서희를 내려다보았다. 그리고 그제야 서희가 가운만 걸

치고 있다는 걸 발견했다.

"목욕했어?"

"……."

그녀가 고개를 끄덕였다.

"다음에도 내가 왔을 때 이 차림이면 좋겠군."

"……."

이번에도 서희가 수줍은 얼굴로 고개를 끄덕였다. 가운 사이로 그녀의 풍만한 가슴골이 살짝 보였다. 더는 참을 수가 없던 그는 이성을 놓고는 서희에게 덤벼들었다.

삐걱삐걱.

그가 움직일 때마다 그녀의 침대에서 소리가 났다. 그도 그럴 것이 킹사이즈도 작은 그에게 싱글침대는 너무 작았다. 그러니 그의 무게를 감당하지 못하는 침대가 삐걱거리는 것이었다.

"헉헉……."

끝을 향해 빠르게 움직이는 지민이었다. 그는 자신의 분신을 쏟아낸 후에 서희 위로 그대로 무너졌다.

"우리 집으로 들어와."

"아직 안 돼요."

"내가 미칠 것 같아. 온종일 미친놈처럼 이 생각만 해."

"하지만 전 카페도 나가야 하고……."

"카페도 그만뒀으면 좋겠어."

"그건 싫어요."

카페는 하고 싶은 모양이었다.

"알았어. 그럼 집에라도 들어와."

"……생각해 볼게요."

"내일 옷만 챙겨서 와. 아니, 그냥 몸만 들어 와. 여기는 내가 알아서 정리할 테니까."

"지민 씨……."

"내 말 들어."

그가 다시 서희의 가슴에 입을 맞추었고 서희의 입에서 긍정의 소리가 흘러나왔다.

지민의 집으로 들어간 지도 2주가 흘렀다. 가을로 접어드는 9월인데 아직도 날씨는 여름같이 더웠다. 카페에서는 아직 아이스 아메리카노를 찾는 손님들이 많았고 그런대로 운영이 잘 되었다.

엄마의 요양비를 지민이 해결해 주었고 우신노 그녀의 수입에 손을 안 대니 돈이 조금씩 모이기 시작했다. 지민이 그녀에게 마음껏 쓰라고 카드를 주었지만, 아직 쓰지는 않았다.

"어서 오……."

풍경 소리에 고개를 들고 보니 우진이 가게 안으로 들어오고 있었다.

"오빠 얼굴이 왜 그래?"

"뭐가?"

"사고 났었어?"

꿰맨 자국이 선명했다. 몇 주 전에 입은 상처 같았다. 그때는 더 엉망이었을 게 뻔했다.

"왜 그런 거야?"

"별거 아니야."

무슨 말이든지 자신이 불리한 상황이면 별거 아니란 말을 자주 하는 오빠였다.

"별거 아니긴 얼굴이 완전 프랑켄슈타인인데……."

그래도 혈육이라고 마음이 좋지는 않았다.

"최일식한테 연락 왔어?"

"어?"

"그 자식이 너 협박했지?"

오빠의 표정을 보니 최일식에게 당한 게 분명했다.

"오빠 최일식한테 맞은 거야?"

"정보는 빼 주기로 했어?"

"……."

뭔가를 아는 게 분명했다. 아니면 오빠에게도 똑같은 걸 요구한 듯했다. 지민에 대한 정보…….

"대충 듣고 말해 줘. 어차피 구지민은 널 버리게 돼 있어."

"어?"

무슨 말을 하는지 도통 이해가 가지 않았다.

"이거 봤어? 오늘 내가 아는 동생이 가져온 사진이야. 태원건설에서 어떻게 막았는지 뉴스에는 나오지도 않았지만 말이야."

오빠가 건넨 사진을 보는 서희의 입술이 파르르 떨렸다.

"이러니까 너무 믿지 말라고. 정보라도 팔아서 돈이라도 챙겨야 억울하지나 않지. 너에게 싫증을 느끼면 구지민이 널 챙기기나 하겠어?"

"……."

"그러니까 너도 구지민이 지금 잘해 준다고 해도 믿지 마."

서희의 눈은 아직도 사진을 향했다. 그녀와 밥을 먹었던 VIP 호텔이 아니라 일반 작은 모텔이었다. 분명 구지민의 차였다. 그 차가 평일 낮에, 그것도 모텔로 들어갔고 나와서는 서울의 백화점 앞에 여자만 내려 주고는 홀연히 사라졌다.

구지민의 모습은 나오지 않았지만 분명 그의 차였다.

"그럴 리가 없어."

"이 여자가 누군지 알아?"

"마사지숍의 여자야."

그리고는 동영상을 틀어 주었다. 차에서 내린 여자가 구지민과 낮에 잠을 잤다는 말을 했다. 어찌나 잘하는지 자신이 돈을 주고 싶었다고 했다.

"오빠, 그럴 리가 없어."

"나도 그렇게 생각하긴 해. 남자구실도 못 하는 놈이 어떻게 하겠어. 하지만 여자의 말은 사실 같아. 완전히 넘어간 표정이거든."

더는 듣고 싶지 않았다. 지민이 그럴 리가 없었다. 어제 그렇게 뜨거운 밤을 보냈는데…….

하지만 지민은 온종일 그녀와의 섹스를 생각한다고 했었다. 그래서 다른 여자를 탐한 걸까? 머리가 복잡해지기 시작했다. 자신을 좋아하는지 확신할 수 없는 남자를 사랑하는 건 힘든 일이었다.

참아야 하는데 서희도 인간인지라 참을 수가 없었다. 그렇게 뜨겁게 밤을 보냈는데 부족했던 걸까?

그때였다. 퇴근한 지민이 가게 안으로 들어왔다.

"아이고 이게 누구신가? 우리 구 서방 아니신가?"

"……."

우진이 윗사람인 척했지만 끄떡도 하지 않는 지민이었다.

"하하하, 사람 참 무안하게."

우진이 웃으며 애써 참는 모습이었다.

"나한테 형님인 척 굴지 마."

"……네, 부회장님."

"은혁이 그쪽 사무실로 내일부터 출근할 거니까. 행동 잘하는 게 좋을 거야."

지민은 우진보다 나이도 많았고 무엇보다 우진을 싫어했다.

"네, 부회장님."

"이른 시일 내에 원하는 대로 될 거니까. 서희에게 신경 그만 쓰는 게 좋을 거야."

그는 이렇게 말하고는 서희를 온화한 얼굴로 보았다.

"오늘은 일찍 문 닫아."

"네?"

"갈 곳이 있어."

"넌 빨리 준비하지 않고 뭐 해?"

우진이 소리 질렀다. 지민에게 잘 보이기 위해 안달이 난 것 같았다.

"천천히 해."

그의 말에 오빠는 꼬리를 내렸고 서희는 앞치마만 벗고는 가게 문을 나섰다. 요즘 퇴근길에 그가 자주 그녀를 데리러 오는 바람에 가게 문을 일찍 닫았다. 가게에 그가 있으면 불안했다. 오는 손님들이 힐끗거리는 것도 싫었고 그의 튀는 외모 때문에 손님들이 그에 관해 많이 물었다.

그래서 될 수 있으면 손님들 눈에 띄지 않게 하려고 그녀도 요즘 일찍 카페 문을 닫았다.

"우리 어디 가는 거예요?"

차에 오르자마자 서희가 물었다.

"본가에."

"거긴 왜요?"

"오늘 아버지 생신이야."

"전 아무것도 준비를 못 했는데……."

"내가 했어."

"집에 잠깐 들렀다가 가면 안 돼요? 금방이면 돼요."

그의 집에 도착한 서희는 빠르게 옷을 갈아입고는 엄마가 다치시기 전에 담가 두었던 산삼주를 챙었다. 어딜 가도 가지고 다니던 것이었다.

"이건 뭐야?"

"산삼주요. 아버지가 돌아가시기 전에 제가 결혼하면 사돈어른과 마시고 싶다고 담그신 거예요. 정말 귀한 산삼이라고 들었어요."

"좋아하시겠어."

"그랬으면 좋겠어요."

구 회장은 너무나 감사한 사람이었다. 어떻게 보면 지민과 결혼하게 해 준 은인이기도 했다. 산삼주가 아깝지 않은 사람이었다.

"예뻐."

그녀는 베이지색의 단아한 원피스에 화장기 하나 없는 맨얼굴이었다.

"화장도 안 했어요."

"그게 더 예뻐."

"……."

이렇게 예쁘다고 말하면서 그는 다른 여자를 품었다. 그의 진심은 무엇일까? 서희는 그의 속마음이 궁금했다.

"오늘 바빴어요?"

"응, 오늘은 온종일 회의의 연속이라서 밥 먹을 시간도 없었어."

"네……."

그는 또다시 거짓말을 하고 있었다. 하긴 시원하게 말한다면 더 깊은 상처를 받았을 것이다.

본가에 도착하자 사람들이 꽤 많이 모여 있었다. 화장이라도 하고 올걸 하는 생각이 들었다. 그런데 그때 어딘가 낯익은 실루엣이 보였다.

"들어가서 인사부터 하자."

"네."

정신을 차린 서희는 그의 손에 이끌려 구 회장에게 향했다. 헛

걸 봤나 하는 생각이 들었지만, 지금은 지민이 꼭 잡은 손에 온 신경이 집중되어 잘못 본 거라고 생각했다.

"선생님, 연예인 맞죠?"

연우네 반 아이가 눈을 반짝이며 연우에게 물었다.

"어?"

연우는 머리를 흔들며 자신의 앞에 서 있는 남자를 보았다.

"아니."

"선생님 남자 친구예요?"

"아니."

"그런데 왜 저기서 선생님만 보고 있어요?"

"정훈아, 집에 안 가니?"

"가요."

말은 이렇게 하면서도 방과 후 수업을 마친 어린 녀석은 집으로 갈 생각이 없는 듯 보였다. 아직 퇴근 시간도 아닌데 무슨 일로 하준이 그녀에게 왔는지 궁금했다.

"안녕하세요?"

운동장에서 놀고 있던 녀석들이 일제히 동작을 멈춘 가운데 그녀를 뚫어지게 보는 게 느껴졌다. 그래서 학부모에게 인사를 하는 것처럼 허리를 구십 도로 숙였다.

"너무 깍듯한 거 아니야?"

"여긴 학교예요."

연우는 이를 악물고는 웃으며 복화술로 말했다.

"언제 끝나?"

"오늘 숙직이에요."

"그럼 교장실은 어디야?"

"왜요?"

"바꿔 달라고 하게."

하준은 그렇게 하고도 남을 인간이란 걸 알기에 연우는 한숨을 쉬었다.

"30분이면 끝나요."

"학교 정문 앞에 있으니까 나와. 차는 가져오지 말고."

"네."

아주 얄미운 인간이었다. 지난번 서희와 같이 밥을 먹을 후로는 완전 남자 친구같이 굴었다. 승진 오빠는 날마다 그녀의 휴대폰을 검사하며 하준과 만남을 철저하게 막고 있는데 걱정이었다.

얼마나 영악한지 전화는 안 하고 이렇게 불쑥불쑥 학교로 찾아오니 도망갈 수도 없었다. 정문에 주차된 람보르기니는 아이들의 좋은 먹잇감이었다. 왜 이렇게 눈에 띄는 차를 타고 다니는 건지 알 수가 없었다.

"와, 람보르기니다."

요즘 아이들은 방과 후에 학원들도 많이 다닌다는데 그녀 학교 학생들은 아닌 것 같았다.

"안녕히 가세요."

"어……."

연우는 다시 학교 안으로 들어가고 싶은 심정이었다. 그러나 그녀의 마음을 알 리가 없는 람보르기니 주인은 차의 날개를 펼쳐 댔다.

"빨리 타."

"와아!"

아이들의 탄성을 뒤로하고 그녀는 눈을 질끈 감고 차에 올랐다.

"선생님……."

"빨리 문 닫아요."

아이들이 몰려들자 그가 문을 닫고 차를 출발시켰다.

"이제 출근 못 해요."

"왜? 학교에 소문이 나서?"

"……."

"화났어?"

"그걸 말이라고 해요?"

"화내지 마."

하준이 분노에 치를 떨고 있는 연우의 손을 잡았다. 이 와중에도 그가 손을 잡자 심장이 두근거렸다. 연우는 그런 심장에 대고 욕을 했다.

"오늘은 왜 온 거예요?"

"오늘 갈 곳이 있어서."

"어디를요?"

하준은 사람을 불안하게 만드는 힘이 있었다. A형에 부드러우면서 꼼꼼한 성격의 오빠와는 180도로 다른 인물이었다.

"가 보면 알아?"

그리고 도착한 곳은 백화점이었다.

"간다는 곳이 여기예요?"

"아니, 가기 전에 일종의 준비 같은 거지."

알다가도 모를 소리만 하는 하준을 따라간 곳은 샤넬 매장이었다.

"여기는 왜?"

"제가 부탁한 거 입혀 주세요."

"하준 씨!"

그녀는 매장 직원들에게 거의 끌려가다시피 탈의실 안으로 들어갔다. 그리고 블랙에 금사가 들어간 샤넬 원피스를 입었다.

"예쁘다. 사이즈도 맞고."

"하준 씨······."

"그대로 입고 가."

"뭐라고요?"

"결재는 이미 하셨습니다."

직원의 말에 하준은 만족한 듯 웃었다.

"저는 이 옷 못 받아요."

이번엔 하준이 그녀의 손을 잡고 매장을 그대로 나와 버렸다.

"잘 어울리면 된 거야."

"하준 씨, 그래도 이러는 법이 어디 있어요?"

"여기."

정말로 못 말리는 사람이었다. 하준이 이러면 이럴수록 연우는 너무 불안했다.

"오빠가 우리 만나는 거 싫어해요."

"오빠만 싫어하는 거야? 연우는 괜찮고?"

"······."

할 말이 없게 만드는 인간이었다.

"난 연우만 괜찮다면 진지하게 만나고 싶어."

"하나도 안 진지한 것 같아요."

"그래서 오늘 이렇게 연우를 데리고 가는 거야."

그들이 도착한 곳은 어마어마하게 큰 저택이었다.

"여기가 어디예요?"

"들어가 보면 알아."

왠지 불안감이 밀려들었다.

"안 가면 안 돼요?"

"안 돼."

안 좋은 예감은 틀린 적이 없었다.

"도련님, 회장님께서 기다리고 계십니다."

"제 여자 친구예요."

"안녕하십니까. 현 집사입니다."

영화에서나 보던 집사를 현실로 접하니 기분이 이상했다.

"손님들 중에 일찍 오신 분들도 계십니다."

"알았어요."

하준이 그녀의 손을 잡고 구 회장에게로 향했다. 우리나라 최고의 폭력 조직의 두목이었던 사람이었다. 지금은 대기업의 총수지만 구 회장은 보통 사람으론 보이지 않았다.

"안녕하세요? 한연우입니다."

"아가씨는 뭐 하는 사람인가?"

"초등학교 선생님입니다."

선생님이란 소리에 구 회장은 그녀를 위에서 아래로 훑어보았다.

"생신 축하드립니다."

"그래, 고맙네. 우리 하준이랑 잘 놀다가 가게."

"네."

거실에서 나온 연우는 가슴을 쓸어내렸다.

"이게 뭐 하는 거예요?"

"내가 얼마나 연우를 진지하게 생각하는지 보여 주고 싶어서. 그리고 우리 집도 소개하고 싶었고."

그는 연우의 손을 잡고 파티 준비 중인 정원으로 향했다. 1시간 후에 저녁 식사 겸 파티가 열릴 거라고 했다. 지금은 사람들이 샴페인을 마시며 서로의 안부를 묻고 있었다. 그런데 그때 낯이 익은 얼굴이 그들에게 다가왔다.

영화배우 이진아였다. TV로 보는 것보다 천만 배는 더 예뻤다. 하얀색 실크 드레스는 피부처럼 몸에 감겨 벗고 있는 것보다 더 야릇한 느낌이었다. 거기에 가슴은 거의 다 드러내고 있었다. 원래 섹시 배우이기도 했지만, 실물로 보니 눈을 둘 곳이 없었다.

"하준아!"

진아가 하준에게 다가오더니 그대로 그를 안았다.

"반가워. 이게 얼마만이야?"

"그러게."

"잘 지냈지? 보고 싶어서 죽는 줄 알았어."

"형이 아니고?"

"지민 오빠가 약간 더 보고 싶긴 했지."

그녀는 마치 그림자가 된 느낌이었다. 지금 둘이 그녀를 옆에 두고 무슨 일을 하는 건지 연우는 자신이 아메리칸 스타일은 절대로 아니라는 걸 뼈저리게 느꼈다.

"누구?"

"내 여자 친구."

연우는 속으로 지랄을 한다고 생각했다. 하마터면 입 밖으로 그 말이 나올 뻔했다. 화가 나서 견딜 수가 없었다.

"안녕하세요? 이진아예요."

"안녕은 못 하지만 한연우입니다."

"왜 안녕 못 하는지 알지만 우린 친구예요. 그리고 전 하준이가 아니라 지민 오빠를 좋아하죠. 그러니 걱정 말아요."

"잠깐만……."

하준이 연우의 손을 잡고는 사람들이 없는 곳으로 향했다.

"아파요."

"다 왔어."

"도대체 나한테 왜 그래요?"

"좋아하니까."

"아하, 좋아해서 다른 여자랑 그렇게 막 안고……. 읍!"

다음 말을 그의 입에 막혀 할 수가 없었다. 오빠의 그늘에 가려 산 건 서희나 그녀나 마찬가지였다. 엄한 오빠 때문에 그 흔한 클럽에도 가 본 적이 없는 연우였다. 남자들이 쫓아다니긴 했지만 특별하게 만난 사람은 없었다.

이번처럼 이렇게 적극적인 남자는 그녀의 인생에서 처음이었다. 그런 그가 갑작스럽게 키스를 해오니 정신을 차릴 수가 없었다.

"으으음……."

그에게 벗어나려고 했지만, 그는 바위처럼 꿈쩍도 하지 않았다. 그의 혀가 갑자기 그녀의 입안으로 들어오자 연우는 얼음이 되어 버렸다. 스물여섯인 그녀의 인생 중에 가장 많은 영역을 이 남자에게 허락한 것이었다.

그가 갑자기 그녀를 안아 들더니 높은 곳에 앉혔다. 그와 거의 눈높이가 맞는 위치였다.

"뭐 하는 거예요?"

그와 눈도 제대로 마주치지 못하면서도 연우는 따지듯이 말했다.

"키스."

"키스인지 누가 몰라요?"

"여기가 우리 집 정원만 아니었어도 더한 걸 했을 거야."

"딸꾹!"

너무 놀란 나머지 딸꾹질이 시작되었다.

"널 어쩌면 좋지?"

그가 다시 연우의 입에 키스했다. 그러자 놀랐는지 그녀의 딸꾹질이 거짓말처럼 멈췄다. 하준은 키스 이상은 하지 않았다. 연우가 놀란 걸 아는 것 같았다.

"넌 이제 다른 생각하지 마."

"……."

"이제부터 내가 하는 대로 따라오기만 하면 되는 거야. 알겠지?"

연우는 저도 모르게 고개를 끄덕였다.

"우리 연우 말 잘 듣네."

그가 머리를 쓰다듬어 주었다. 이런 행동들이 그녀를 설레게 한다는 걸 그는 모르는 것 같았다. 그들은 가든파티가 열리는 곳으로 이동했고 그 후로 하준은 연우의 손을 놓지 않았다. 사람들에게 그녀를 여자 친구라고 소개하며 그녀가 사람들 사이에 섞이는 걸 도와주었다. 그런데 그때였다.

사람들이 웅성이기 시작했다. 고개를 돌려 보니 서희와 지민이 들어오고 있었다.

"저 여자야?"

다른 무리에서 나오는 소리가 들렸다.

"별론데……."

"맞아, 구 부회장님 비주얼이면 연예인 정도는 만나야지."

"저기 이진아 정도는 돼야 하는 거 아니야?"

한마디 해 주고 싶을 정도로 서희에 대한 평이 좋지 않았다.

"화장도 안 한 거야?"

"배짱이 좋네."

연우는 교양 있는 척하며 서희의 욕을 하는 여자들을 노려보았다.

"신경 쓰지 마."

"네?"

"원래 남들을 씹어야 직성이 풀리는 사람들이니까."

하준의 말을 들었는지 여자들이 자리를 옮겼다.

"형수는 사람들의 타깃이 될 수밖에 없어. 형이 워낙 잘난 사람이니까. 그게 형수가 짊어지게 될 무게일지도 몰라. 일종의 질투 같은 거지. 하지만 연우 넌 걱정하지 마. 난 그렇게 잘난 사람이 아니거든."

"하준 씨가 더 잘난 사람이에요."

"하하하."

연우의 말에 그가 화통하게 웃으며 연우의 머리에 입을 맞췄다.

6

구 회장에게 처음으로 인사를 드리기 위해 일석당에 왔을 때는
이곳에 또 올 거란 생각이 들지 않았다. 영화에서나 나올 법한 저
택은 그녀의 삶과는 상관없을 거로 생각했기 때문이었다.

하지만 지금은 이곳이 그녀의 시댁이 될 거라는 생각에 조금은
다른 시선으로 집을 둘러보게 되었다. 길게 이어진 복도를 따라
안채까지 가는 데도 시간이 꽤 걸렸다. 지난번엔 바닥만 보고 걸
었는데 오늘은 간간이 세워진 골동품들까지 보면서 걸었다.

"왔구나."

"네."

오늘은 행사 때문인지 턱시도를 입은 구 회장이 그녀를 반겼다.

"생신 축하드립니다."

"고맙다."

"오늘은 사람들에게 널 소개하려고 한다."

"오늘요?"

준비도 안 하고 다급하게 왔는데 걱정이었다.

"너무 걱정하지 마. 네 뒤에는 나와 우리 지민이가 있으니까."

"하지만 오늘 그냥 와서……."

"넌 지금이 가장 예뻐."

구 회장의 다정한 말에 서희는 힘을 얻었다. 그리고는 정원으로 나갔다. 그녀의 모습이 어떻든지 간에 지금 서희는 구만기라는 날개를 등에 달고 있었다.

"서희야."

조금 전에 본 게 연우가 맞았다. 연우도 그녀의 모습을 보고는 조금 놀란 것 같았다.

"어떻게 된 거야?"

"저희 둘 사귑니다."

하준이 연우의 어깨를 끌어안으며 말했다.

"네?"

처음부터 이상 기류가 흐르긴 했지만 사귀게 될 줄은 몰랐었다. 그러고 보니 둘이 잘 어울리긴 했다. 서희가 보기에도 하준은 꽃미남을 좋아하는 연우의 스타일이었다.

"그렇게 됐어."

"어쨌든 이 이야기는 다음에 꼭 들려 줘."

"알았어."

지민의 가족들이 모인 테이블에 연우와 함께 앉아 있으니 기분이 묘했다. 연우와 동서지간이 되다니. 생각도 안 해 본 일이었다. 그런데 그때였다.

"회장님, 생신 축하드려요."

"⋯⋯."

서희는 우리나라 영화계 최고 스타인 이진아를 눈앞에서 보게되었다. 평소에 당찬 배역을 맡아서 여자들에게도 인기가 많은 섹시스타였다. 오늘도 거의 헐벗은 드레스를 입고 있었다. 여자가봐도 완벽한 몸매였다.

"우리 진아 왔구나."

구 회장이 반갑게 진아를 맞이했다. 꼭 그녀를 대하는 것 같아서 서운한 마음이 들었다.

"잘 지내셨어요?"

"그럼, 왜 요즘은 통 안 왔어?"

"지민 오빠가 바쁘니까 제가 못 왔죠. 아시잖아요."

'지민 오빠'라는 단어가 서희의 귀에 꽂혔다. 세상에서 가장 들기 싫은 소리를 들은 기분이었다. 그리고 뭘 안다는 것일까?

"오빠……."

콧소리를 내며 지민 앞에 다가간 지나가 그녀가 보는 앞에서 지민의 볼에 뽀뽀했다. 순간 잘못 본 건 아닐까 하는 착각이 들 정도였다.

"왔어?"

"무뚝뚝하긴……."

진아가 입을 쭉 하고 내밀었다. 그 모습도 왠지 영화를 보는 것 같이 비현실적이었다.

"요즘은 왜 집에도 안 놀러 오는 거야?"

진아의 집에까지 오가는 사이인 모양이었다.

"바빴어."

지민은 무뚝뚝하게 말했지만, 서희는 만족할 수가 없었다. 진아가 지민에게 딱 붙어 있었기 때문이었다. 진아를 확 밀어내고 싶은 마음이었다.

"엄마도 보고 싶어 해."

진아가 대중에게 인기가 많은 이유 중의 하나는 밝은 성격 때문이었다. 하지만 지금은 완전 애교덩어리였다. 그녀에게 없는 것들을 진아는 가지고 있었다. 예쁘고 섹시하고 애교까지 장착한 그녀는 남자들의 로망이었다.

"어머닌 잘 계셔?"

"아니, 오빠가 보고 싶데."

"알았어. 한번 찾아뵐게."

진아는 은근슬쩍 그의 옆자리에 앉았다. 하지만 그 누구도 그녀가 앉는 것에 뭐라고 하는 사람이 없었다. 이곳은 가족만 앉을 수 있는 테이블이었다. 그리고 그와 결혼을 앞둔 서희가 있는 자리이기도 했다.

"괜찮아?"

"어?"

연우가 그녀의 표정을 살피며 작은 소리로 속삭였다.

"이진아가 부회장님 좋아한데……."

"그래?"

"부회장님이 아니고 이진아만 좋아한다고."

"……."

연우의 말에 뭐라고 말할 수가 없었다. 우진이 가져온 사진도 그렇고 진아와 사이좋게 웃고 있는 것도 그렇고 남자구실을 못 한다고 생각할 때가 오히려 마음이 편했던 것 같다는 생각이 들었다.

사고가 있기 전엔 지민은 이슈메이커였다. 송소현뿐만 아니라 연예인과 재벌가의 딸들을 가릴 것 없이 수많은 염문설을 뿌리고 다닌 사람이었다. 단지 이렇게 눈앞에서 볼 때와는 느낌이 달랐다. 우진이 가져온 사진을 볼 때도 이렇게 마음이 상하지 않았는데 지금 눈앞에서 이런 광경을 보니 속에서 천불이 났다.

"서희야, 얼굴이 창백해."

"괜찮아."

이를 악문 서희였다. 서희를 더 화가 나게 하는 건 진아가 그녀와 지민 사이에 앉아 있다는 것이었다. 마치 지민의 여자인 것처럼 구는 진아가 너무나 미웠다. 아니 사실 아무것도 못 하는 자신이 더 미웠다.

유명 개그맨이 나와서 오늘의 사회를 봤다. 너무 재미있게 말을 하는데도 서희는 웃을 수가 없었다. 진아가 지민의 어깨를 치며 웃고 있었기 때문이었다.

커다란 생일 케이크가 들어오고 모두가 박수를 치는 와중에도 서희의 시선은 그들을 향해 있었다. 구 회장이 나가서 촛불을 끌 때도 그녀는 멍한 얼굴이었다.

"이렇게 와 주셔서 감사합니다."

구 회장이 마이크를 받아서 감사 인사를 했다.

"오늘 이 자리에서 꼭 소개하고 싶은 사람이 있습니다. 우리 지민이의 영원한 동반자인 임서희 양입니다."

모두의 시선이 그녀에게 쏠렸지만, 서희의 지선은 진아와 지민에게 고정이 되어있었다. 진아의 표정이 일그러지는 게 눈에 들어왔다.

구 회장이 그녀를 사람들에게 인사시켰다. 서희는 당당하게 앞으로 나가 인사했다. 구 회장은 이제 일석당의 새로운 안주인이라고 그녀를 소개했다. 그 소리에 서희는 천군만마를 얻은 기분이었다.

초라한 그녀가 백조가 된 순간이었다.

식이 끝이 나고 그녀는 화장실에 갔다. 그리고 그곳에서 반갑지 않은 얼굴과 마주했다.

"축하드려요."

"감사해요."

떨떠름한 표정의 진아가 그녀에게 말했다.

"하지만 조심하는 게 좋을 거예요. 그 자리를 노리는 사람이 너무 많거든요."

"그렇겠죠. 지민 씨는 매력적인 사람이니까요. 재산 때문이 아니라 지민 씨를 원하는 여자들이 많다는 거 알아요."

서희는 지민이 매력적이란 걸 인정했다. 하지만 그렇다고 바람피우는 걸 허락한다는 의미는 아니었다.

"잘 아시네요."

"그래도 이제 제 것이 됐으니 잘 지킬 거예요."

"건투를 빌어요. 아 참, 전 결혼하지 않더라도 오빠 곁에 있을 거예요."

"무슨 뜻이죠?"

진아의 말뜻을 알아들은 서희가 그녀를 날카롭게 쏘아보며 말했다.

"그냥 지민 오빠의 왼쪽은 항상 내 것이니까 신경 쓰지 말라는 거야. 오빠가 어떤 상태인지 알지? 그걸 같이 견디는 게 나야. 소현 언니가 죽고 그 후로 그 자리는 나였다는 소리를 하는 거라고. 난 아직 할 일이 많고 오빠는 결혼해야 하니 어쩔 수 없이 널 허수아비로 세운 거야. 알았어?"

쓸데없이 당당한 진아를 서희는 비웃었다.

"알았어. 그런데 내가 한 가지 가르쳐 줄까? 지민 씨 병 나았어. 나와 함께 뜨거운 밤을 보낼 땐 짐승이 되지. 넌 모르겠지만."

서희는 진아를 뒤로하고 화장실을 나왔다.

"뭐 저런 게 다 있어?"

등 뒤로 진아의 목소리가 들렸지만, 서희는 아무렇지도 않았다. 지민의 주변엔 너무 여자가 많았다. 이렇게 하지 않으면 버틸 수가 없을 것 같았다. 강해져야 한다는 생각뿐이었다.

"잘했어."

화장실 앞에 서 있던 연우가 엄지를 척하고 들어 올려 주었다.

"들었어?"

"응, 네가 지는 것 같으면 들어가서 머리카락을 닭털 뽑듯이 뽑아 버리려고 했는데 네가 이기는 것 같아서 내가 참았지."

"닭털이 뭐냐? 선생님이……."

말은 이렇게 했지만 서희는 웃고 있었다.

"선생님은 사람 아니냐?"

"화장실 가려던 거 아니야?"

"아니, 부회장님이 가 보라고 해서 온 거야. 네 걱정 많이 하는 거 같더라."

지민이 그녀를 신경 쓰고 있는데도 서희는 믿음이 가지 않았다.

"아니야."

"그런데 어딜 다친 거야?"

정말 듣긴 다 들은 것 같았다.

"뜨거운 밤은 또 뭐고?"

연우는 예쁜 눈을 반짝이며 물었다.

"조용히 안 해?"

"그 뜨거운 밤이 조용히 해야 할 말이야?"

연우가 눈을 가늘게 뜨면서 그녀에게 집요하게 물었다.

"그만 질문해. 다 알면서……."

"몰라서 그런다."

"그나저나 넌 어떻게 된 거야?"

서희는 이럴 땐 다른 질문을 하는 게 최상의 방법이란 걸 알았다.

"……몰라. 그냥 사귀게 된 것 같아."

"넌 마음에 드는 거야?"

"그런 것 같아."

연우는 웬일인지 풀이 죽어 있었다.

"왜 그래?"

"오빠가 싫어해."

승진 오빠가 연우를 얼마나 보호하는지 알았다. 당연히 구하준처럼 인기 많은 남자를 싫어할 것이다. 동생이 마음고생할까 봐 그러는 것이었다.

"왜? 하준 씨 정도면 완전 훌륭하지."

"이제 집안 식구라고 편드냐?"

"사실이잖아."

"안다. 하지만 오빠는 하준 씨가 바람기가 많다고 싫다고 해."

바람기로 말하자면 지민이 더 한 것 같았다. 바람기가 집안 내력인가? 솔직하게 서희도 걱정이었다.

"넌 또 표정이 왜 그래?"

"아니야, 여하튼 하준 씨랑 잘되길 바라."

파티가 끝이 나고 지민과 서희는 집으로 향했다. 차 안의 공기가 다른 날과는 다르게 차가웠다.

"왜 그래?"

지민이 그녀의 턱을 잡아 자신을 보게 하며 말했다.

"네?"

"표정이 안 좋아서."

"아니에요."

서희는 그의 손을 살짝 떼어 내고는 고개를 돌렸다.

"진아 때문이라면 신경 쓰지 마. 원래 친한 동생이야. 나한테는 하준이처럼 동생 같은 아이야."

"알아요."

"진아가 철없이 굴어도 이해해. 어릴 때부터 모두에게 예쁨받고 자라서 그러니까."

"네."

그 말이 더 서운했다. 왜 진아를 감싸고 도는 것일까? 그리고 왜 그녀만 이해해야 하는 건지 서운한 마음이 들었다. 그가 그녀의 손을 꼭 잡아 주었다. 이럴 때 지민은 너무나 자상한 사람이었다.

"요즘엔 최일식이 접근 안 해?"

화제를 일부러 진아에서 일식으로 화제를 바꾸는 것 같아 기분이 좋지 않았다.

"그런 일 없으니까 걱정하지 말아요."

"혹시나 그런 일이 있으면 즉시 말해."

"알았어요."

오늘따라 지민은 말이 없었다. 집에 도착할 때까지 그는 창밖만 보았다. 괜히 신경이 쓰인 서희였다. 차에서 내린 서희는 그의 손에 이끌려 엘리베이터에 올랐다.

"내가 기분 나쁘게 했어요?"

"아니……."

엘리베이터 안에 오늘따라 사람이 많았다. 나머지 말은 집에 가서 묻기로 하고 그녀는 엘리베이터의 숫자판만 보았다.

띵!

집 앞에 도착하고 엘리베이터의 문이 닫힘과 동시에 그가 서희의 입술에 입을 맞추었다. 집 안이 아닌 복도였다. 옆집 사람이 언제 나타날지도 모르고 레지던스 직원들이 수시로 다니는 곳이었다.

"으으읍!"

하지만 지민을 말릴 수가 없었다. 누군가 그들의 뒤로 지나가는 소리가 들렸지만, 그는 멈추지 않았다. 아마도 직원인 듯했다.

"하아……."

그가 입술을 떼고는 빠르게 현관문을 열었다. 그리고 그녀를 신발장과 그 사이에 가두었다.

"지민 씨……."

얼마나 빨아 댔는지 입술이 얼얼했다. 그가 숨을 헐떡이며 그녀를 내려다보았다.

"곁에 있는데도 만질 수가 없었어."

"……."

"그게 날 너무 괴롭게 해."

"지민 씨……."

"왜 너만 보며 이렇게 미친놈이 되는 걸까?"

"……."

이 말은 진심일까? 그는 분명 오늘 오후에 여자와 모텔에 갔었다. 그런데 이런 말을 하다니 그를 더욱 믿을 수가 없었다.

"쉬고 싶어요."

"……."

"오늘은 그만 해요."

"아니, 피곤해도 어쩔 수가 없어. 널 안지 않는다면 잠을 못 이룰 것 같아."

그가 다시 입을 맞췄다. 그를 사랑하기에 끝까지 그를 거부할 수 없었다. 어쩌면 욕망의 늪엔 그가 아닌 자신이 빠졌을지 모른다는 생각이 들었다. 그렇게 그에게 이끌려 그들은 뜨거운 밤을 함께 했다.

일식은 차분하게 마음을 가라앉히며 어떻게 해야 하나 고민 중이었다. 오늘은 그렇게 좋아하는 도자기를 거들떠보지도 않았다. 성수와 기남은 그런 일식의 눈치를 살피기에 바빴다.

"하 의원이 그따위로 나온단 말이지?"

"하 의원의 근처에도 가기 힘듭니다."

지민이 철저하게 하 의원을 비호 하는 바람에 이러지도 저러지도 못하는 상황이 되어 버렸다. 그렇다면 이젠 정말 마지막 방법뿐이었다.

"하 의원의 동영상 부산일보 최 기자에게 줘."

"네?"

"그리고 방송사 한 곳에도 뿌리고."

"그래도 될까요?"

"자신 있으니까 안 나타나는 거겠지."

"그리고 구지민이 운전기사 놈은 어떻게 됐어?"

"거기는 꽉 잡고 있습니다."

일단 일을 터트려야 했다. 부산의 주상복합 오피스텔은 그의 숙원이기도 했다. 그렇게 지역 발전에 힘을 쓰고 정치에 입문할 준비를 하고 있었다. 부산의 국회의원이 되는 게 그의 목표였다.

겨우 중소 건설사에 만족하려고 이 일을 시작한 게 아니었다. 인맥을 쌓으며 그동안 노력한 모든 게 결실을 이루려는 찰나에 구지민이 그를 열 받게 만들고 있었다. 이 모든 시작은 구지민이었다.

물론 그가 먼저 태원건설의 수주를 가로챈 건 사실이지만 그건 경쟁 사회에서 어쩔 수 없는 일이었다. 그런데 그걸 가지고 소심한 복수를 시작한 건 구지민이었다. 사업이란 게 다 경쟁을 하면서 이뤄지는 건데 젊은 혈기에 그를 건드린 게 구지민의 첫 번째 잘못이었다.

이제 물러난다면 그의 사업은 내리막길을 걸어야 한다. 안 그래도 건설업이 주춤한 상태이고 대기업들이 거느린 건설사들이 그들의 숨통을 조이는데, 건설만 가지고 버티는 영웅건설은 이번 수주를 받지 못하면 정말 나락으로 떨어질지도 몰랐다.

"황 사장은?"

"요즘 자꾸만 저희 쪽을 피하는 눈치입니다."

부산의 큰손인 황 사장도 이 소식을 모를 리가 없었다.

"황 사장부터 만나러 가야겠다. 준비해."

"네."

그의 돈줄을 잡은 건 황 사장이었다. 황 사장의 뒷일을 봐 주기도 하면서 그와 좋은 관계를 유지한 일식이었다. 황 사장이 돌아선다면 수주를 받는다고 해도 문제가 되었다. 다른 사람은 몰라도 황 사장은 꼭 잡고 있어야 했다.

그는 타들어 가는 마음으로 황 사장이 머무는 부산 해운대로 향했다.

자고 일어나 보니 해운대였다.

"형님."

성수가 차 문을 열어 주었다. 수천억을 굴리는 부산의 큰손 집은 볼품이 없었다. 집만 보면 이 사람이 부산의 사채 시장을 쥐락펴락하는 그 사람이 맞냐는 생각이 들 정도였다. 하지만 이 집에 막상 들어가면 상황은 달랐다. 집 안의 모든 곳이 삼엄한 경비에 둘러싸여 있어서 웬만한 요새보다도 안전했다. 그가 가진 현금을 은행이 아닌 이곳에 보관하니 그럴 수밖에 없을 것이다.

"황 사장님……."

그가 들어서자 황 사장이 쭉 찢어진 눈을 살짝 들었다가 내렸다. 작은 키에 구부정한 자세로 커다란 의자에 앉은 황 사장을 작다고 우습게 봤다가는 큰코다치기 쉬웠다. 돈이 많아서가 아니라 황 사장의 비상한 머리에 부자면 가난뱅이가 되었고 사업하는 사람이면 사업채가 공중 분해되었다.

"왜 또 그러십니까?"

일식이 친한 척하며 황 사장 앞에 앉았다.

"내가 구지민이 보통 놈이 아니니까 건드리지 말라고 했지?"

"제가 또 언제 건드렸다고……."

"송소현 때처럼 경솔한 짓은 하지 마. 그리고 지금 여자도 건드리지 말고. 임서희라고 그랬던가?"

황 사장이 모르는 일은 없었다.

"이번에 주상 복합 건은……."

"그거 네 거 아니니까. 다른 거 찾아."

"황 사장님."

"아무리 애써도 네 건 아니야."

"……구지민을 죽여서라도 다시 찾아올 겁니다. 그건 제가 할 겁니다."

"아니, 이번 건은 구지민에게 줘."

"사장님."

"안 그러면 이제 네 일에 내 돈이 들어갈 일은 없어."

딱 잘라 말하는 황 사장의 모습에 그는 희망이 없음을 알았다.

"만약, 제가 뺏어 온다면요?"

하지만 이대로 포기하면 최일식이 아니었다.

"그렇게 하면 태원건설이야 공사 하나를 잃겠지만, 넌 전부를 잃겠지."

"악담하시는 겁니까?"

일식도 전부를 잃는다는 말에 울컥했다.

"아니, 진실을 말하는 거야. 그러니까 말도 안 되는 싸움은 그만 하고 네 일을 하라는 거야."

"황 사장님!"

황 사장에게 소리는 질렀지만, 황 사장의 말 중에 틀린 구석이 없다는 건 그가 더 잘 알았다.

"너는 구지민이 얄밉겠지만 구지민은 널 죽이고 싶어 해."

"……."

일식도 생각은 하고 있었지만 차마 입 밖으로 꺼내지 못한 말이 었다.

"도와주십시오."

"도와줄 길이 없어. 돈은 나보다 구 회장이 더 많고 머리도 구 회장을 따를 수가 없어. 지난번에 구지민이 사고 쳤을 때 소리 소문 없이 처리한 게 구 회장이야. 그리고 내가 나선다면 나까지 죽어. 그러니 죽으려거든 너만 죽어."

"황 사장님."

"이게 현실이야. 나가 봐."

"……전 이번 일을 꼭 처리할 겁니다."

"어리석게 굴지 마. 내가 너에게 해 주는 마지막 조언이야."

일식의 얼굴이 일그러졌다. 황 사장을 위협해서 도와달라고 하고 싶었지만, 그의 옆에는 우리나라 최고의 싸움꾼들이 경호하고 있었다. 섣불리 건드렸다가는 그의 목숨이 더 위험해질 수 있었다.

"기남이 애들 데리고 출동할 준비해."

서울에 올라가면 우진을 습격할 생각이었다. 지금은 그의 존재를 내보일 때였다. 구지민에게 그를 화나게 하지 말라는 경고를 보내야 했다.

우진은 벌레 씹은 얼굴을 하고 아이들의 군기를 잡고 있는 은혁을 보고 있었다. 그리 크지 않은 보통 키에 탄탄한 체격을 가진 은혁은 우리나라 태권도 국가 대표 상비군에 있을 정도의 실력을 가졌다는 소리를 들은 적이 있었다.

그래서 저렇게 잘난 척을 하는 것이다. 꼴 보기 싫어 죽을 지경이었다. 거기에 태권도뿐만 아니라 온갖 종류의 무술을 다 할 줄 알았다. 시라소니가 부활했다는 말을 들을 정도의 싸움꾼이었다. 그 스스로 물러나기 전까지 은혁은 조직원들 사이의 롤모델 같은 인물이었다.

그런 인물이 그의 조직에 들어와서 기본 교육을 하고 있으니 아이들이 말을 잘 듣는 건 당연한 일이었지만 우진으로서는 껄끄러운 일이었다. 아버지 땐 100명이 넘는 조직이었지만 지금은 10명 내외로 그의 주위에 있었다.

모두가 유흥업소에서 용돈이나 뜯어내는 정도로 겨우겨우 명맥만 유지했다.

"우리는 거지가 아니다."

은혁이 그의 비수를 꽂는 말을 서슴없이 내뱉었다.

"이제는 절대로 영업장소에 가서 돈을 뜯지 마라. 우리가 할 일은 다른 곳에 있으니 그곳에서 생기는 돈이 더 많을 거다."

"네, 형님."

아이들의 목소리가 전과 다르게 우렁찼다.

"어디서?"

"네?"

그가 하도 기가 차서 끼어들지 말라는 은혁의 경고를 무시하고 말았다.

"제가 간곡하게 부탁드렸는데 잊으셨습니까?"

"아니 나도 궁금해서……."

"구지민 부회장님께서 저희를 위해 영업장을 오픈해 주실 예정입니다."

구지민이 영업장을 오픈한다면 그게 오락실이든 클럽이든 최고일 게 분명했다. 그리고 여기는 서울에서 최고의 땅값을 자랑하는 강남이었다.

"어떤 사업장?"

"클럽이라고 들었습니다."

은혁의 말에 그의 부하들이 술렁이기 시작했다.

"인원도 더 충원될 겁니다."

"그래?"

"부회장님은 약속을 지키십니다."

"좋아, 계속해."

아주 흡족한 순간이었다. 이제 자존심 따위는 필요 없었다. 새로운 강남파가 될 것이다. 우진은 입이 귀에 걸렸다.

"모두 구지민 부회장님의 말씀을 잘 듣는 게 가장 중요한 일이 될 것이다. 알았나?"

"네, 형님."

순간적으로 열이 받은 우진이었다. 왜 그가 아닌 구지민에게 충성을 해야 한다는 것인가?

"입은 삐뚤어졌어도 말은 바로 해야……."

"사장님, 여긴 저의 영역입니다. 오늘은 이만 퇴근하시죠."

"아니, 난 여기 있을 테니까……."

"아닙니다. 아이들 훈련과 클럽의 영업은 제가 할 테니 사장님께서는 편히 계십시오."

말은 이렇게 하지만 그에게 가만히 있으란 말이었다. 괜히 불안한 마음이 들었다. 그래서 우진은 자신의 사무실에서 나와 서희의 카페로 향했다.

요즘 카페가 문을 안 열 때가 많았지만, 오늘 오다 보니 문이 열려 있는 걸 보았다. 아무래도 서희에게 자신의 상황을 말해야 할 것 같았다.

"오빠……?"

카페의 문을 열고 들어가자 서희가 놀란 눈으로 그를 보았다. 오빠의 등장에 그렇게 놀랄 것까지 없는데 괜히 서운한 마음이 들었다. 모두가 그를 무시하는 것 같아 마음이 상했다. 그는 강남파의 보스인데 여기저기서 까이는 기분이었다.

"무슨 일이야?"

"왜? 내가 오면 안 될 곳이라도 왔어?"

울컥하는 마음에 신경질적으로 물었다. 그러다가 무당의 말이 떠올라 감정을 추슬렀다. 그는 서희에게 잘해야 살아남을 수 있다는 말 때문이었다.

"왜 그래? 그냥 물어본 건데."

"너, 구지민한테 내 얘기 했어?"

"무슨 얘기?"

"우리 강남파의 재건을 위해······."

"아니."

짝!

너무 화가 난 우진은 서희의 뺨을 때렸다. 자신이 이렇게 찌그러져 있으면 알아서 서희가 그를 도와야 하는데 서희는 그럴 마음이 하나도 없어 보였다. 그래서 화를 참지 못하고 손이 나간 것이었다.

"오빠!"

"오빠? 오빠란 소리가 나와? 내가 어떻게 해서 우리 조직을 이끌어 나가고 있는데 네가 훼방을 놔?"

"훼방이라니? 무슨 소리야?"

생각할수록 열이 받은 그였다.

"내가 어떻게 해서든지 살려 보려고 그렇게 애를 쓰는데 넌 구지민에게 말 한마디 안 하고, 오히려 은혁이 새끼가 조직을 뺏게 만들어?"

"은혁 씨가 뭐?"

"나쁜 년!"

"오빠, 알아듣게 말해."

짝!

"너 따위는 알아들을 가치도 없어."

서희의 입술이 터져 피가 흘렀다.

"도대체 왜 이러는지 이유나 말하라고!"

서희가 눈물을 흘리면서 대들었다.

"이게 어디서……. 윽!"

갑자기 누군가 뒤에서 그를 돌려세우더니 주먹이 날아들었다. 정신을 차리고 보니 그 사람은 구지민이었다.

"그, 그게……."

"네 동생이 나이라 내 여자야."

퍽!

지민이 그의 멱살을 다시 잡더니 또 한 차례 얼굴을 쳤다. 그리고 일어서면 또 때리기를 반복했다. 입안이 다 터져 말도 하기 힘들었다.

"다시는 내 앞에 나타나지 마. 죽여 버릴 테니까."

완전 만신창이가 되어 카페에서 나온 그는 자신의 차를 몰고 간신히 집에 도착했다. 오래된 빌라촌이라서 밤이면 사람들이 많이 다니지 않았다.

"임우진!"

누군가 뒤에서 그를 불렀다.

"씨발, 또 뭐야."

그때 갑자기 옆에 주차되어 있던 차 문이 열리더니 건장한 남자들이 차에서 빠르게 뛰어나왔다. 너무 놀라 미쳐 피할 사이도 없이 남자들에게 둘러싸였다.

"너, 너희들은 뭐야?"

"알아서 뭐 하게."

눈에 익은 얼굴이 있었다. 무당집에서 그를 사정없이 때렸던 놈이 그들 가운데 있었다.

"너, 넌 최일식의……."

"쓸데없이 기억력이 좋아?"

놈들이 그를 둘러싸고 비웃었다. 우진은 순간적으로 무당의 말이 또다시 떠올랐다. 서희에게 잘해야 한다는 말을 말이다.

퍽!

그때 그의 뒤통수에서 커다란 소리가 나더니 굉장한 고통이 느껴졌다. 말로 표현할 수 없는 고통과 함께 모든 것이 깜깜해졌다. 서희에게 잘했어야 했다. 뒤늦은 후회가 밀려들었다. 우진은 자신이 지금 죽었다는 걸 깨달았다.

깡패란 가장 중요한 것이 명분이었다. 그들 나름의 명분 말이다. 자신의 구역을 지키며 남의 돈을 갈취하고 사는 사람들이지만 그들 나름의 규칙이 있고 명분이 있었다. 하지만 가끔은 아무 이유 없이 죽을 때가 있었다.

완벽한 개죽음⋯⋯. 오빠의 죽음도 그랬다. 아무런 명분이 없었다. 왜 죽었는지 누가 죽였는지 아직 결론이 나지 않았다.

지민은 그녀에게 아무런 말도 해 주지 않았다. 오빠가 죽기 전에 오빠를 때린 사람도 지민이었고 죽이겠다고 협박을 한 사람도 지민이었다. 물론 그녀 때문에 벌어진 일이긴 했지만, 범인이 잡힐 때까지 묘한 상황이 계속될 것 같았다.

조문 행렬이 이어졌다. 물론 오늘 손님이 많은 이유는 구지민 때문이지만 오빠는 죽어서 소원을 이루게 되었다. 수많은 사람이 오빠를 위해 온 것이니까 말이다.

"오빠, 이제 편히 눈은 감겠어. 이렇게 많은 사람이 오빠를 위해 왔으니까."

그녀는 사진을 보며 혼자 중얼거렸다. 사진 속의 오빠는 근엄한 표정이었다.

"쉬지 그래?"

"아니에요. 하나뿐인 오빠가 저세상 사람이 됐는데 미운 정도 정인지 계속 지켜 주고 싶네요."

"⋯⋯."

그녀는 지민과 얼굴도 마주하지 않고 말했다. 오빠가 죽은 후에 둘 사이는 어색해졌다. 잠자리를 못 해서 불만이 생긴 건지 지민도 그녀를 마주하지 않았다.

"오빠가 이런 쪽에 있는 줄 몰랐네요."

진아가 조문을 오자 장례식장이 발칵 뒤집혔다. 우리나라 최고의 스타답게 기자들을 끼고 들어 온 진아였다.

"와 주셔서 감사합니다."

서희는 예의를 지키기 위해 노력했다.

"당신 보러 온 거 아니에요."

지민이 다른 사람들과 이야기 하는 중이었다. 진아는 끝까지 예의가 없었다.

"다행이네요."

"이쯤 되면 포기해야 하는 거 아니에요?"

"제가 왜요? 이제 남은 사람이 아무도 없는데 끝까지 물고 늘어져야죠."

"대단해."

진아가 낮은 소리로 그녀를 비꼬았다.

"첩도 상관없다고 한 사람이 누구죠?"

"첩?"

"그만두죠, 오늘은 당신과 싸우고 싶지 않으니까. 대신 다음에 만난다면 그 입을 내 손으로 찢어 놓을 거예요."

서희의 진심 어린 경고였다.

"역시 조폭 집안이라 다르네."

진아는 이렇게 말하며 지민이 있는 곳으로 가서 지민의 팔짱을 끼고는 세상 누구보다 화사한 미소를 지었다. 지민도 그에 화답했다.

"너도 좀 쉬어. 저 미친년 헛소리 신경 쓰지 말고."

어느새 연우가 와서 그녀의 옆에 섰다.

"아니야."

"내가 대신 서 있을게. 밥이라도 먹어."

연우는 그녀 걱정하느라 정신이 없었다. 그런 연우 곁에는 든든한 하준이 있었다. 하준은 연우를 정말 예뻐했다. 항상 연우를 챙기는 모습이 부럽기도 했다. 지민도 잘하긴 했지만, 진심이 묻어나지 않았다.

간간이 스캔들이 터지기 시작하면서 그에 대한 신뢰가 무너졌기 때문이었다. 장례식이 끝나는 날까지 그녀는 지민과 제대로 된 대화를 나누지 않았다.

7

장례식이 끝이 나고 지민은 일주일간 집에 들어오지 않았다. 승진이 전화해서 회사에 일이 생겨 당분간은 집에 들어가지 못할 것 같다는 말만 전해 주었다. 이제 아픈 엄마를 제외하고 세상에 혼자인 그녀를 집에 혼자 두고 자기 일을 본다는 게 서희는 서운했다.

그리고 오빠의 죽음에 그가 있는 건 아닐까 하는 의심이 들곤 했다. 생각이 점점 복잡해지고 있었다. 의심은 자꾸만 꼬리에 꼬리를 물었고, 혼자 있는 시간이 길어질수록 괴로움이 덤으로 생겨났다.

"서희야."

연우가 그녀를 불렀다.

"어?"

"뭘 그렇게 생각해."

"아니야……."

연우에게 괜한 걱정거리를 주고 싶지 않았다.

"아니긴. 저기 아메리카노 주문한 손님이 언제 나오냐고 물으러 왔어."

"여기……."

정신이 없었다. 오늘은 카페의 마지막 날이었다. 오늘로 문을 닫고 이제는 정말 집에 있어야 하는데 머리가 아팠다. 결혼 날짜는 오빠의 갑작스러운 죽음 때문에 뒤로 미루어졌다. 날짜는 아직 나오지 않았다.

하염없이 기다리든지 없던 일이 될 수도 있었다. 이렇게 불안한 채로 그의 집에 있는 건 더 싫었다.

"어떻게 하면 좋을까?"

"뭐가?"

"결혼은 이제 불투명해졌고 엄마는 병원에 계시고. 오늘로 가게 문은 닫는데 당장 수입은 없고."

"일단은 가게 보증금하고 오피스텔 전세금 가지고 있지?"

"응."

"얼마 정돈데?"

"2억 정도야."

"그렇게 불안하면 다시 카페 시작해. 엄마의 요양비는 내가 어떻게든 해 볼게."

연우의 뜻밖의 말에 서희는 고마웠다. 연우가 이렇게 말해 줄 거라곤 생각도 못 했었다. 연우는 그녀의 진정한 친구였다.

"연우야……."

고마운 마음에 울컥해서 말을 끝맺을 수가 없었다.

"너무 기죽어 살지 마. 네가 구지민이 정말 싫다면 떠나도 괜찮아."

그녀가 지민이 싫어서 이러는 게 아니란 걸 연우도 알았다.

"아닌 거 알잖아."

"그렇다고 사랑하는 사람이 다른 여자들과 염문설을 뿌리고 다니는 걸 지켜보는 건 쉬운 일이 아니잖아. 이번에 우진 오빠 상중인데도 이진아와 스캔들 기사 난 것 좀 봐. 나 같으면 안 참았어. 뭐가 그렇게 잘나서 그러는 거야. 난 서희, 네 가슴을 아프게 하는 사람은 용서 못 해."

"연우야……."

작은 체구의 연우는 당찬 구석이 있었다. 그녀에게 없는 단호함이 연우에게는 있었다. 아무 때나 그런 건 아니지만 말이다.

"고마워."

"이게 고맙다는 인사나 받자고 한 이야기인 줄 알아?"

"알아."

마음이 따뜻해지고 있었다.

"네가 있어서 좋다."

"지랄."

"넌 선생님이거든?"

"나도 사람이다."

둘이 옥신각신하다 보니 이제 정말 카페 문을 닫을 시간이었다. 카페 문을 닫고 나오는데 문 앞에 박스 하나가 놓여 있었다.

"뭔데?"

연우가 궁금한지 물었다.

"몰라."

"누가 보낸 거야?"

"아무것도 없이 그냥 내 이름만 있는데?"

"열어 봐."

박스 안을 열자 서류가 들어 있었다. 서류 봉투를 열자 오빠가 길바닥에 쓰러져 있고 그 옆에 은혁이 서 있는 사진이 있었다. 은혁은 싸움을 했는지 온몸이 피투성이였다.

"이게…… 뭐야?"

"······."

"우진 오빠 아니야?"

연우는 손으로 입을 가렸다.

"은혁 씨가 그럴 리가 없어······."

"아는 사람이야? 이 사람이 오빠를 죽인 거야?"

"······."

지민에게 맞고 나간 후 그의 측근인 은혁에게 죽임을 당한 거라니 믿을 수가 없었다. 아닐 것이다.

"서희야······."

"아니야, 아닐 거야."

죽여 버릴 거라고 했다. 서희는 정신이 나간 사람처럼 한동안 멍하게 서 있었고 그런 서희를 연우가 꼭 안아 주었다. 하지만 그 어떤 위로도 지금은 그녀에게 닿지 않았다.

부산의 공사 현장을 방문한 지민은 매서운 눈길로 공사 부지를 둘러보았다. 완벽한 조건이었다. 해운대 바다가 보이는 곳에 주상 복합 단지를 짓는다는 다는 건 말 그대로 돈방석에 앉는 다는 이야기와 같았다.

지민이 이곳에 온 이유는 영웅건설 측의 훼방이 만만치 않았기 때문이었다. 우진의 죽음이 있은 후에 곧바로 하 의원의 성 스캔들이 터졌다. 지금 뉴스는 연일 그 이야기뿐이었다. 그리고 이곳의 공사와 정경 유착에 관한 이야기도 슬슬 흘러나오기 시작했다.

그래서 관리 차원에서 그가 온 것이었다. 막상 와 보니 상황은 더 좋지 않았다. 직접적인 마찰은 아직 없었다. 공사를 시작한 게 아니기 때문이었다. 하지만 공사를 시작하면 벌어질 일들은 뻔했다.

"공사 준공은 언제 할까요?"

"조만간에 시작할 겁니다."

그때였다. 키 작은 노인이 그를 향해 걸어오고 있었다.

"여기는 아무나 들어오는 곳이 아닙니다."

승진이 노인의 앞을 가로막았다. 직지만 뭔가 있어 보이는 사람이었다.

"괜찮아. 여긴 무슨 일이십니까?"

지민이 승진을 말리며 노인에게 물었다.

"역시 구지민 부회장이 사람 보는 눈이 있구만."

"누구신지······."

"나 황 사장이야."

"······."

황 사장이라면 부산 제일의 사채업자이자 큰손이었다. 작은 체구에 볼품없이 생겼지만, 그의 눈엔 아버지와 같은 힘이 느껴졌다. 한마디로 보통 사람 같지 않게 느껴졌다.

"여긴 어쩐 일이십니까?"

"자네를 만나러 왔지."

"……안으로 들어 가지죠."

공사를 시작하기 위한 컨테이너 사무실로 그와 함께 들어갔다.

"혼자 오셨습니까?"

지민은 직접 믹스 커피를 종이컵에 타서 그에게 건넸다.

"내가 제일 좋아하는 커피지. 커피는 이게 최고야."

"저도 이 커피가 좋습니다. 어릴 때 어머니 몰래 타 먹던 생각이 나서요."

"그랬군."

"……."

"내가 왜 왔는지 알지?"

"……최일식의 뒤를 봐 주신다고 들었습니다."

최일식이 부산 바닥을 휘저을 수 있는 건 그의 뒤에 황 사장이 있기 때문이었다. 일흔이 훨씬 넘은 황 사장은 일식의 아버지 벌이었다.

"아들 같은 녀석이지. 욕심이 과하기 전에는 의리도 있고 멋진 구석도 있는 녀석이었어."

"……."

일식에 관한 칭찬은 듣고 싶지 않았다.

"자네와 너무 꼬여 버린 것 같아서 조금은 풀어야 저 녀석이 살지. 안 그러면 자네 손에 죽기 전에 제 성질에 못 이겨 죽을 것 같아서 말이야."

"······."

"최 사장이 잘못 건드린 거 알아. 하지만 이제 결혼할 처자도 있고 하니 예전 일은 잊으면 안 되겠나?"

"제가 왜 그래야 합니까? 그리고 소현이 문제뿐만 아니라 이번엔 또 다른 목숨이 희생당했습니다. 저와의 문제를 왜 제 주변 사람들에게 푸는 건지 이해가 되지 않습니다. 그리고 분명 이 싸움의 승자는 제가 될 겁니다."

"알고 있네."

황 사장의 쭉 찢어진 눈에 근심이 가득했다.

"최일식과 무슨 관계 시기에 그러십니까?"

"······내 아들이네."

"······."

하지만 최일식과 황 사장은 하나도 닮지 않았다.

"내 핏줄은 아니지만 내 전처의 아들이지. 이미 죽은 아내의 유일한 혈육이지만 최 사장은 몰라. 엄마에게 버림받았다고 생각하니까."

그가 알기로도 최일식은 고아였다.

"그래서 부탁하는 거네. 자네 아버지도 이렇게 자식을 위해 경찰들에게 부탁했겠지."

부산 바닥을 초토화했을 때를 말하는 것이었다.

"그와 저의 경우는 다릅니다. 저는 복수를 위해서였지만 최일식은 욕심을 위해서니까요. 그래서 전 용서할 마음이 없습니다. 최일식이 그 모든 걸 포기한다면 모를까. 같은 업종에 있는 한 그가 내 사람들을 건드리는 한, 우리의 싸움은 계속될 겁니다."

"알고 있네, 그래도 다시 한 번 부탁하네. 마음을 좀 돌려주게. 나도 최 사장에게 모질게 말했어. 부회장에게 덤벼 봐야 좋을 게 없고. 그런 일이 또 생긴다면 돈을 대 줄 수 없다는 말도 했어."

황 사장의 표정을 보니 사실인 것 같았다. 지민은 난감한 표정을 지었다. 아버지가 떠올랐기 때문이었다.

"하지만 이번에 임우진을 죽인 일은 죗값을 치러야 할 겁니다."

"그건 또 무슨 얘긴가?"

"제 여자의 오빠입니다. 서희의 고통이 너무나 큽니다. 그래서 더 용서가 안 됩니다."

"……."

황 사장의 황망한 표정을 지었다. 그도 황 사장의 마음을 이해할 것 같았다.

"일단 돌아가시죠. 생각해 보겠습니다."

"고맙네. 대신에 이 공사에 돈이 필요하다면 내가 돕지."

황 사장은 이렇게 말하고는 자리를 떠났다. 지민은 안 피우던 담배를 입에 물었다.

"누굽니까?"

"부산 제일의 부자."

"네?"

놀란 표정의 승진이 황 사장의 뒷모습을 멍하게 보는 게 보였다.

"이번에도 최 사장의 짓인 것 같습니다."

"알아."

"은혁이 지금 범인을 찾고 있습니다. 은혁의 눈이 완전히 뒤집힌 게 너무 무섭습니다. 은혁이 사고 안 치게 전화라도 넣어 주십시오."

"알았어. 서희는?"

"카페 문 닫고 지금은 집에 조용히 계십니다."

"쉬게 놔둬."

"네."

지민은 서희가 걱정되었다. 유리보다 약한 서희의 정신이 지금 완전히 나간 상태란 걸 알기 때문이었다. 거기다가 그가 알지 못

하는 불안이 있는 것 같았다. 이번에 서울에 가서 확실한 이야기를 해 봐야겠다는 생각이 들었다.

속이 울렁거리기 시작했다. 오빠의 죽음도 그렇고 그나마 마음에 위안을 준 카페까지 접고 보니 신경을 너무 쓴 것 같았다. 위장약을 먹어야 할 것 같아 서희는 오후에 병원을 갈 생각이었다.

집을 나서는 서희는 누군가 자꾸만 자신의 뒤를 밟고 있다는 생각이 들었다. 그녀는 곧 그게 느낌이 아니라 사실이란 걸 알게 되었다.

"임서희 씨."

익숙한 목소리였다.

"……최 사장님."

"오랜만이야. 장례는 잘 끝냈고?"

"네……."

최 사장과 이런 이야기를 하고 싶진 않았다. 이상하게 오늘따라 더 기분이 좋지 않았다. 그녀 가족의 죽음과 일식은 항상 관련이 있었다. 그게 사실이든 아니든 그와 얽히는 게 싫었다.

"못 가서 미안."

"아닙니다. 그런데……."

"부산에 가기 전에 잠깐 만나고 가는 게 나을 것 같아서."

"이렇게 만날 사이는 아닌 것 같은데요."

서희가 톡 쏘아붙였다.

"왜 이래, 까칠하게……."

그는 그렇게 말하며 근처 커피숍으로 그녀를 데리고 갔다. 최 사장은 자신이 조폭이란 걸 티를 내는지 양쪽에 부하들을 데리고 왔다. 좌청룡, 우백호도 아니고 뭐 하는 건지. 서희의 눈엔 그냥 가소롭게 보일 뿐이었다.

"저에게 하실 말씀이란 게……."

"우리 지난번에 어머니에 관한 이야기를 했지?"

"……."

"이번에 서희가 힘을 좀 써 줘야겠어."

"……."

"이놈 알지?"

서희에게 준 사진은 은혁의 사진이었다.

"박은혁이란 놈을 찾고 있어. 오빠의 죽음과 관련이 있는 녀석이자 구지민의 오른팔이야."

"……."

"어디 있는지 알아봐 줘. 그러면 내가 보상을 하지."

오빠의 죽음과 연관되어 있다는 말에 서희는 사진 속의 얼굴을 다시 보았다. 이 사진은 그녀가 받은 사진과는 달랐지만, 그날 찍힌 사진이 분명했다.

"아주 못된 놈이야. 송소현 때도 죄 없는 우리 애들 여럿 망가트린 놈이지."

"……."

"구지민이 시키면 무슨 일이든 하는 아주 무서운 놈이야. 이번 일도 이 자식이 했을 게 분명해. 그리고 우리의 억울함을 풀려면 이 자식을 찾아야 하거든."

"……."

"구지민은 비상한 놈이야. 자신의 잘못을 남에게 덮어씌우는 재주가 있는 놈이지. 사람들은 잘생기고 돈 많은 구지민의 말을 믿으니까. 그러니까 서희도 지민의 유혹에 넘어가지 말고 똑바로 보라고."

아무리 오빠가 밉다고 해도 죽일 정도는 아니었다. 그런데 이 말이 사실이라면 그녀는 오빠를 죽인 원수와 결혼을 해야 하는 상황이었다.

"그리고 이건 보너스."

일식은 서희에게 진아와 키스하는 지민의 사진을 던져 주고 자리를 떴다. 상복을 입은 지민과 진아는 장례식장의 주차장에서 짙은 키스를 나누고 있었다.

"오빠의 상중이잖아……."

이건 아니었다. 서희는 더는 지민을 참고 견딜 수가 없었다. 아니 이제 참을 이유가 없었다. 병원이 아닌 집으로 온 서희는 집을 챙겨 곧바로 그의 집에서 나왔다. 짐을 다 챙기고 보니 캐리어 두 개가 전부였다.

그가 사 준 모든 건 그 집에 두고 나왔다. 이젠 그녀의 것이 아니었다. 잠시나마 그를 믿었던 자신을 원망하며 서희는 연우에게도 알리지 않고 그렇게 엄마의 요양원을 찾았다.

신속에 있는 요양원은 크기는 작았지만, 편의시설이 잘 갖춰진 곳이었다. 사람들도 좋아서 갈 때마다 엄마가 요양원 복은 있다고 생각했다.

"엄마……."

2인실에 있는 엄마는 50대라고 하기엔 너무 늙어 보였다.

"이번에 침대에서 미끄러지시면서 고관절 골절이 오셨어요."

"네?"

"골다공증이 너무 심해서요. 건드리기만 해도 부서질 지경이에요."

"침대에서만 생활하시는 거예요?"

엄마의 상황이 너무 비참했다.

"네, 말 한마디 안 하고 종일 창밖만 보고 계세요."

"엄마……."

서희는 엄마에게 다가가 엄마를 꼭 끌어안았다.

"서희야, 여기 무서워."

"엄마……."

"밥도 안 주고 막 때려."

"……."

"영심 씨, 방금 초코파이 먹었잖아요."

"언제?"

그녀도 엄마가 먹는 걸 보았다. 엄마는 치매까지 온 상황이었다. 한참을 엄마 곁에 있던 서희는 1년 치 병원비를 계산하고 요양원을 나왔다. 최소 1년은 엄마를 못 볼 것 같았기 때문이었다.

"엄마, 내가 올 때까지 건강해야 해."

오빠의 죽음은 차마 말할 수가 없었다. 그녀는 모든 걸 뒤로하고 사라졌다.

보름 만에 집에 도착한 지민의 얼굴이 창백했다. 모든 게 그대로인데 아무것도 없는 것 같았다. 집에 꼭 있어야 할 것이 없기 때문이었다. 서희가 사라졌다. 경호원을 붙였어야 했다. 그냥 집에만 있을 거라 생각하고 놔두는 게 아니었다.

지금 그녀가 심리적으로 불안하다는 걸 생각하지 못했다. 그의 배려가 부족했다. 그래서 서희는 증발해 버렸다. 일식의 소행은 아니었다. 일식이 했다면 그가 알았을 것이다. 일식은 그의 불행한 표정을 보기 위해서라도 소현처럼 서희를 죽였을 것이다. 그런데 아니었다.

"서희야……."

오빠의 장례식장에서 눈빛이 흔들리던 서희가 떠올랐다. 그냥 슬퍼서 그런 줄 알았는데 많이 불안했던 모양이었다.

"지민아!"

승진이 놀라서 뭔가를 가져왔다. 그의 침실에서 발견됐다면서 한 장의 사진을 가져 왔다.

"이거 사실이야?"

"아니."

그는 딱 잘라 말했다. 장례식장에서 진아가 그에게 달려들어 갑자기 키스해서 빠르게 떼어 내고는 따끔하게 혼을 냈었다. 그런데 교묘하게 그 순간 누군가 사진을 찍은 것 같았다.

"누구 짓인지 알아봐."

"이 사진, 인터넷 기사를 쓰는 기자가 찍은 거야. 나한테 있거든. 내 말은 이게 왜 여기에 있냐는 거야."

그건 그가 묻고 싶은 말이었다.

"서희가 오해한 것 같아."

"그런 것 같아. 서희 좀 찾아봐."

"알았어."

그는 소파에 앉아 두 손으로 머리를 감쌌다. 미칠 것 같았다. 도대체 왜 이렇게 서희와 그는 편안하지 못한 건지 알 수 없었다. 보름 동안 그는 서희에게 슬픔을 이겨 낼 시간을 준 거지 이렇게 떠나라고 시간을 준 것이 아니었다.

"서희야……."

그는 소파에 앉아 머리를 손으로 감쌌다. 그때 그의 부하가 들어왔다.

"최일식이 찾아왔답니다."

"뭐?"

"회사 근처에서 기다린다고 합니다."

그는 당장 자리에서 일어났다. 그리고 최일식이 있는 곳으로 향했다. 회사 앞의 작은 카페에 최일식이 앉아 있었다. 카페 주인은 얼굴이 창백해져서는 카페 안을 가득 메운 조폭들을 보며 떨고 있었다.

그리고 그의 등장에 카페 주인은 울 것 같은 표정이 되었다.

"구 부회장님."

"……."

최일식은 그를 반겼지만, 지민은 그럴 마음이 없었다.

"황 사장이 갔었다고?"

"……."

"노인네가 똥인지 된장인지 모르고 낀다니까. 어이가 없게."

"……."

그는 최 일식의 맞은편에 앉았다.

"여기 커피."

최일식이 소리치며 주문했다.

"날 찾은 이유는?"

지민은 최일식을 잡아먹을 듯이 노려보며 물었다. 마음 같아서
는 찢어 죽이고 싶은 심정이었다.

"인제 그만하자고."

어이가 없어서 웃음이 나올 뻔했다.

"뭘?"

"우리의 모든 거, 없었던 거로 하자고. 넌 서울에서, 난 부산에
서 콕 박혀 살자고."

"내가 왜? 어이없는 소리를 생각 없이 잘하는 스타일인가?"

지민이 그를 비꼬았다. 지금 그는 최일식 따위를 상대하기 싫었
다.

"오늘은 슬퍼 보이네?"

깐족거리는 게 뭔가를 아는 것 같았다.

"뭐?"

"우진이 죽은 게 굉장히 슬픈가 봐."

"네 짓이지?"

"아니, 난 상관없어."

"남자면 당당하게 자신이 한 일은 했다고 인정하는 게 맞지 않아?"

"안 했으니까 안 했다는 거지. 난 송소현도 죽이지 않았고 임우진도 안 죽였고 임서희가 사라진 것도……. 컥!"

순간적으로 지민이 일식의 멱살을 잡았다.

"서희가 사라진 건 어떻게 알아?"

"켁켁……. 그냥 찍은 거야."

"그게 말이 되는 소리야? 서희 어디 있어?"

"……."

일식의 얼굴이 검붉게 변할 정도로 그가 멱살을 꽉 쥐었다. 그의 부하들은 이미 지민의 부하들에 의해 제지당하고 있었다.

"서희가 어디 있는지 말해."

지민은 저도 모르게 일식의 목을 잡은 손에 힘을 주었다.

"모, 몰라."

일식의 얼굴이 터질 것 같았다.

"아는 게 좋을 거야."

"켁켁. 콜록콜록!"

그가 손을 놓자 일식이 숨을 쉬기 위해 헉헉거렸다.

"말해."

"몰라."

"아는 게 좋을 거야."

그가 칼을 꺼내 들었다. 그리고 그의 손목을 잡고는 테이블 위에 놓았다.

팍!

"아악!"

그의 손등에 정확하게 칼이 꽂혔다.

"요, 요양병원이 마지막이야. 1년 치를 다 내고 갔다고."

일식이 고통스러워하며 입을 열었다.

"이제 내 눈에 띄지 마. 한 번만 더 띄면 다음엔 이 칼이 심장에 정확하게 꽂힐 거야."

그는 이렇게 경고를 하고 카페를 나왔다.

"서희야……."

그의 머릿속은 온통 서희뿐이었다.

3개월 후.

서희는 김천의 작은 카페에서 일하고 있었다. 12월의 차가운 바람을 작은 카페가 포근함으로 녹였다.

"우리 고구마 구워 먹을까?"

카페 중앙을 차지하는 난로에 은박지에 싼 고구마가 투하되기 시작했다.

"금방 익겠지?"

"아니, 1시간 이상은 걸릴 것 같아."

"그럼 못 참겠지?"

"아니, 참을 수 있어."

카페 '나폴레옹'은 일을 하는 곳이라기보다는 놀이터 같았다. 김천의 최고 갑부의 아들이 카페 주인이었기 때문에 매출 따위는 거의 신경을 쓰지 않고 있었다. 무작정 떠나 정착한 곳이 김천이었다.

서울 사람들의 관심이 닿지 않는 곳이었다. 그리고 일주일을 쉬다가 집도 구하고 일도 구했다. 처음 아르바이트 면접을 본 곳이 이곳이었다. 동갑인 사장은 정이 많은 사람이었다. 지방 사람이라고 하기엔 굉장히 멋쟁이였고 서울에서 대학까지 나온 사람이었다.

유달리 다른 카페에 비해 여자 손님이 많은 건 다 사장의 잘생긴 얼굴 덕이었다. 물론 그녀 때문에 남자 손님들도 많아지긴 했지만 남자 손님들이 오면 그는 무조건 둘이 부부라고 말해서 그녀를 어이없게 만들었다.

카페 이름이 술 이름처럼 된 건 이 가게 주인인 유원이 나폴레옹을 좋아하기 때문이었다. 카페 한복판에 직접 그린 나폴레옹의 초상화도 있었다. 유원은 미대를 나온 사람이었다.

"밥을 먹는 게 낫지 않을까?"

"이게 더 맛있어. 배고프면 서희나 먹어."

"후……. 네 사장님."

서희는 도시락을 열고 밥을 먹었다. 저녁 장사를 하려면 지금 먹는 게 나았다. 저녁엔 특히나 여성 손님들이 많아서 바빴다. 카페에 딸린 작은 방 안으로 들어가서 밥을 먹고 약간의 휴식을 취한 서희였다.

보통 카페들은 브레이크 타임이 없는데 이곳은 온종일 고생하는 서희를 위해 브레이크 타임까지 주었다. 그녀의 인생도 지금 브레이크 타임이었다. 치열했던 그녀의 삶을, 그리고 사랑을 놓고 왔기 때문이었다. 밥을 먹고 잠시 누워 있다가 그녀는 카페로 나왔다. 오후 장사 준비를 하는데 오늘은 일찍부터 손님이 들어왔다.

"어서 오세요."

서희는 이 커피향이 좋았다. 마음을 편하게 해 주기 때문이었다. 그래서 웃는 얼굴로 온종일 있을 수 있었다. 아니 모든 걸 잊고 하루를 버틸 수 있었다.

"뭘 드릴까요?"

"아메리카노 두 잔하고 저분이요."

"네?"

적극적인 여자 손님이었다.

"저요?"

"네."

여자 손님과 같이 온 다른 손님도 놀라는 눈치였다.

"미쳤냐?"

"아니, 말짱하다."

"그런데 왜 그카는데?"

경상도 사투리는 조금만 억양이 높아지면 싸우는 것 같아 서희는 깜짝 놀랄 때가 많았다. 아직 적응하려면 시간이 걸릴 것 같았다.

"제가 커피랑 저분도 덤으로 드릴 테니 싸우지 말고 잠시만 기다려 주세요."

그녀는 웃으며 이 상황을 넘겼다. 그리고 커피를 유원의 손에 들려 보냈다.

"이건 혹사야."

"이 정도는 해야 사장이죠."

"그래? 알았어. 그 대신에 이따가 술 한잔하자."

"네."

영업이 끝나고 가끔 그의 술친구가 되어 주었다. 아는 사람도 없고 해서 그녀는 유원과 친구처럼 지냈다. 물론 술은 입에 대지 않았지만, 안주는 먹어 줄 수 있으니까.

영업이 끝이 나고 간 곳은 근처의 감자탕 집이었다.

"두 분 너무 잘 어울려요."

"감사합니다."

유원은 늘 사람들 앞에서 둘이 사귄다고 말하고 다녔다.

"사장님 어머니께서 아시면 거품 물 일이에요."

"왜?"

"임신한 여자가 여자 친구라고 하면 어느 부모가 좋아해요?"

"어머니 손자라고 말하면 되지."

"사장님, 농담이라도 그러지 말아요."

"왜?"

가끔 유원은 그녀를 당황스럽게 만들 때가 있었다.

"아빠가 누군지 말해 줘."

"……."

"알았어. 말씀으로 잉태하신 거."

처음에 이곳에 왔을 땐 임신 사실을 몰랐는데 감기 증상이 계속 되어 병원에 갔더니 임신이라는 말을 듣게 되었다. 놀라긴 했지만, 신이 주신 축복이라고 생각해서 아기의 태명을 축복이라 지었다.

"축복이가 태어나면 나를 아빠라고 생각하게 될 것 같아."

"사장님."

"힘들지 않으면 아기 낳을 때까지 다니고. 몸조리하고 다시 나와."

"생각해 볼게요."

당분간 아이를 기르는 데만 집중할 것 같았다. 아직 돈이 있으니 2년 정도는 집에서 아기만 볼 생각이었다. 그다음 일은 다음에 생각하고 싶었다. 너무 비관적인 생각은 하고 싶지 않았다. 아끼면 5년은 버틸 수 있었다.

아이가 어느 정도 자라 어린이집에 갈 동안은 어쩔 수 없었다.

"무슨 생각해?"

"어떻게 하면 감자탕의 뼈를 잘 발라 먹을까?"

그녀는 유원에게 너무 깊숙한 것까지 이야기하고 싶지 않았다.

"농담 아니야."

"저도 농담이 아닙니다."

그녀가 맛있게 감자탕을 먹기 시작했다.

"사장님은 여자 친구 없어요??"

"앞에 있어."

"장난하지 말고요."

언제나 이런 식이었다. 사람 말을 진지하게 받아들인 적이 없었다.

그렇게 감자탕을 먹고 그녀의 집까지 바래다주는 게 유원의 일 과였다.

　"감사해요."

　"추워."

　그녀가 차에서 내리려는데 그가 옷깃을 여며 주었다. 그리고 그 녀의 입술에 살짝 입을 맞추었다.

　"……."

　너무 놀라서 멍해 있는 그녀에게 유원이 윙크했다.

　"임산부라서 여기까지 하는 거야. 우리 축복이 태어나면 진도 는 더 뺄 생각이고. 들어가서 쉬어."

　"……."

　처음이었다. 유원이 이렇게 적극적인 표현을 한 건. 반쯤 얼이 빠진 얼굴로 서희는 원룸 안으로 들어갔다. 아이가 태어나기 전에 조금 더 큰 집으로 이사를 할 생각이었다. 그래도 거실이 있는 공 간이 아이에게 좋을 것 같기 때문이었다.

　"나 때문에 상처받으면 안 되는데……."

　유원이 얼마나 좋은 사람이라는 걸 알기에 더 걱정이었다.

　"축복아, 엄마는 축복이만 있으면 돼."

　그녀는 이렇게 말을 하며 하루를 마감했다.

본가에 도착한 유원은 차를 세우고 안으로 들어갔다. 예전엔 본
가가 참 편했는데 요즘은 가시방석이었다.

"다녀왔습니다."

"이리 와서 앉아."

아버지가 화가 많이 난 목소리로 그를 불렀다.

"네."

"카페에서 일하는 여자와 정분이 났다고?"

아버지는 김천의 유지로 김천 바닥에서 일어나는 일은 다 아시
는 것 같았다.

"아버지, 지금 시대가 어떤 때인데 정분이라뇨."

그냥 넘어가려고 그는 얼버무리며 말했다.

"너 이번 주에 김 사장 딸하고 선봐."

"아버지!"

"네가 나이가 어려서 아무 여자한테 마음을 주고 다니나 본데,
난 그런 꼴 못 본다."

김천의 유지인 아버진 그가 늘 불만이었다. 우리나라에서 제일
좋은 학교를 나왔고 잘생긴 인물에 집안도 좋은 그가 직장에 들어
가지 않고 김천에 내려와 카페나 하는 게 마음에 들지 않았다.

처음엔 농사를 짓는다는 걸 말리고 또 말린 게 카페의 시작이었다.

"인제 그만 속 썩이고 장가나 가."

"아버지……."

"그런다고 유나가 돌아오는 건 아니야."

그의 집에 금기어가 아버지의 입을 통해 튀어나왔다. 유나는 그의 동생이었다. 서울에서 그가 데리고 있었는데 명절에 집에 오는 길에 교통사고로 죽었다. 그가 너무 바빠서 운전 초보인 유나를 먼저 집에 보낸 게 화근이었다.

고속도로를 타 봐야 운전이 는다고 한 말은 지금까지 그의 가슴에 사무쳐 있었다. 결국, 그가 동생을 죽인 것이었다.

"아버지, 여기서 유나 얘기가 왜 나옵니까?"

그는 아버지에게 처음으로 화를 내며 자리에서 벌떡 일어났다. 어머니가 그를 말렸지만 소용이 없었다. 그는 자신의 방으로 들어가 침대에 벌러덩 누웠다. 서희를 처음 봤을 때 그는 유나의 천사 같은 미소를 보았다. 그래서 정이 갔고 지금은 사랑하게 되었다.

그녀의 부족한 부분을 알면 알수록 그가 채워 주고 싶었다. 차라리 그녀 옆에 남자가 있었다면 좋은 친구로 남았겠지만, 서희는 남자에게 버림받은 여자였다.

그래서 더 포기가 안 됐다.

서희가 사라진 뒤로 지민은 점점 마르고 있었다. 그런 지민을 보는 승진의 속은 까맣게 타들어 갔다. 그 덕을 보고 있는 건 지금 그의 앞에 앉아 있는 하준이었지만 말이다. 연우와 사귀고 있는 하준이었다. 아직 스캔들은 없었지만 언제 바람을 피울지 모르는 녀석이었다. 승진의 관심이 지민에게 쏠려 있으니 연우와 하준은 마음 편히 만나는 것 같았다.

"곰탕 먹다가 체하겠어. 왜 그래?"

하준이 그를 보며 말했다. 하준도 할 말이 많은 모양이었다.

"몰라 물어?"

"허락했잖아."

"내가 언제?"

"하여간 한 입으로 두말하긴."

그들이 투덕거리며 싸울 때도 지민은 말이 없었다. 부산에 온 그들은 점심으로 돼지국밥을 먹었다. 요즘 서울에 있는 것보다 부산에 있는 시간이 많았다. 그만큼 큰 공사이기 때문이기도 했고 최일식과의 일이 아직 마무리되지 않고 있었기 때문이었다.

두 달 전 최일식을 죽지 않을 만큼 손봐 주고 난 이후로는 잠잠해졌지만, 이 싸움은 둘 중 한 명이 죽지 않는 이상 끝이 날 것 같지 않았다.

"어디 가게?"

국밥은 손도 안 대고 지민이 자리에서 일어났다.

"이건 먹고 가."

하준도 걱정이 됐는지 지민을 자리에 앉혔다.

"서희 씨, 찾고 있으니까. 제발 밥 좀 먹어. 속상하게 그러지 말고."

승진이 숟가락을 지민의 손에 쥐여 주며 말했다.

"지민아!"

"……알았어."

지민이 겨우 한 숟가락의 밥을 삼켰다. 광대가 튀어나온 게 마음이 좋지 않았다. 안 그래도 강하게 생긴 놈이 이제는 근접하기

조차 쉽지 않은 인상이 되었다. 직원들은 3개월째 숨도 못 쉬고 지냈다.

"얼마나 꼭꼭 숨어 있길래 이렇게 안 나타나는 거지?"

눈치 없이 하준이 한마디 했다.

"너는 그 입 좀 다물어."

"내가 하는 건 다 싫지?"

"그래, 그러니까 조용히 좀 있어."

그들이 투덕거리는 사이에 지민이 자리를 박차고 일어났다.

"다 너 때문이야."

"내가 뭐."

승진은 지민의 뒤를 따라나섰다. 지민이 전화 통화를 하고 있었다.

"서울로 가자."

지민이 다급하게 말했다.

"지금?"

"서울에서 서희를 본 사람이 있데."

"서울에서?"

지민이 무슨 소리를 들었는지 미친놈처럼 눈이 뒤집혀 있었다.

"알았어."

그는 하준에게 먼저 올라간다고 말하고는 지민을 차에 태우고 운전대를 잡았다.

"좋은 소식이 기다리고 있을 거야."

그렇게 차를 출발시키고 가는데 김천의 아파트 공사장에서 인사사고가 발생했다는 보고가 들어와 잠시 김천에 들렀다가 가기로 했다. 지민은 바로 가기를 원했지만, 사안이 커서 그도 어쩔 수가 없었다.

"그래도 일에는 순서가 있어."

"……알았어."

지민도 상황을 알기에 만나자는 사람과 시간 약속을 뒤로 미루었다. 그리고 김천으로 향했다.

"피곤한데 커피 한잔할까?"

승진도 사람인지라 피곤이 몰려왔다. 커피가 절실하게 필요했다.

"아니, 너만 마셔."

"나만?"

지민은 서울에서 서희를 봤다는 말 때문에 다른 것은 관심이 없는 것 같았다.

그는 차를 세우고 카페 안으로 들어갔다. 그리고 그대로 얼어붙었다. 헛것을 본 건가 하는 생각이 들었다. 상상도 못 할 장소에서 서희를 본 것이었다.

"어서 오세······."

놀란 건 서희도 마찬가지였다. 얼굴에 핏기가 사라진 서희였다.

"서희야, 왜 그래?"

옆에 있던 잘생긴 남자가 서희 곁에 서서 물었다.

"가세요."

서희는 차갑게 말했다. 그가 본 서희의 모습 중에 가장 차가웠다.

"서희 씨."

"가세요, 그리고 못 본 척해 주세요. 부탁드립니다."

"서희 씨······."

"부탁드릴게요. 안 그러면 여기서도 떠나야 해요."

서희의 말에 남자가 그의 곁에 오더니 다짜고짜 그의 멱살을 잡았다.

"너야? 너구나? 그 나쁜 새끼가?"

"이거 놓으시죠."

"놓긴 뭘 놔줘. 여자하고 자식까지 세트로 버려 놓고 무슨 낯짝으로 왔는지 모르겠지만, 내가 다 책임질 거니까 가라. 안 그러면 경찰 부를까?"

남자는 얼굴이 시뻘게져서 마구 말을 쏟아냈다.

"아기라뇨?"

"네가 싸질러 놓고는 모른 척해?"

"유원 씨!"

서희가 사색이 되어 그를 말렸다. 그때 가게 문이 열리더니 지민이 카페 안으로 들어왔다. 승진은 아주 비현실적인 영화 한 편을 보는 느낌이었다. 그리고 지민은 로맨스 장르를 공포물로 바꿀 만한 표정이었다.

커피를 사러 간 녀석이 오지 않자 지민은 감은 눈을 뜨고는 카페 안을 보았다. 그런데 카페 안의 풍경은 그가 상상하던 풍경이 아니었다. 커피를 사러 간 승진이 어떤 놈에게 멱살이 잡혀 있었다.

"……."

잘못 본 건가 해서 눈을 다시 감았다가 떴는데도 유리창으로 보이는 풍경은 같았다.

"커피는 안 사 오고 뭐 하는 거야?"

승진이 얼마나 싸움을 못 하는지 알기에 그는 피곤한 몸을 이끌고 차에서 내렸다. 그리고 카페 안의 문을 열고 들어가려다 지민은 문고리를 잡은 채 그대로 얼음이 되어 버렸다. 그의 눈에 서희가 보였기 때문이었다. 그리고 승진의 멱살을 쥔 남자의 목소리가 들렸다.

"놓긴 뭘 놔줘. 여자하고 자식까지 세트로 버려 놓고 무슨 낯짝으로 왔는지 모르겠지만 내가 다 책임질 거니까 가라. 안 그러면 경찰 부를까?"

분명히 아기라고 했다. 지금 남자는 승진이 서희의 남자라고 착각하는 것 같았다.

"아기라뇨?"

서희가 아기를 가졌다는 말인가? 순간 머리를 망치로 맞은 느낌이었다. 그 아기는 분명 그의 아기가 맞을 것이다.

"네가 싸질러 놓고는 모른 척해?"

지민은 저도 모르게 문을 벌컥 열고는 안으로 들어갔다.

"유원 씨!"

서희가 소리를 질렀다. 유원이란 남자가 말하는 내용을 그가 듣지 못하게 하려는 의도인 것 같았다. 하지만 이미 다 들어 버린 그는 서희가 있는 카운터로 가서 그녀의 손을 잡았다.

"이거 놔요!"

승진이 멱살을 잡혀 있건 말건 상관없었다. 그냥 서희를 카페에서 데리고 나와야 한다는 생각뿐이었다.

"넌 또 뭐야?"

남자가 그를 향해 달려 들자 이번엔 승진이 아주 큰일을 했다. 승진과 일을 하면서 가장 마음에 든 일을 한 것이다. 승진이 남자를 잡고 못 가게 막았다. 그는 서희를 차에 태우고는 일단 운전을 시작했다.

"내려 줘요."

화가 난 건 그인데 서희가 차갑게 말했다.

"나한테 말을 해야 할 거야."

"뭘요?"

"왜 날 떠났는지."

"오빠는 죽었고 엄마의 요양비 정도는 내가 책임질 수 있으니까요."

"겨우 그런 이유로 내 아이까지 데리고 간 거야? 내 아이가 아빠 없이 자라는 걸 보고 싶었나?"

"아니요, 솔직히 떠날 땐 임신 사실을 몰랐어요."

"아니면 저놈이 내 아이를 키우겠데?"

"네."

"임서희!"

그는 참을 수가 없었다. 서희는 그에게 이럴 수 없었다. 그가 태어나서 가장 원했던 여자가, 가장 잘해 줬던 여자가, 그에게 가장 큰 상처를 준 여자가 너무나 당당하게 있었다.

"미안해야 하는 거 아닌가?"

"제가 왜요?"

서희의 반응은 차가웠다.

"오빠를 잃고 모든 걸 잃은 내게, 당신이 새로운 여자를 만나기 위해 알아서 피해 달라고 하는 줄 알았어요."

"그 사진, 가짜야."

"합성이라고 하기엔 너무 리얼하지 않아요? 그리고 그곳은 장례식장이었어요. 안 그랬는데 합성이었던 건가요?"

"진아가 달려들었어. 바로 밀어냈는데 교묘하게 찍힌 거야. 난 진아에게 마음이 없어."

"우리나라에서 제일 섹시한 여자에게 마음이 없다니 거짓말도 잘하네요. 맞다. 지금은 상관없어요."

"나한테 물어봤어야 해."

"한번 물어봤어요. 당신이 모텔에 다른 여자와 들어간 날. 당신은 온종일 회사에 있었고 나만 생각했다고 말했죠. 난 당신의 차가 모텔에 들어가는 사진을 봤는데, 이상하죠? 그것도 합성인가요?"

"……"

모텔이라니. 그건 또 무슨 소리인지 지민은 알 수 없었다.

"누가 그렇게 많은 거짓 정보를 준 거지? 최일식인가?"

"……"

"녀석은 이미 두 달 전에 내 손에서 정리했어. 나와 놈의 악연을 끝냈다고."

"두 사람의 문제는 잘 모르겠지만 난 지금 당신에 대한 신뢰가 사라졌어요. 거기에 진아와 같은 여자가 당신이 좋다고 덤벼들면 난 그들을 이길 자신이 없어요."

"……."

"그냥 혼자 조용히 아이와 함께 살고 싶어요. 그러니 모른 척해 줘요."

"……."

서희는 진심을 말했고 지민은 그게 마음이 아팠다. 그녀는 지민이 보이지 않는 것 같았다. 그가 서희가 떠난 빈자리 때문에 얼마나 고통 속에 살았는지는 보이지 않는 것 같았다.

"아니 서희는 나와 함께 서울로 갈 거야. 만약에 이대로 가지 않는다면 그땐 내가 가만히 있지 않아."

그는 서희를 용서 할 수 없었다. 자신을 의심하고 자신의 아이를 가지고도 알리지 않은 서희를 도저히 용서할 수가 없었다.

"아버지께서, 많이 안 좋으셔."

"……."

"손자의 얼굴 정도는 보여 드려야 하지 않겠어? 아직도 내가 남자구실을 못 해서 서희가 도망간 줄 아시는 분인데."

"……갈게요. 하지만 시간을 줘요."

서희도 한풀 꺾인 것 같았다.

"아니, 아까 그 녀석과 어떤 사인지 모르겠지만 모든 걸 두고 그 대로 떠나."

"……."

"집이 어디지?"

"여기서 가까워요."

"내가 집에 데려다줄 테니까……."

"아뇨, 사장님께는 인사를 드려야 해요. 제가 아무것도 없을 때 도와준 분이니까, 인사는 하고 가게 해 줘요."

"……알았어."

그는 다시 서희를 데리고 가게로 갔다.

가게 안에서 남자와 승진이 얘기 중이었다. 승진이 잘 말하고 있는 모양이었다. 서희가 들어가서 남자에게 인사를 하는 동안 승진은 밖으로 나왔다.

"정말 좋아했나 봐."

"뭐?"

"서희 씨가 죽은 여동생과 너무 닮아서 처음엔 마음이 갔대. 그런데 같이 있으니 남자에게 버림받고 아기까지 임신한 서희가 안 쓰러웠다고 하더라. 저 사람은 착한 사람이야."

"뭐 하는 거야?"

"죄송합니다."

그가 언짢은 티를 내자 승진이 입을 다물었다. 카페 사장이 어떤 호의를 베풀었는지 모르지만, 그 남자 때문에 3개월 동안이나 그가 서희를 못 찾은 걸 생각하자 화가 치밀었다.

"숨겨 주지 말았어야 했어."

서희가 자신이 짐을 챙겨서 나왔다. 그런 서희를 차에 태우고 그들은 김천의 공사장으로 향했다. 크레인이 부러지는 사고에 인부 한 명이 사망한 사고였다. 그는 최대한 사고 처리와 보상에 힘쓰겠다는 말을 하고 병원을 찾아간 뒤에 서울로 올라왔다.

승진은 사고 현장을 수습하라고 두고 그와 서희만 올라온 상황이 되었다. 차 안에 어색한 침묵이 흘렀다.

"……"

살짝 살이 오른 서희는 더욱 아름다워진 것 같았다. 하지만 서희의 표정은 차가웠다. 그렇게 그의 본가에 도착한 그는 아버지께 서희를 인사시켰다. 지금 그는 레지던스에서 나와 본가에서 생활했다.

그곳에 있으면 서희와의 뜨거웠던 나날들이 생각이 나서 견딜 수가 없었기 때문이었다.

"아버지, 서희가 돌아왔어요."

서희는 아버지를 보고는 깜짝 놀라는 것 같았다.

"회장님……."

"어디 갔다가 이제 와?"

정말 가죽만 남은 구 회장이었다. 아버지는 위암 말기로 이제 사실 날이 얼마 남지 않았다. 체중도 급격하게 빠졌고 암세포가 이미 온몸에 퍼진 상황이었다.

"그래도 내가 복이 있나 보다. 이렇게 널 다시 보고 기쁜 소식까지 들으니 말이다."

아버지께는 서희가 그의 아이를 임신했다고 말한 상황이었다.

"손자는 보고 죽어야 하는데……."

"꼭 보실 수 있을 거예요."

서희가 자상하게 아버지의 손을 잡았다. 그에겐 그렇게 차가운 여자가 아버지에게는 세상 다정한 며느리였다.

"예식은……."

"예식은 아기 낳고 올릴 생각이고 혼인신고부터 할 생각입니다."

"그래, 요즘 누가 그렇게 격식을 따진다고……."

아버지는 긴 문장을 말하는 것도 힘들어했다. 언제나 강한 아버지가 이렇게 나약한 모습을 보이니 지민은 속이 상했다.

지민은 지금 그가 쓰는 방에 서희의 짐을 풀게 했다. 당장 필요한 건 내일 현 집사에게 부탁하면 될 것이었다.

"쉬어."

"네."

그는 1층으로 내려와 정원을 거닐며 담배를 피웠다. 그리고 자신의 방이 보이는 위치에 서서 창문을 올려다보았다. 그러자 거짓말처럼 서희가 창가로 나와 창문을 열었다. 답답한 모양이었다. 그가 어두운 쪽에 있어서 그를 발견하진 못한 것 같았다. 지민은 서희의 얼굴을 마음껏 바라보았다.

3개월 동안 매일 그리워하던 얼굴이었다. 소현이 죽었을 때도 그렇게 슬프진 않았다. 하지만 서희가 사라졌을 땐 모든 걸 잃은 기분이었다.

"이게 사랑인 걸까?"

그는 이렇게 말하면서 피식 웃었다.

"구지민이 사랑을?"

웃기는 소리였다. 그의 가슴엔 사랑 따위가 있을 리가 없었다.

"정말 웃기는 소리를 하는군."

그는 이렇게 중얼거리고는 그의 방이 아닌 서재로 향했다.

샤워하고 짐정리를 하는 동안 지민은 방으로 들어오지 않았다. 서희는 혹시나 하는 마음에 자꾸만 문을 보게 되었다.

"후……."

땅이 꺼질 듯이 한숨이 흘러나왔다.

"내가 왜 이러지?"

그를 본 순간부터 자존심도 없이 자꾸만 심장이 두근거렸다. 이건 본능적인 반응이었다. 아니라도 부인해도 어쩔 수 없이 그녀의 마음은 지민을 향해 있었다.

그녀는 짐을 정리하고는 침대에 누웠다. 자신의 작은 원룸이 그리웠다. 침대도 넓고 방도 좋았지만, 마음이 편하지 않았다.

또다시 정신적으로 힘들어야 한다고 생각하니 기운이 빠졌다.

"축복아, 엄마의 기도대로 아빠와 만났는데 생각보다 기쁘지 않아. 왜일까?"

그녀의 아름다운 눈에서 한줄기 눈물이 볼을 타고 흘러내렸다.

눈을 떠 보니 아침이었다. 임신 4개월에 접어들어서인지 몸이 더 무거워진 것 같았다. 겉으로 보기엔 전혀 임신한 것 같지 않았지만, 힘은 들었다.

"사모님."

현 집사가 침실 안으로 들어왔다.

"늦잠을 잤나 봐요."

놀란 서희가 얼른 몸을 일으켰다.

"아닙니다. 임산부는 충분한 잠을 자야 합니다."

현 집사는 마치 뭔가 중대한 걸 말하는 것처럼 단호하게 말했다.

"네, 그런데 무슨……."

"얼른 아침 식사하시고 저와 병원에 가셔야 합니다. 12시 예약이라서 서두르셔야 합니다."

"네?"

하긴 그녀도 병원에 잘 가 보지 않아서 걱정되는 건 사실이었다. 아기가 건강한지도 궁금했다.

"네."

그녀는 서둘러 준비를 하고 밥을 먹었다. 아침에 구 회장의 방에 들러 인사를 하고 현 집사와 병원에 갔다. 어제와는 너무나 다른 오전이었다. 어제는 원룸에서 일어나 카페로 향했는데 오늘은 마치 꿈을 꾸는 것 같았다.

병원에 도착한 그녀는 검사를 하고 아기와 산모 모두 건강하다는 말을 들었다. 그리고 다음 진료를 예약하고 병원을 나섰다.

"어? 여기는 집으로 가는 길이 아니잖아요?"

"점심시간이라고 부회장님께서 같이 점심을 드시고 싶다고 해서요."

"네……."

어제는 방에도 들어오지 않은 사람이 왜 이러는지 이해가 되지 않았다. 아이 때문에 그녀를 집으로 불러들인 그였다. 아니 이유가 한 가지 더 있었다. 자신의 아버지 때문이기도 했다. 그의 마음 어디에도 그녀는 없었다. 그렇게 생각하는 게 마음이 편할 것 같았다. 그들이 도착한 곳은 한정식 집이었다.

"기다리고 계십니다."

한복을 곱게 차려입은 여주인이 그녀를 반갑게 맞이했다. 그래서일까? 처음 온 것 같지 않은 느낌이었다. 아늑하고 좋은 곳이었다.

"아기를 가지셨다고요?"

"네."

"축하드립니다. 부회장님께서 오전에 직접 전화를 하셔서 임산부에게 좋은 상차림을 부탁하셨습니다."

"……."

왜 이러는지 마음에 들지 않았다. 이렇게 자꾸만 그녀의 마음을 약하게 했다가 뒤통수를 치는 게 그의 수법이었다. 다시는 속지 않는다.

드르륵.

그가 먼저 와서 앉아 있었다.

"앉아."

그녀가 그의 맞은편에 앉았다. 잠시 어색한 침묵이 흘렀고 서희는 상에 놓인 물잔만 바라보았다.

"병원에서는 뭐래?"

먼저 말을 꺼낸 건 지민이었다. 역시나 아기에 관해 궁금해했다.

"건강하대요."

"다음은 언제 또 가지?"

"다음 주요."

"그때는 같이 가."

"……"

병원에 같이 가자는 말에 놀라 서희는 답도 하지 못하고 물만 마셨다. 그가 그녀의 잔에 물을 따라 주었다.

"어울리지 않아요."

"나도 어색해. 하지만 노력할 거야."

"노력하지 마요."

"……"

"당신이 가만히 있는다고 해도 다른 여자들이 당신에게 다가갈 거예요. 난 또 힘이 들겠죠. 그러니 그냥 당신이 하던 대로 하면 되는 거예요. 이제는 도망가지 않을 거니까. 어차피 도망가 봐야 당신 손바닥 안이고 우리 아기를 위해서도 그건 옳지 않은 것 같아요."

"……잘 생각했어."

그는 이렇게 말했다.

"하지만 내 주변에 이제 다른 여자는 없을 거야."

"……"

"내가 약속하지. 난 내 입으로 뱉은 말은 반드시 지키니까."

"쉽지 않을 거예요. 당신은 매력적인 사람이니까. 접근이 어려울수록 더 갖고 싶어지는 걸 모르나 보군요."

그녀는 지민을 믿지 않았다. 그래야 그녀의 마음이 상처 받지 않으니까.

점심이 차려졌다. 모든 게 유기농이었다. 천연 조미료로 맛을 냈다고 하는데 너무 맛있었다. 입덧이 심해서 음식을 가리는데 여기 음식은 그렇지 않았다. 맛있었다.

"감자탕만 먹고 살았는데 여기는 정말 맛있네요. 고마워요."

진심이었다.

"다행이군."

그는 음식을 먹는 내내 그녀를 바라보았고 서희는 애써 시선을 피했다.

식사를 마치고 음식점에서 나오는데 연우가 와 있었다.

"야!"

소리치며 달려와서는 그녀를 꼭 끌어안은 연우는 사람들이 보든 말든 대성통곡을 하기 시작했다. 미안한 마음에 서희도 울었다.

"어떻게 전화 한 통을 안 하냐고……."

"미안해……."

그녀는 연우를 안고 펑펑 울었다. 그 모습을 지민과 하준이 보고 있었다.

"여기서 이러지 말고 커피숍에 들어가서 밀린 얘기라도 해. 형하고 난 들어가 봐야 하니까. 현 집사님이 집까지 데려다줄 거야."

두 사람은 회사로 들어갔고 그녀는 연우와 한참 동안 밀린 이야기보따리를 풀었다. 연우는 그녀가 임신한 게 신기한 모양이었다.

"나한테 전화 한 통 안 하고 싶었어?"

"하고 싶었지만 그럴 상황이 못 됐어. 그땐 들키면 안 된다고 생각했으니까……. 그래서 좀 안정이 되면 전화하려고 했어. 너한테 제일 먼저 하려고 했다고……."

다시 눈물이 흘러내렸다.

"나도 혼자서 얼마나 무서웠는지 알아?"

"서희야……."

그들은 커피숍에서 사람들이 보든 말든 서로를 부둥켜안고 울었다. 연우에게 한 번이라도 연락할 걸이라는 생각이 들 정도로 그녀를 보니 마음이 편했다.

"널 보니까 마음에 안정이 오는 것 같아."

"서희야, 지금은 아기를 위해서라도 불안한 생각은 하지 마. 좋은 생각만 해."

"알았어."

연우와 헤어진 후에 서희는 집으로 가서 구 회장의 옆에서 시간을 보냈다. 오늘 하루 동안 있었던 일을 그의 옆에 앉아서 미주알고주알 이야기했다.

원래 이런 성격은 아니었지만 아픈 환자를 위해 그녀가 할 수 있는 유일한 것이었다. 구 회장은 그녀의 말을 잘 들어 주었다. 그리고 축복이와 대화도 나누었다. 그런 모습을 현 집사가 흐뭇하게 바라보았다.

구 회장이 하고 싶은 게 있냐고 물어서 서희는 아기를 위한 방을 꾸미고 싶다고 했다. 그러자 당장 현 집사를 불러 그들의 침실 옆에 아기 방을 공사하라고 했다. 구 회장의 말은 곧 법이었기 때문에 서희는 말리지 않았다.

서희는 저녁까지 구 회장의 옆에 있었다. 저녁엔 직접 식사도 먹여 드렸다.

"내일은 네 볼일 봐."

"불편하세요?"

"아니, 고맙지. 하지만 너도 네 시간을 가져야지 않겠니."

"쫓아내지 마세요. 저도 갈 곳이 없어요."

"……."

서희는 그렇게 말하고는 책을 읽기 시작했다. 그냥 서재에서 그녀가 좋아하는 가벼운 소설을 가지고 와서 읽어 드렸더니 좋아하셨다.

"지민이 왔구나."

언제 들어왔는지 지민이 문 앞에 서 있었다.

"다녀왔습니다."

"오늘 종일 서희가 여기 있었다. 이제 그만 데려가서 쉬어."

"네."

구 회장의 말에 지민이 서희의 어깨에 손을 올리고는 다정하게 방을 빠져나왔다.

"밥은?"

"아직이요."

솔직하게 그와 점심에 밥을 먹고 집에 와서는 먹지 않았다.

"옷 갈아입고 내려오세요."

그녀는 먼저 식당에 가서 그를 기다렸고 그들의 저녁식사 시간은 조용했다. 서희도 그도 별말이 없었다. 식사 후에 그는 침실로 들어오지 않았다. 잘해 주기는 했지만, 그녀와 함께 잠을 자지는 않았다.

서운하기는 했지만, 아이를 핑계로 그녀와 잠자리는 하지 않을 것 같았다.

지민이 주말에 회사 창립 기념행사가 열린다고 그녀에게 준비하라고 했다. 달리 준비할 건 없고 예쁘게 꾸미기만 하면 되는 것이었다. 그리고 주말이 오기 전까지 서희에게도 일거리가 생겼다. 아기 방을 꾸미는 일이었다. 인테리어 업자와 매일같이 아기 방에 관해 상담했고 구 회장의 말동무도 되어 주었다.

저녁은 특별한 일이 없으면 지민과 함께했다. 그는 일상의 일을 물었고 둘의 관계는 그게 다였다. 주말이 다가올수록 준비할 건 없었지만 머리가 복잡해졌다. 혹시나 진아를 만나게 된다면 정말 스트레스를 받을 것 같았다.

이제 아기도 있어서 함부로 쏘아붙일 수도 없었다. 태교에 나쁜 영향을 미칠 것 같았기 때문이었다.

"벽지는 하늘색 계열이 좋겠고 나무 모양의 디자인이 실물 크기로 있으면 좋겠어요. 아기가 자연을 보는 것도 좋을 것 같거든요."

자꾸만 피로가 몰려왔다. 서희는 디자이너와 상담을 마치고 회장실이 아닌 2층 거실에 있는 1인용 리클라이너 소파에 앉아 눈을 감았다. 피곤했는지 금방 잠이 들었다.

"토요일에 온다고 그래?"

순간 지민의 목소리에 서희는 잠이 확 깼다.

"근처에도 못 오게 해. 여자들이 근처에도 접근 못 하게 하라고.

연우는 하준이랑 있으니까 괜찮아."

그의 말에 정신이 확 들었다.

"신경 쓰이게 하고 싶지 않아. 태교에 안 좋아."

승진과 통화를 하는 것 같았다.

"아기가 예민한 건 싫어. 하하하. 내가 벌써 아빠같이 굴었나? 그만큼 원했기 때문이겠지."

아기에 관한 이야기뿐이었다.

"옷 갈아입고 내려가 봐야 해. 오늘 이렇게 일찍 온 줄 모를 거야. 나도 좀 피곤해서 말이야. 오늘 수고했고, 내일은 일찍 출장 가야 하니까 1시간 정도 일찍 보자."

그가 옷을 갈아입으러 들어가면 따라 들어가려고 했는데 그가 그녀 쪽으로 오는 것 같았다. 눈을 감은 서희는 제발 그가 그녀 쪽으로 오지 않기를 바라며 자는 척을 했다. 어떻게 하지. 눈을 떠야 하나?

"잠들었네……."

그의 목소리가 위험스럽게 잠겨 있었다. 서희는 심장이 두근거렸다. 이런 목소리가 나오면 반드시 뜨거운 밤이 이어졌기 때문이었다. 하지만 지금 그들은 그런 관계가 아니었다.

쪽.

너무 놀라 하마터면 눈을 뜰 뻔했다. 그의 입술이 그녀의 입술에 닿았다. 아주 조심스러운 키스였다. 너무나 부드러워서 눈물이 나올 것 같은 감미로운 키스였다. 그가 이런 키스를 하다니 믿어지지 않았다.

그리고 아쉬웠다. 짐승처럼 달려드는 그가 좋았다. 지금처럼 달콤한 키스는 뭔가 부족했다. 변태가 된 걸까? 하마터면 웃을 뻔했다.

"흐읍……."

그가 거친 호흡을 삼켰다. 뭔가 참는 것 같았다. 참지 말아 달라는 말이 터져 나올 뻔했다. 그녀에게도 3개월만의 키스였다. 그의 혀가 그녀의 입안을 뚫고 들어와서 휘저어 주기를 바랐다. 그가 거칠게 그녀의 가슴을 움켜쥐기를 바랐다.

지민의 손이 그녀의 팬티 안으로 들어와 거칠게 여성을 만져 주기를 바랐다. 3개월 전처럼 그녀를 거칠게 탐해 주기를 바랐다. 많은 것을 바란 걸까?

그의 거친 숨소리만 들릴 뿐 그는 아무것도 하지 않았다.

"임신한 여자야……."

그렇게 말하더니 그가 그녀의 곁에서 사라지는 느낌이 들었다. 잠시 후에 눈을 뜬 서희는 아쉬운 마음이 들었다. 그리고 자신이 얼마나 그를 강하게 원하는지 깨달았다. 무서웠다. 자신을 돌 보듯이 보는 남자에게 더한 것을 바라다니. 비참했다.

침실로 들어가자 더 가관인 모습으로 그가 서 있었다. 면바지만 걸친 그가 윗옷을 입으려다 그녀를 바라보았다.

"오셨어요?"

"응, 오늘은 좀 일찍 퇴근했어. 너무 피곤해서 말이야."

"잘하셨어요. 식사는요?"

"이따 커피나 한잔하고 싶은데……."

그의 초콜릿 복근이 눈앞에 보였다. 바지도 치골에 걸려 있는 상황이었다. 너무나 치명적인 모습으로 그녀 앞에 있는 지민을 보며 서희는 눈을 떼지 못하고 있었다. 얄밉게도 그녀의 반응을 알아차린 그가 옷을 끝까지 입지 않고 있었다.

"커피 준비할게요."

"서희야……."

그가 지금 키스를 한다면 정말 무너질 것 같았다.

"서재로 가져오라고 말해 줘."

"네."

자신에게 너무 화가 났고 그가 미치게 얄미웠다. 그녀는 현 집사에게 커피를 가져다달라고 부탁한 뒤에 정원으로 나갔다. 차가운 바람이라도 맞아야지 온몸이 뜨거워져서 터질 것 같았다.

"아주 얄미워."

그녀는 그렇게 씩씩거리며 정원을 서성였다. 그와 이렇게 살 수는 없었다.

9

토요일 오전부터 서희는 분주했다. 아침부터 연우와 만나 마사지를 받고 청담동의 유명 숍에 가서 헤어와 메이크업을 받았다.

"도련님은 언제 오신데?"

이제 하준을 도련님이라고 부르는 게 자연스러워졌다.

"아마 부회장님하고 같이 올 것 같아. 오늘도 출근해서 일하고 시간 맞춰 여기로 온다고 했어."

하준은 연우에게 뭐든지 이야기하는 것 같았다.

"도련님은 너무 자상한 것 같아. 일정까지 다 말해 주고 얼마나 좋아."

"그래도 부회장님은 못 따라가. 아주 너한테 시선이 고정되어 있던데?"

"그건 아기 때문이야."

"아무리 그래도 아기 때문에 그렇게까지 할까? 그리고 네가 몰라서 그러는데 너 그렇게 사라지고 부회장님이 너 찾느라고 회사일도 제대로 못 했어. 알아? 그리고 부산까지 내려가서 싹 다 뒤집어엎은 모양이더라고. 최 사장인가 하는 사람은 거의 죽을 뻔해서 지금은 나타나지도 못 한대."

그런 말은 아무도 해 주지 않았다.

"하준 씨는 형이 너무 살이 빠져서 걱정이라고, 너에 대해 알면 말해 달라고 했었어."

"……."

"직접 보니까 사람 몰골이 말이 아니더라. 내가 알았으면 당장 말해 줬을지도 몰라. 그래도 지금은 네가 와서 많이 밝아진 거야."

믿기 힘든 말이었다. 모두가 지민과 그녀가 잘되는 걸 바라니까 그런 말을 하는 것이다. 왜 이렇게 지민에 대해 불신의 마음이 드는 걸까?

"그거 알아? 최 사장이라는 사람이 너희 오빠를 죽이는 데 사람을 사주한 거래. 그리고 너희 부모님의 일도 그 인간이 벌인 거고. 그런데 정확한 증거가 없어서 잡아넣을 수가 없다는 거야."

"……."

"뭐 그런 인간이 있어. 안 그래?"

"확실해?"

"맞아, 하준 씨가 그랬으니까."

오빠의 일은 지민과 관계가 없었다. 허탈했다. 하지만 아직 정확하게 사실이란 증거가 없었다. 그래도 웃긴 건 아니라고 한 번도 생각을 해 본 적이 없다는 것이었다. 지민이 어떻게든 연관되어 있다고 생각한 자신에게도 문제가 있었다.

"은혁 씨의 사진만 안 봤어도……."

어쩌면 그것도 사악한 최 사장의 계략일 수도 있었다.

모든 준비가 끝이 나고 드레스를 갈아입으려고 피팅룸으로 들어간 그녀는 드레스를 보고는 멍하게 있었다.

"이거 정말 부회장님이 보낸 거 맞아요?"

"네."

그녀의 놀란 표정에 스텝이 웃으며 말했다.

"이 정도는 충분히 소화하실 수 있어요."

"제가 연예인도 아니고……."

"연예인들보다 훨씬 예쁘세요. 체형도 서양인 체형이시라 충분히 소화 가능하세요."

"은색 반짝이는 좀……."

은색 반짝이는 얼마든지 입을 수 있었지만 과감한 디자인은 소화하기가 불가능할 것 같았다. 이건 아니었다.

"부회장님께서 곧 오실 시간이에요."

"……."

서희는 할 수 없이 드레스를 입었다. 안 어울리는 건 아니지만 임신으로 더 커진 가슴 때문에 드레스가 더 야릇하게 보였다.

"너무 예쁘세요. 이진아가 울고 가겠어요."

"……."

스텝의 그 말에 서희는 드레스를 입기로 했다. 오늘 이진아가 온다고 해도 밀리고 싶은 마음이 없었기 때문이었다.

"와우."

연우가 그녀를 보자마자 처음으로 한 말이었다.

"이상하지?"

"아니, 과감해. 브라보!"

박수를 치며 그녀를 놀리기 시작했다.

"너에 비하면 난 유치원생이 드레스 입은 거 같아."

연우의 드레스는 상당히 얌전했다.

"우리 하준 씨는 남들이 날 보는 게 싫데. 사실 너도 알다시피 난 아무리 과감하게 입어도 귀엽잖아."

그때 숍 안으로 지민과 하준이 들어왔다. 아무것도 하지 않아도 완벽한 남자들이었다.

"우리 연우 예쁘다."

하준은 정석으로 대답을 했고 지민은 그녀를 보고도 아무런 말도 하지 않았다. 단지 화가 난 얼굴로 그녀를 보고 있었다.

"내가 고른 거 아니에요."

그의 표정에 서희도 화가 나서 한마디 했다.

"내가 골랐지. 아무래도 그때는 정신이 나갔던 모양이야."

안 어울린다는 말 같았다.

"다른 옷으로……."

"아니."

그의 말에 눈물이 날 정도로 서운했다. 아침부터 저녁까지 준비했는데 너무 속상했다. 당장 옷을 벗고 집에 가고 싶었지만, 그녀는 이를 악물고 참았다.

그와 하준이 메이크업을 받고 턱시도로 갈아입는 동안 그녀와 연우는 잠시 대기실에 앉아서 이야기를 나누었다.

"요즘도 이진아가 괴롭혀?"

"아니, 돌아와서는 한 번도 못 봤어."

"그래? 소문엔 부회장한테 대차게 혼이 났다고 하더라고."

"왜?"

"오해를 불러일으키는 짓 하지 말라고."

그럴 리가 없었다. 하지만 집에서도 그런 비슷한 말을 하는 통화 내용을 들었다. 여자들이 주변에 못 오게 하라는 것 말이다.

준비를 마친 그들은 파티장으로 향했다. 턱시도를 입은 지민은 숨이 멎을 만큼 멋졌다. 리무진에 나란히 앉은 그녀는 심장이 미칠 것 같이 뛰었다. 이상하게 지민은 그녀에게 시선도 주지 않았다.

정말 마음에 안 드는 모양이었다. 그렇게 VIP 호텔에 도착한 그들은 행사장으로 향했다. 서희도 더는 그에 대해 생각을 할 수가 없었다. 수많은 사람 앞에 나서는 건 처음이었기 때문이었다.

"너무 긴장하지 마."

"네."

말은 그렇게 했지만, 온몸이 덜덜 떨렸다. 그의 팔짱을 끼고 그녀는 처음으로 태원건설의 안주인으로 사람들에게 소개되었다.

파티를 하는 내내 사람들의 시선은 그녀에게 꽂혀 있었다. 의상이 너무 과했다는 생각이 들었다. 은색 반짝이도 문제였지만 V자로 깊게 파인 앞 라인은 가슴이 거의 다 보일 것 같았다. 영화배우도 아니고 이건 너무 과했다. 거기에 옆트임까지 시원하게 트여 있어서 그녀의 미끈한 다리를 사람들이 다 볼 수 있었다.

파티 내내 그녀의 한 손은 가슴에 다른 한 손은 허벅지에 있었다. 도저히 파티에 집중할 수가 없었다. 하지만 그녀보다 열 배는 더 야한 드레스를 입고 참석한 이진아를 보고는 그녀는 자신의 가슴과 허벅지에서 손을 뗐다.

진아가 그들 쪽으로 오려 했지만, 경호원들이 막아 끝내 오지 못했다. 속으로 고소하다는 생각이 들었다. 그리고 오늘의 승자는 그녀임을 확실하게 보여 주고 싶었다. 그래서 저도 모르게 지민을 향해 야릇한 미소를 지었다.

집에 와서 처음으로 한 유혹이었다. 요염함을 억지로 만드는 여자가 있고 태어나면서부터 장착한 여자가 있었다. 서희의 경우엔 후자였다. 하지 않아서 그렇지 서희는 섹시함을 온몸 가득 장착한 여자였다.

지민이 침을 삼키는 게 보였다. 진아가 그런 그들을 불타는 눈길로 보고 있었다.

"당신 주스 마셔도 돼요?"

서희가 그렇게 말하면서 지민의 턱을 살며시 잡았다.

"……."

그는 말도 못 하고 고개만 끄덕였다.

"고마워요."

서희가 엉덩이를 살짝 들어 그의 옆에 있는 주스 잔을 느리게 잡았다. 자신의 가슴을 그가 천천히 볼 수 있게 말이다.

"흡!"

그가 숨을 삼키는 소리를 들었다. 지민이 그녀의 육체를 좋아한다는 걸 알았다. 물론 다른 여자의 몸도 좋아하겠지만 나름 그녀의 몸도 만족했다. 이 정도로 했는데 다른 여자에게 시선을 줄 수는 없었다.

그녀가 야릇한 시선으로 그를 보며 주스를 천천히 마셨다.

"주스가 맛있어요. 맛 좀 볼래요?"

잔을 그에게 건네자 그가 주스 잔을 받아들어 그녀의 립스틱이 묻은 쪽에 입을 가져다댔다. 가수들의 축하 공연이 계속되었지만 그들의 시선은 서로에게 얽혀 있었다.

결국, 진아는 끝까지 그들의 곁에 올 수 없었다.

파티가 끝이 나고 그들은 리무진에 올랐다. 운전석과의 차단막이 올려졌고 리무진 안은 거친 숨소리만 들렸다. 일촉즉발의 상황이었지만 서로 말이 없었다.

"제길! 오늘 왜 이렇게 나에게 잔인한 거지?"

"……."

그가 갑자기 화를 냈다.

"이렇게 해도 내가 참을 수 있을 거라 생각해? 나도 사람이라고……."

그가 서희의 양팔을 아프게 잡았다.

"왜 참는 건데요?"

"……."

"우리 아기는 그렇게 약하지 않아요."

"……."

그의 시선이 흔들리는 게 보였다.

"참지 않아도 돼요. 만약에 싫다면……. 읍!"

그가 거칠게 그녀의 입술을 삼켰다. 그의 혀가 빠르게 그녀의 입속을 파고들었다. 서희는 그의 목에 팔을 감고 그의 키스를 받아들였다.

"으으음……."

그가 서희를 안아 그의 무릎 위에 올려놓았다. 그리고는 더 강하게 그녀의 입술을 탐하기 시작했다. 그의 손은 이미 그녀의 가슴에 가 있었다. 드레스 안에 살짝 가려졌던 하얗고 풍만한 가슴이 그의 손안 가득 자리 잡았다.

"파티 내내 이러고 싶었어."

"……."

그의 뜻밖의 고백이 서희를 뜨겁게 달아오르게 했다. 그의 입술이 점점 아래로 내려가 그녀의 풍만한 가슴에 머물자 서희는 그의 머리를 두 손으로 잡아 더 가까이 끌어당겼다. 그녀의 가슴골에 그의 입술이 닿았다.

"하아……."

그의 혀가 가슴골을 쓸어 올리자 서희는 저도 모르게 신음을 내뱉었다. 3개월을 넘게 참고 있었던 건 그뿐만이 아니었다. 그녀의 몸은 그의 터치로 인해 폭발하기 일보 직전이었다. 그의 부드러운 혀가 그녀의 가슴을 적셨다.

지민의 입술이 서희의 하얀 가슴을 지날 때마다 붉은 꽃이 피었다. 지민의 손이 서희의 드레스 자락을 파고들더니 팬티 안으로 손을 밀어 넣었다.

"헉!"

저도 모르게 놀라 소리를 내고 말았다. 하지만 지금 그를 멈추게 할 방법은 아무것도 없어 보였다.

"다시는 이런 망할 옷은 입히지 않겠어. 다른 녀석들이 이 옷을 눈으로 벗기는 걸 보는 게 너무 싫었어."

"안 그랬어요……."

"아니, 나도 파티 내내 이 드레스를 눈으로 벗기고 있었으니까. 드레스를 수백 번 찢어 버리는 상상을 했어."

부욱!

갑자기 그가 그녀의 레이스 팬티를 너무나 가볍게 찢어 버렸다.

"테이블 위의 음식들을 쓸어버리고 그 위에서 널 갖는 상상을 했어. 사람들이 보든 말든 상관없이 너의 그곳에 내 페니스를 찔러 넣는 상상을 했어."

"지민 씨……."

"서희, 넌 날 짐승으로 만들어."

그가 서희를 의자에 눕혔다. 그리고 빠르게 자신의 바지를 내렸다. 그의 치골을 따라 페니스까지 이어진 칼자국이 보였다. 하지만 놀라운 건 상처가 아니라 거대한 페니스였다. 이제 아기까지 있는데 받아들일 수 있을지 조금 걱정이 되었다.

"부드럽게 해 줘요……."

"알았어."

그녀의 말뜻을 너무나 잘 아는 그였다. 그녀의 다리를 벌린 지민은 가운데 자리를 잡았다.

"흡!"

놀란 서희가 숨을 삼켰다. 그의 페니스가 들어올 줄 알았는데 그의 입술이 여성을 삼켰다. 순간 괜한 짓을 했다는 생각이 들었다. 이게 다 진아 때문이었다. 불쑥 나타나서는 그녀의 질투심을 자꾸만 끌어내게 했다.

"하아……."

더는 딴생각을 할 수 없었다. 지민의 숱 많은 머리카락을 움켜잡으며 그녀는 허리를 살짝 들었다. 그가 더 깊이 들어와 주기를 바랐기 때문이었다. 그녀의 바람을 알았는지 지민의 혀가 그녀의 여성을 둘로 가르며 들어왔다.

질척이는 소리가 차 안을 울렸다. 흥분한 지민이 그녀의 여성을 거칠게 빨아 대기 시작했다. 현란한 혀의 움직임에 서희는 이성의 끈을 점점 놓고 있었다.

"미친 것 같아……."

그는 이렇게 말하며 몸을 일으켰다. 지민의 어깨가 거친 호흡으로 인해 들썩였다. 그의 한손이 그녀의 다리를 넓게 벌렸고 다른 한 손은 자신의 페니스를 잡았다. 그리고 천천히 그녀의 여성에 자신의 페니스를 문지르며 안으로 깊이 들어왔다.

"아아악!"

기억보다 아팠다. 몸이 둘로 나뉘는 느낌이었다. 그때는 어떻게 견뎠을까?

"아아앙……."

그가 움직이기 시작하자 뜨거웠던 고통이 사라지고 쾌감이 온몸을 휘감았다. 그의 페니스를 조이는 그녀 때문에 지민의 얼굴이 굳었다.

"윽, 너무 조여……."

"아흐……."

지민은 허리를 움직이며 그녀의 클리토리스를 자극하기 시작했다. 그의 손가락과 페니스가 그녀를 정신 못 차리게 했다.

"제발……."

그의 페니스가 깊이 들어오기를 바랐다. 본능의 목소리가 입 밖으로 나왔다.

"위험해."

그는 최대한 조심스럽게 움직였다. 서희는 저도 모르게 그에게 매달리며 허리를 움직였다.

"서희야, 안 돼……."

그가 이를 악물며 말했다. 참지 못하는 것 같았다. 지민이 눈빛이 짙어지며 욕망을 분출하기 시작했다. 그가 속도를 높이더니 그녀 안에 자신의 분신을 쏟아냈다.

서희의 얼굴에 미소가 피어올랐다. 오랜만의 섹스는 그녀를 즐겁게 했다.

"미안해. 참았어야 했어."

"……."

갑작스러운 그의 말에 서희는 찬물을 뒤집어쓴 기분이었다.

"무슨……."

"아기를 위해 참았어야 했어. 내가 조금 더 이성의 끈을 놓았다면 아기가 다쳤을 수도 있어."

"지민 씨……."

그의 말에 서희는 멍한 기분이었다.

"이거 입어."

그가 자신의 재킷을 그녀에게 주었다. 그사이 차가 멈춰 섰다. 서희는 다행이라는 생각이 들었다. 잘못했다가는 지민 앞에서 눈물을 쏟을 뻔했기 때문이었다. 자존심이 상했다. 그가 덤빈다고 무조건 받아들여서는 안 되는 것이었다.

그녀는 차에서 내려 곧바로 2층으로 행했다. 그의 재킷을 꼭 여민 그녀의 손이 가늘게 떨렸다.

"다녀오셨습니까?"

"……."

현 집사의 말도 그냥 무시하고 지나쳤다. 눈앞이 흐려졌다. 이렇게 해서는 안 되는 것이었다. 그녀는 침실에 들어가 참았던 울음을 터트렸다.

참았어야 했다. 정말 잘 참았는데 서희의 유혹에 무너지고 말았다. 서희는 그녀가 그를 얼마나 미치게 만들 수 있는 힘이 있는지 모르는 것 같았다. 그녀는 당장이라도 지민을 무릎 꿇게 만들 수 있는 여자였다.

모든 걸 버리고 그녀를 향해 달려갈 수 있게 만드는 여자였지만 정작 본인은 모르는 것 같았다. 오늘도 파티장에서 주스로 도발을 하는 그녀를 사람들이 보는 앞에서 안을 뻔했다. 그건 진심이었다. 그의 눈엔 서희뿐이었다.

하지만 문제는 서희가 임신 중이라는 것이었다. 임신이 아닌 여자도 그를 감당하긴 어려운데 임신 중인 여자라면 자칫 다치게 할 것 같았다. 그리고 그녀와의 사이에서 자신의 분신이 자라고 있는데 당연히 아껴야 했다.

매일 밤 그는 달콤함 유혹을 피하려고 서재에서 잠을 잤다. 그게 얼마나 괴로운지 서희는 모르는 것 같았다. 그녀를 끌어안고 뜨거운 사랑을 나누고 그녀의 달콤한 체취를 맡으며 잠을 이루고 싶었다.

하지만 그는 부드러운 남자가 아니었다. 더욱 걱정되는 건 서희를 안고 있으면 이성의 끈을 사정없이 놓게 된다는 것이었다. 어떻게 그럴 수 있는지 그도 신기할 지경이었다.

조금 전에도 아무리 서희가 유혹적이라고 해도 참았어야 했다. 그는 서재로 들어가 넥타이를 풀고 소파에 머리를 기댔다. 서희는 그를 싫어하는 것 같았다. 그렇지 않고는 이렇게 밀어낼 수는 없는 것이었다.

"뭐가 잘못된 거지?"

그는 그렇게 자신의 이마에 팔을 두르고 눈을 감았다. 그러자 조금 전까지 그의 품에 있었던 서희의 뜨거운 몸이 떠올랐다.

"병이야."

정말 병이었다. 눈만 감으면 시간이 있으면 그의 머릿속엔 서희가 가득했다. 서희가 떠나고 혼자 남은 그는 서희가 떠났기 때문에 생각나는 거라 여겼다. 하지만 눈앞에 있는 지금도 이러는 건 뭘까?

손만 뻗으면 되는데 왜 이렇게 망설이는 걸까? 그러는 사이에 그는 깜빡 잠이 들었다. 시간이 얼마나 흘렀을까? 목이 말라 깨어난 그는 물을 마시기 위해 시재를 나섰다. 서재에서 멀지 않은 곳에 그의 침실이 있었다.

문만 열면 서희가 있는데 그는 방을 지나쳐서 2층 거실에 있는 음료수 냉장고로 향했다. 그런데 그곳에 가운만 걸친 서희가 창가에 서 있었다. 긴 머리가 허리까지 자연스럽게 내려와 있었다.

무슨 생각을 하는지 그녀는 창밖을 내려다보았다. 흰색 가운은 날개 없는 천사를 생각나게 했다. 저도 모르게 침을 삼킨 그였다. 그리고 서희에게 다가갔다. 그리고 그녀의 등 뒤에 바짝 섰다.

"어머!"

놀란 서희가 뒤로 돌아서자 그의 품 안으로 쏙 들어왔다.

"놀랐잖아요."

"……."

쿵쾅거리는 심장 소리가 그의 귀에까지 들렸다.

"여기서 뭐 하는 거지?"

"목이 말라서 물을 가지러 왔다가 창밖에 눈이 내려서 보고 있었어요. 이제 올해도 얼마 남지 않……."

그녀가 말을 하는 사이에 그가 창과 그 사이에 서희를 가두었
다. 그의 양팔에 갇힌 서희는 하던 말을 멈췄다. 서희에게 시원한
샴푸향이 났다.

"샤워했군."

"……오늘은 너무 과했으니까요."

"아니, 하나도 과하지 않았어."

"……."

서희가 혀로 입술을 축였다.

"그러지 마."

"네?"

"참을 수가 없어지니까."

"왜 참을 수가 없어요? 나에게 관심이 있긴 한가요?"

뜻밖의 말에 그는 살짝 당황했다. 그는 온몸으로 서희에게 관심
이 있다고 말하고 있었다. 그런데 관심이 있냐니. 정말 어이가 없
는 말이었나.

"내가 관심이 없다고 생각하는 거야?"

"네."

"온종일 네 생각만 하는 내게 너무하는군."

갑자기 그녀가 그의 벌어진 와이셔츠 안의 살을 손가락으로 쓸

어내렸다.

"그냥 여자가 옆에 있으니까……."

그녀의 손을 잡아 그는 자신의 페니스 위에 놓았다.

"아무에게나 이런다고 생각하나?"

"그건 아니지만……."

"맹세코 3년 전 사고 이후에 안은 여자는 서희뿐이야."

"……."

"못 믿는군."

"못 믿는 건 아니지만……."

그녀의 가운 한쪽이 어깨에서 미끄러져 내렸다. 그녀의 하얀 어깨가 달빛에 그대로 드러났다. 둥글고 하얀 어깨에 저도 모르게 입을 맞추었다. 입술을 떼어야 하는데 그러지 못하고 그녀의 쇄골을 따라 입을 맞추었다.

"넌 나에게 위험해."

"……."

그녀의 가슴골에 입을 맞춘 그는 가운을 바닥으로 떨어뜨렸다. 그녀의 완벽한 몸이 그대로 드러났다. 아름다웠다. 그는 숨을 크게 들이마셨다.

"예뻐."

"하아……."

그의 손이 그녀의 둥근 가슴을 손안 가득 담았다.

"이렇게 아름다운 여자를 두고 어떻게 다른 여자를 안을 수 있다고 생각하는 거지?"

"난…… 아름답지 않아요."

"아니, 다른 놈들의 눈에 띄지 않게 하고 싶을 만큼 넌 아름다워. 너무 예뻐서 나 혼자만 보고 싶을 정도야."

"지민 씨……."

그가 서희의 핑크색 유두를 입안에 넣고 빨았다. 혀로 단단해진 유두를 건드릴 때마다 그는 미칠 것 같이 흥분했다. 이렇게 여자에게 미친 적이 있었나?

츄읍츄읍―

그녀의 유두를 핥고 빨다가 그는 손가락으로 가볍게 유두를 건드렸다. 그 느낌이 너무 좋았다. 그리고 창가에 온전히 자신을 드러내고 있는 서희의 모습도 좋았다.

"추워요……."

그가 서희를 안아 들었다.

"같이 자요."

"같이 잠들긴 힘들어."

"……."

서희의 얼굴이 어두워졌다. 그가 거절하는 거라 생각하는 모양이었다.

"우린 오늘 잠을 안 잘 거야."

그는 침실로 향하며 그녀의 입술을 삼켰다. 그들의 혀가 얽히고 그들의 몸은 한 치의 오차도 없이 겹쳐져 있었다. 거친 숨을 몰아 쉬며 그는 침대 위에 완벽한 자신의 비너스를 내려놓았다.

"난 다른 여자를 생각해 본 적도 없어. 서희만 생각해도 녀석이 미친 듯이 흥분하거든."

"……."

대답 대신에 서희가 나른한 미소를 지었다. 그의 영혼까지 유혹 당한 느낌이었다. 심장이 따끔거렸다. 그는 깨달았다. 이런 게 사 랑이라는 것을 말이다. 서희는 어떨지 모르지만, 그는 서희를 처 음 본 순간부터 사랑했던 것 같았다.

"이런 적은 맹세코 한 번도 없었어."

"……."

그는 찢듯이 와이셔츠를 벗고 바지를 벗어 버렸다. 오랜만에 들 어온 그의 침실이 오늘은 낯설었다. 마치 처음 그녀를 안는 것처 럼 모든 게 새로웠다. 그녀의 몸 위로 몸을 겹쳐 누웠다. 부드러운 살결이 그의 몸 안에 녹아드는 기분이었다.

서희를 다시 만난 후 그는 매일 밤을 뜬눈으로 보냈다. 그녀를 품에 안고 싶었지만, 짐승이 될까 두려웠다. 그녀를 안으면 자꾸만 욕심이 생겼다. 키스하면 만지고 싶고 만지면 그녀 안에 들어가고 싶었다.

부드럽게 갖는 게 아니라 본능을 숨김없이 드러내고 싶어졌다. 그래서 격하게 섹스를 할 수밖에 없었다. 하지만 지금은 아기가 있어서 자신의 욕망을 채운다면 아기가 위험해진다는 걸 알았다.

그래서 참고 참았는데 오늘은 참았던 둑이 터지고 말았다. 그녀의 목에 짙은 키스를 하며 입술을 점점 더 아래로 내렸다. 서희가 풍만한 가슴을 들썩이며 그를 자극했다. 그녀의 유두를 빨며 그의 손은 이미 여성을 감싸고 있었다.

촉촉하게 젖은 여성은 그를 기다리고 있었다.

"참아야 했는데……."

"참지 말아요."

오늘 서희는 적극적이었다. 그녀의 가는 몸은 임신으로 인해 살이 올라 그의 이상형에 완벽하게 맞는 몸이 되어 있었다. 아름답다는 말로는 부족한 몸이었다. 그는 거친 숨소리와 함께 그녀의 연약한 유두를 빨아 댔다.

이성이란 이미 사라져 버렸다. 동물적인 감각만이 가득했다. 그의 온몸이 그녀를 원했다. 여자의 몸에 이렇게 집착한 건 처음이었다. 이건 너무 야릇한 몸을 가진 서희의 잘못이었다.

그는 유두를 빨던 입술을 아래로 점점 내렸다.

서희의 호흡은 흐트러졌고 그녀의 손은 그의 머리카락을 움켜쥐었다. 그의 혀가 그녀의 배꼽 깊은 곳에 머물렀을 때 서희는 신음을 뱉어냈다. 그를 자극하는 소리였다.

그는 서희의 배꼽 아래로 입술을 점점 내렸다. 그의 턱 끝에 그녀의 검은 숲이 닿았다. 그의 거친 호흡 때문에 그녀의 숲이 흔들렸다. 모든 게 유혹적인 모습이었다. 그는 한입에 그녀의 숲을 삼켜 버렸다.

그리고 혀를 이용해서 클리토리스를 찾아냈다. 작은 돌기가 그의 혀끝에 닿았다.

"아흐……."

서희가 몸을 틀었지만, 그가 서희의 허리를 단단히 잡고 있어서 피할 수는 없었다. 그는 손을 내려 서희의 다리를 크게 벌리고 여성을 보았다. 수면 등에 비치는 그녀의 여성은 지민의 눈엔 신비롭게 보였다.

작고 은밀한 그녀의 동굴이 그의 눈에 온전히 드러나자 지민은 미칠 듯한 욕망에 사로잡혔다. 그는 몸을 일으켜 터질 것 같은 그의 페니스를 잡아 그녀의 젖은 질에 가져다 댔다.

"하아……."

그가 페니스로 그녀의 여성을 문지르자 서희가 허리를 들어 올리며 강하게 반응했다.

"어때?"

"좋아요⋯⋯. 빨리 넣어 줘요."

숨이 넘어갈 듯이 헐떡이는 서희를 보니 그의 욕망이 뜨겁게 끓어올랐다.

"윽!"

"아아악!"

서희가 신음을 내며 그에게 매달렸다. 서희의 허리를 잡은 그는 빠르게 허리를 움직였다. 서희의 질이 그의 페니스를 꽉 조이고 있었다. 따뜻한 그곳에서 빠져나오기가 싫었다. 그는 연신 허리를 흔들며 욕망을 분출했다.

"헉헉헉⋯⋯."

"아흐⋯⋯."

거친 숨소리와 신음이 섞여 침실을 울렸다. 더는 참을 수 없는 그는 서희의 허리를 꽉 잡고 그의 분신을 쏟아냈다. 이렇게 좋은데 어떻게 서희를 놓아 줄 수 있겠는가? 그는 서희를 다시 한 번 꼭 끌어안았다.

"좋았어?"

"네, 당신은요?"

"나도 좋았어."

"그런데 어쩌죠? 나 졸려요……."

그가 재우지 않겠다고 했던 말을 믿은 모양이었다.

"안 돼……."

"눈이 자꾸 감겨요……."

서희의 눈을 보자 정말 감겨 있었다. 피곤한 것 같았다. 임신 중에는 잠이 많다더니 맞는 말인 모양이었다. 그는 더는 말을 하지 않았다. 잠시 후에 서희의 규칙적인 숨소리가 들렸다. 그는 한참 동안 잠든 서희의 얼굴을 보고 있었다.

그러다가 조심스럽게 몸을 일으켜 물수건으로 서희의 몸을 닦아 주고는 그도 서희의 옆에서 잠이 들었다. 서희를 품에 안고 자니 세상을 다 얻은 기분이었다.

그의 규칙적인 숨소리에 서희는 눈을 떴다. 따뜻한 품 안에 있으니 보호받고 있다는 생각이 들었다. 그의 팔을 살며시 쓰다듬어 보았다. 손끝에 닿는 힘줄의 느낌이 참 좋았다. 서희는 그를 다른 여자들과 공유하고 싶은 마음이 없었다.

이제 그를 지키고 싶었다. 그의 마음이 어떻든지 간에 이제 서희가 그를 너무나 원한다는 것이었다. 조금 안심이 되는 건 지민이 그녀의 몸을 원한다는 것이었다. 이제 간절하게 만들 것이다. 절대로 손을 놓지 못하게 만들 것이다.

"꼭 그렇게 만들 거예요."

서희는 그를 사랑했다. 그전까지는 그가 그녀에게 올 때까지 기다렸다면 이제는 아니었다. 정신 차리지 못하게 만들 것이다. 이제 아기까지 낳으면 몸매가 망가질 텐데 아름다운 여자들이 덤벼드는 지민이 걱정되는 건 사실이었다.

그가 떠날 걸 걱정하기보다 그를 붙잡아 둘 방법을 찾을 것이다. 그녀가 잘할 수 있는 거로 말이다.

잠이 오지 않았지만, 서희는 아이를 위해 눈을 감았다.

"축복아, 엄마가 잘할 수 있게 힘을 줘."

그녀는 깊은 잠을 청했다.

아침에 눈을 뜨니 그가 여전히 그녀를 안고 잠을 자고 있었다. 그의 얼굴을 보고 있으니 괜히 웃음이 났다. 서희는 손을 들어 그의 얼굴 라인을 따라 선을 그렸다. 물론 그의 얼굴에 직접 그린 건 아니었다.

"으으음……."

그가 잠결에 서희를 꼭 끌어안았다.

"출근할 시간이에요."

"5분만……."

그녀는 미소 지으며 그의 얼굴을 보았다. 무방비한 모습도 참

보기 좋았다. 이렇게 뭐든 좋으면 큰일인데 걱정이었다.

"진짜 일어나야 할 시간이에요."

"오늘 이러고 있을까?"

"다녀오세요. 기다리고 있을 테니까."

"그러니까 더 가기 싫어."

"오늘 아기 방 인테리어 들어가서 좀 바빠요. 아버님 말동무도 해 드려야 하고."

"내가 낄 틈이 없군."

그가 이런 말을 할 거라고는 상상도 해 본 적이 없었다. 이상한 기분이었다.

"으으음……."

지민이 그녀의 입에 대고 소리를 내며 입 맞추었다.

"일어나세요. 부회장님."

"알았어. 그런데 오늘 병원에 가는 날 아니야?"

"병원도 있었네요. 연우가 오늘 시간이 돼서 같이 가기로 했어요."

그가 침대에서 몸을 일으키자 완벽한 전사가 그녀 앞에 서 있었다.

"아침부터 눈이 호강하네요."

"자꾸 그러면 출근 안 해."

"알았어요."

서희가 피식 웃었다.

"같이 씻을까?"

"……."

서희가 말 대신에 그에게 베개를 집어 던졌다. 그가 아쉬워하며 베개를 내려놓고는 욕실로 들어갔다. 지금까지는 아주 자연스럽고 좋았다. 이제 그를 홀릴 방법을 생각해야 했다. 서희의 입가에 미소가 걸렸다.

10

연우는 서희와 산부인과 앞에서 만나기로 했다. 요즘 하준과는 편안한 관계가 되었다. 하지만 더는 진전이 없었다. 아무래도 자신은 섹시함과는 거리가 멀기 때문인 것 같았다. 그냥 선생님이라는 직업 때문에 재벌가의 며느릿감으로 적합하다고 생각하는 듯했다. 그래서 하준이 결혼은 그녀와 하고 연애는 다른 여자와 할 것 같아 불안했다.

"연우야."

요즘 얼굴이 환하게 핀 서희를 보면 부러웠다. 서희가 사라졌을 때 지민이 얼마나 괴로워했는지 옆에서 본 연우는 그런 사랑을 받는 서희가 부러웠다.

"부러운 년……."

작게 중얼거린 연우였다.

"뭐라고?"

"아니다. 너같이 다 가진 애가 뭘 알겠니?"

"내가 뭘 다 가져?"

"아니야. 오늘 검사 끝나고 뭐 할 거야?"

"점심 먹고 바로 들어가야 돼. 아기 방 인테리어 때문에."

산부인과에 가서 진료를 받은 후에 연우는 서희와 갈비탕을 먹고 근처 카페에서 커피를 마셨다.

"자신감이 없어?"

서희의 표정에 놀란 빛이 스쳤다.

"네가 뭐가 자신감이 없어? 연우 너야 어디에다가 내놔도 꿇릴 게 없는데……."

"아니야, 난 내가 좀 섹시했으면 좋겠어."

"풉! 뭐?"

서희는 마시던 커피를 뿜어냈다. 그리고 얼른 냅킨으로 닦았다.

"내가 우리 서희 때문에 미친다. 난 심각한데 커피까지 뿜고."

"왜 그러는데?"

"진전이 없다. 누구는 아기까지 가졌는데……."

"그야, 결혼하고 가져도……. 설마, 아직도야?"

"입술만 닿고 있다."

연우는 한숨을 내쉬며 그간 창피해서 꺼내지도 못 했던 얘기를 했다.

"키스만 한 거야?"

"응……."

이런 말을 해야 하다니 자존심이 상했다.

"그래서? 야릇한 사이가 되고 싶은 거야?"

"그렇지. 그러니까 너의 비법을 전수해 봐."

"나도 배워야 하거든? 우리에게 좋은 걸 전수해 줄 사람은 없을까?"

서희는 진지하게 말했다.

"너도 부족해?"

"그런 건 아닌데, 지민 씨가 워낙 여자들에게 인기가 많으니까 불안한 거지. 아예 다른 여자는 생각도 못 하게 하고 싶은 거야. 그런데 임신 중이라서 과감하게 못 하니까……. 좋은 방법을 찾아야겠다고 생각했어."

"넌 나의 스승이다."

"웃기네. 나도 어떻게 해야 할지 생각 중이야. 거칠게 못 할 바에는 분위기로 죽여야 할 것 같아."

"어떤 분위기?"

서희의 말에 완전히 심취한 연우였다. 역시 선배는 달랐다. 그녀는 섹스하고 싶은데 서희는 더 발전된 관계를 생각하다니. 확실하게 서희는 난사람이었다.

"난 너를 따를 거야."

"뭐?"

"널 이제 나의 스승으로 모실 생각이야."

연우는 두 주먹을 불끈 쥐며 결의에 찬 표정을 지었다.

"한연우!"

"네, 스승님."

"장난 그만해. 나도 지금 심각하거든?"

서희의 말에 연우는 심각한 표정을 지었다.

"서희야, 난 이번 크리스마스가 기회라고 생각하고 있어. 그때까지 네가 도와줬으면 해."

"뭐?"

"날 섹시한 여자로 만들어 줘."

"내가 어떻게 그래? 아니지, 알았어. 내가 아는 만큼 도와줄 테니까 너도 날 도와줘."

"알았어."

역시 친구가 최고였다.

"오늘은 정말 바쁘니까, 우리 내일 만나서 다시 얘기 하자."

"알았어."

서희와 헤어지고 나자마자 하준에게 전화가 왔다.

"여보세요?"

[어디야?]

"서희랑 산부인과 갔다가 근처 커피숍이에요."

[잘했네. 형수는 어떻데?]

"둘 다 건강하데요."

[오늘 회의가 늦어질 것 같아. 우리 내일 볼까?]

"알았어요."

전화를 끊고 연우는 한숨을 쉬었다.

"10년은 산 부부 같네."

솔직하게 내일을 위해 서희의 말처럼 야한 영화라도 보아야 할 것 같았다. 뭘 알아야 할 거 아닌가? 연우는 한숨을 쉬었다. 크리스마스까지 일주일도 남지 않았다.

다음날 연우와 서희는 다시 뭉쳤다. 서로의 히든카드를 말하며 둘은 많은 정보를 공유했다. 사실 서희에게 들은 게 더 많았다. 역시 임산부는 아는 게 많았다.

작은 커피숍에서 둘은 서로의 말이 다른 사람들에게 들릴까 조용조용 말했다.

"우리 너무 웃기는 거 알지?"

연우는 다른 사람들의 눈치를 살피며 말하는 게 너무 웃겼다.

"왜?"

서희는 그녀가 왜 웃기다고 말하는지 모르는 것 같았다.

"다른 사람들이 들을까 봐 속삭이잖아."

"그럼 큰 소리로 말해?"

"나쁜 짓은 아니잖아."

"한연우 선생님."

서희가 근엄한 표정으로 말했다.

"여기서 선생님 소리가 왜 나와?"

"그럼 선생님 아니야?"

"알았으니까 계획을 말해."

"크리스마스이브에 우리 별장에 가는 거야."

"별장?"

"양평에 별장이 있다고 들었어. 나도 가 보지는 않았는데 현 집 사님에게 오늘 물어봤거든. 노천탕도 있고 아주 좋대. 그래서 크리스마스이브는 거기서 보낼 거니까 준비해 달라고 말했어."

"좋은 생각이야."

"그리고 이건 준비할 것들이야."

서희가 아예 정리를 해 가지고 왔다.

"이런 걸 어디서 사?"

"성인용품점."

"설마, 같이 가자는 건 아니지?"

"맞아. 직접 보고 또 물어보고 사는 게 맞는 거 같아서 서울에서 가장 크다는 곳도 검색해 왔지."

연우는 서희를 다시 보게 되었다.

"존경한다, 친구."

"빨리 가자. 시간 없어."

그렇게 서희와 연우는 성인용품점의 용품을 거의 쓸어 오다시피 쇼핑을 했다. 세상이 희한한 물건들은 그곳에 다 모여 있는 것 같았다. 기구들은 구경만 하고 의상 중심으로 구입한 그녀들이었다.

"패션쇼를 해도 될 것 같아."

"그때그때 달라야 하니까 여러 벌을 산 거야. 너랑 나랑은 사이즈가 달라서 공유할 수가 없으니까 이렇게 할 수밖에 없어."

엄연한 사실이었지만 기분이 좋지는 않았다. 서희는 그 자체가 섹시했다. 170cm가 넘는 키에 가슴도 C컵이었다. 하지만 연우는 160cm도 안 되는 키에 가슴도 겨우 B컵이었다.

"크리스마스이브까지 어떤 의상을 입을지 결정하고 챙겨 가. 알았지?"

"알았어."

"그리고 우리는 아침 일찍 가서 거기서 더 의논하자."

서희와 헤어진 연우는 기대에 차서 크리스마스가 올 때를 손꼽아 기다렸다.

서희는 집에 온 후에 새로 산 야릇한 옷들을 여행용 캐리어에 미리 챙겨 놓았다. 이제부터는 그의 혼을 쏙 빼놓는 일만 남은 것이었다. 일주일 동안 그를 어떻게 정신 못 차리게 할지 곰곰이 생각하다 보니 퇴근 시간이 다가왔다.

서희는 깔끔한 임산복을 입고 아래로 내려가 구 회장과 시간을 보냈다. 구 회장의 건강은 다행히 조금씩 회복되고 있었다. 아직 확 좋아진 건 아니지만 차도가 있어 보였다.

"다녀왔습니다."

요즘 지민은 칼퇴근이었다.

"옷 갈아입고 식사하세요."

다른 날 같으면 그를 따라가지 않고 식당에서 기다렸지만, 오늘은 그의 뒤를 따라 2층에 있는 그들의 침실까지 따라 들어갔다. 드레스 룸이 침실 안에 있었기 때문이었다.

"옷 주세요."

서희가 그의 옷을 받아 주었다.

"오늘은 종일 뭐 했어?"

"뭘 했을 것 같아요?"

"인테리어?"

"아뇨."

"그럼?"

아마 들으면 깜짝 놀랄 것이다. 연우와 그녀가 뭘 했는지 안다면 말이다. 서희가 야릇하게 웃으며 그의 넥타이를 풀어 주었다. 그렇게 하며 살짝 그의 가슴을 쓸어내렸다. 그가 마른침을 삼키는 게 보였다.

아직 서희는 만삭이 아니었기 때문에 임산부의 티가 나지 않았다. 약간 살이 찐 정도였다. 거기에 가슴은 한 사이즈가 더 커진 상황이라서 굉장히 풍만해 보였다.

"연우 만났어요."

"……."

서희가 그에게 한걸음 다가가자 그녀의 가슴이 그의 가슴에 닿았다.

"당신은요?"

"나, 나?"

얼이 빠진 모습이 상당히 귀여웠다.

"네, 오늘 하루 내 생각은 했나 해서요."

"당연한 거 아니야?"

그녀가 발을 들어 그의 입술에 입을 맞추었다.

"고마워요."

"……."

그리고 그에게 붙잡히기 전에 드레스 룸을 빠르게 빠져나왔다. 일단 저녁을 위한 밑밥이었다. 저녁을 먹는 내내 그의 시선은 서희를 향해 있었다. 서희는 모른 척하며 밥만 먹었다. 오늘 밤이 중요했다.

그녀의 계획의 첫 단추가 오늘이었다. 뭐든 처음이 중요했다.

"우리 올라갈까?"

후식을 먹지도 않고 그는 그녀를 데리고 침실로 갈 생각밖에 없어 보였다.

"아뇨, 조금 더 있다가 가요. 주스 마시고 싶어요."

그녀는 이렇게 말을 하고는 주스와 커피를 준비했다. 그리고 체리를 준비해서 같이 놓았다. 그리고 하나를 입에 물었다. 영화를 보고 연습하긴 했는데 배우는 아무나 하는 게 아니란 생각이 들었다. 체리를 야릇하게 먹는 건 참 힘들었다.

"흡!"

그가 숨을 삼키는 소리가 들렸다.

"오늘 체리가 먹고 싶어서 들어오다가 샀어요."

"······."

"당신도 먹을래요?"

"······."

그녀가 체리를 집어 그에게 주려는데 지민이 그녀의 손을 잡고는 2층으로 끌고 올라갔다.

"지민 씨······."

"······."

그는 말이 없었지만, 뒷모습은 화가 난 사람 같았다. 이제 매일 이럴 텐데 그가 불쌍하다는 생각이 들긴 했다.

"읍!"

침실에 들어서자마자 그가 서희의 입술을 거칠게 삼켰다. 서희도 적극적으로 그의 입술을 삼켰다. 그들의 혀가 뜨거운 숨소리와 함께 얽히기 시작했다. 누가 먼저랄 것도 없는 뜨거운 키스였다.

"으으음······."

"하아······."

그의 손이 단번에 서희의 임부복을 머리 위로 벗겨 버렸다. 그리고 속옷도 빠르게 그녀의 몸에서 사라졌다. 일단 오늘은 만족스러운 시작이었다. 그의 눈 안에 그녀만 보였다.

어두운 골목에 있는 작은 삼겹살집에 어두운 골목보다 더 어두운 표정의 남자 둘이 앉아 소주를 주고받고 있었다. 식당은 사장 혼자 운영하는 곳인데 사장은 두 남자 때문에 완전히 얼어 있는 상황이었다.

"난 말이야, 내가 주먹으로 질 거란 생각은 한 번도 안 해 봤어."

"죄송합니다. 사장님."

"사장은 무슨……."

일식은 소주를 입안에 털어 넣었다. 영웅건설의 사장은 웃기게도 성수가 맡고 있었다. 그의 오른팔인 성수가 그를 배반한 것이었다. 구지민이 그를 치고 성수에게 회사를 준다고 회유를 한 것이었다.

그런 성수가 기남을 비롯한 그의 부하들까지 모두 거둬들인 상황이었다.

"제가 어떻게 할까요?"

범수는 아직 그를 배반하지 않았다.

"다시 찾아와야지."

"네, 제가 목숨 걸고 찾아오겠습니다. 그런데 몸은 괜찮으십니까?"

"괜찮아."

말은 이렇게 했지만, 전혀 괜찮지 않았다. 구지민에게 정말 죽지 않을 만큼 맞았기 때문이었다. 그 후유증으로 그는 지금 다리를 절었다.

"구지민을 칠까요?"

"우선은 구지민보다는 성수를 정신 차리게 해야지."

"애들 모으겠습니다."

일식이 범수에게 돈다발이 든 가방을 건넸다.

"일단 받아. 잘 풀리면 더 줄 테니까."

"네, 사장님."

일식이 다 잃은 건 아니었다. 회사도 잃고 조직도 잃었지만, 돈은 있었다.

"다 쓸어버리자."

"네, 사장님."

"다음은 구지민이야."

일식은 이를 갈았다. 이제 구지민과의 징글징글한 악연을 끊을 때가 됐다.

크리스마스이브였다. 지민은 잘 가지 않는 백화점에 와 있었다. 서희에게 줄 선물을 사기 위해서였다. 요즘 그는 서희 때문에 정신을 차릴 수가 없었다. 서희는 섹시함 그 자체였다. 퇴근하고 집에 가면 오늘은 또 어떤 일이 있을지 궁금하기까지 했다.

어제는 집에 도착하자 서희가 장미가 가득한 욕조 안에서 그를 유혹했었다. 마치 하늘의 선녀가 내려와서 목욕하는 것 같았다. 그는 욕조에서 그녀를 정신없이 탐했다.

"뭘 도와드릴까요?"

티파니 매장에 들린 그는 서희를 위해 가장 비싼 다이아몬드 반지를 샀다. 그러고 보니 프러포즈도 안 한 그였다.

"형?"

반지 포장을 하는데 하준이 매장 안으로 들어왔다.

"선물 사러 왔어?"

"어, 형도?"

아주 의외라는 표정이었다.

"왜. 난 선물 사면 안 되는 거야?"

하준의 표정이 마음에 들지 않았다. 아마 그가 전 재산을 서희에게 줄 마음이 있다는 걸 말면 뒤로 자빠질 것 같았다. 서희를 위해서라면 뭐든 아까울 게 없었다.

"아니, 신기해서. 너무 빠진 거 아니야?"

"그런 것 같다."

"보기 좋아, 원래 그렇게 사랑하면서 사는 거야. 그동안 형은 너무 건조하게 살았어. 아 참, 회사 다시 들어갈 거야?"

"아니, 일찍 가 보려고."

"나도 같이 가."

"알았어."

그는 하준과 함께 양평의 별장으로 내려갔다. 별장은 온통 눈으로 둘러싸여 있었다.

"화이트 크리스마스네."

"그러게."

"연우야!"

하준이 소리를 지르며 먼저 앞장섰다. 그도 서희의 이름을 부르며 가고 싶었지만 그건 그의 스타일이 아니었다. 온통 하얀 별장은 그가 보기에도 참 멋졌다. 이런 풍경을 멋지다고 생각하는 걸 보니 그도 이제 나이가 든 것 같았다.

"오셨어요?"

서희가 밝은 얼굴로 그를 맞이했다. 이렇게 서희를 보고 있으니 하준과 연우는 집으로 보내 버리고 둘만 있고 싶다는 생각이 들었다.

"저 둘은 보내 버릴까?"

"후후, 좋은 생각이에요."

농담이라고 생각했는지 그녀가 맞장구를 쳐 주었다.

"우리를 위해서 별장지기 분이 바비큐도 해 주셨어요."

"그래?"

"배고파요. 저 냄새를 맡으면서 한참 기다렸어요."

"그럼, 식사부터 할까?"

"네."

그들은 샴페인과 함께 통돼지 바비큐를 먹었다. 먹는 내내 그의 시선은 서희에게 향해 있었다. 마치 얼이 빠진 멍청이 같았다. 하지만 그런 멍청이는 그만 있는 게 아니었다. 하준도 마찬가지였다. 다행이었다.

"우리 결혼식은 합동으로 하는 게 어때?"

하준이 불쑥 결혼식 이야기를 꺼냈다.

"형수님 아기 낳고 몸이 좀 괜찮아 지면 일석당 정원에서 하면 좋을 것 같아. 형은 어때?"

"나쁜 생각은 아니지만, 서희하고 연우 씨의 생각이 중요하지 않을까?"

"전 좋아요."

서희가 웃으며 말했다. 동생에게 웃는 것도 짜증이 나는 지민이었다. 서희가 그만 바라봤으면 좋겠다. 이럴 때 보면 지민은 지신이 너무 집착이 강한 것 같다고 생각했다.

"저도 좋아요."

연우도 웃으며 말했다. 저녁을 먹은 그들은 소파에 앉아서 영화를 보았다. 잔잔한 로맨스 영화일 줄 알았는데 파격적인 에로영화였다.

다행히도 소파가 떨어져 있어서 서로가 잘 보이지 않아서 민망하지는 않았다.

"빈백 소파인데 집에도 하나 살까 봐요. 편하죠?"

"어? 어……."

서희의 손이 위험스럽게 그의 허벅지를 쓰다듬었다. 그는 고개를 들어 하준 쪽을 살폈지만 잘 보이지 않았다. 하준도 어떤 상황일지 뻔했다.

"왜요?"

"아, 아니야."

"저 남자 몸이 아주 끝내주게 좋네요."

서희의 손이 이번엔 그의 스웨터 안으로 들어와 쓰다듬었다.

"그래도 당신의 식스팩이 더 멋져요."

"……."

서희가 그를 보며 화사하게 웃었다. 그녀의 못된 손은 아직도 복근을 더듬었다. 영화 속 주인공들이 침대에서 뒹구는데 그의 페니스가 성이 나 버렸다.

"서희야……."

"네?"

그가 서희의 손을 그의 페니스로 가져갔다.

"어머!"

서희가 놀라 그의 얼굴을 보았다. 그리고는 아무렇지 않게 그의 페니스를 쓰다듬었다.

"윽!"

그는 저도 모르게 신음을 내뱉었다.

지익!

정신을 차리기도 전에 서희가 그의 바지 지퍼를 내렸다. 그의 페니스가 밖으로 나온 상황이었다. 물론 담요를 덮고 있어서 티는 나지 않지만 말이다. 그런 상황도 미칠 것 같은데 서희가 담요 안으로 머리를 넣더니 그의 페니스를 입에 넣었다.

"읍!"

지민은 그 자리에서 펄쩍 뛸 뻔했다. 상상만 했던 오럴을 지금 서희가 하고 있었다.

츄웁츄웁─

담요 안에서 야릇한 소리가 나고 있었다. 지민은 이성의 끈을 놓고 말았다. 서희는 한참 동안 그를 미치게 했다.

"우리 들어갈까?"

"아뇨, 조금 더 있다가요."

서희가 오늘 밤 그를 죽일 것 같았다.

영화가 시작되고 연우는 머릿속이 하얗게 변했다. 둘이 머리를 써서 빈백의 각도까지 맞추고 담요까지 준비했다. 거기에 영화는 각종 포털사이트에서 가장 야한 영화를 찾아서 틀었다. 포르노는 너무 노골적이라서 안 되고 너무 건전한 영화는 남자들을 흥분하게 만들기 어렵고……

며칠 전부터 작전 회의 끝에 고른 영화였다.

—하아 하아…….

여주인공의 신음이 고요한 정적을 깨고 있었다. 하지만 하준은 그녀의 어깨에 손만 올려놓았을 뿐 별 반응이 없었다. 혹시 성욕이 없는 건 아닌지 이제는 슬슬 걱정되었다. 서희가 가르쳐 준 대로 실행에 옮길 때가 된 것 같았다.

"하준 씨……."

그녀가 하준의 허벅지를 쓰다듬으며 그를 불렀다.

"음……."

"저기 샴페인 좀 줄래요?"

그가 샴페인을 그녀에게 건넸다. 살짝 그의 표정을 살폈지만, 그는 별 반응이 없었다. 다음 행동을 하기 위해선 술기운이 필요했다. 연우는 샴페인을 한 번에 다 마셨다.

"더 줄까?"

"아뇨."

그가 피식 웃었다. 연우는 한숨을 쉬었다. 그때 격정적인 베드 신이 이루어지고 있었다. 하준이 마른침을 삼키는 걸 느낄 수 있었다.

"여자가 너무 섹시하지?"

"……."

이건 그녀가 바라는 게 아니었다.

"와우……."

하준의 감탄사까지 듣고 보니 연우는 자신감이 완벽하게 바닥이 나 버렸다. 하지만 이대로 물러설 수는 없었다. 연우는 겉에 입고 있던 카디건을 벗었다.

"답답해서……."

"……."

이번에야말로 자신 있었다. 그녀가 안에 입은 원피스는 망사였다. 성인용품 사장이 남자들로 하여금 찢고 싶게 만드는 옷이라고 했었다. 무릎까지 내려오는 카디건이라서 안에 무슨 옷을 입었는지 하준은 몰랐을 것이다.

"흡!"

하준이 거친 숨을 삼키는 게 들렸다. 그녀는 떨려서 하준의 얼굴은 보지 않았다. 제발 그녀의 모습을 보고 자극을 받기를 바라는 마음이었다. 술이 더 필요했다.

"한 잔만……. 읍!"

그 순간 하준이 그녀의 입술을 다급하게 삼켰다. 거칠게 들어오는 혀 때문에 깜짝 놀라긴 했지만, 하준의 반응이 뜨거워서 기분이 좋았다. 연우는 좀 더 과감하게 자신의 원피스의 끈을 어깨 아래로 내렸다. 그녀의 탐스러운 가슴 절반이 드러났다.

"연우야……."

그가 그녀의 이름을 부르며 드러난 유두를 빨기 시작했다.

"흡!"

이번엔 연우가 자신의 입을 손으로 막았다. 옆에서 들을까 봐 겁이 났기 때문이었다. 그의 머리가 그녀의 가슴에서 떨어질 줄을 몰랐다.

"올라가자……."

"……."

지금 올라가면 안 된다고 서희가 말했었다. 절대로 영화가 끝이 날 때까지 움직이지 말자고 했었다.

"연우야……."

"안 돼요."

"왜?"

"영화 보고 싶어요."

말도 안 되는 소리를 하고 있었지만, 연우는 오늘 하준을 자신의 남자로 만들려면 어쩔 수 없다고 생각했다.

"연우야, 날 죽일 셈이야?"

"아니에요. 그래도 지금은 싫어요."

하지만 모든 일이 계획대로 되는 건 아니었다. 하준이 자신의 재킷으로 연우의 몸을 김밥처럼 말더니 어깨에 들쳐 멨다.

"뭐 하는 거예요?"

놀란 연우가 발버둥 치며 말했다.

"형, 우리 먼저 올라갈게."

하준이 이렇게 크게 말하고는 그녀를 데리고 침실로 향했다.

"이거 안 놔요?"

"참을 만큼 참았어. 오늘은 안 참아."

"뭘요?"

"널 안고 싶은 거."

"안고 싶긴 했어요?"

열이 받은 연우가 침실에 도착하자마자 말했다.

"내려 줘요. 내리라고!"

바닥에 내려진 연우가 씩씩거렸다.

"날 안고 싶긴 했냐고요!"

"매일, 매일같이 미친놈처럼 널 안는 생각을 했어. 승진이 형과의 약속을 지키기 위해 이를 악물고 참았는데, 오늘은 안 참을 거야. 그래도 순서가 있으니까⋯⋯."

그가 연우의 손에 뭔가를 올려놓았다.

"이게 뭐예요?"

갑자기 하준이 무릎을 꿇었다.

"나랑 결혼해 줘."

포장을 뜯어 보니 반지가 들어 있었다. 너무 예뻐서 숨이 막혔다. 감상할 여유도 없이 그가 연우의 손에 반지를 끼워 주었다.

"대답해."

"좋아요⋯⋯. 읍!"

그가 키스하며 그녀의 옷을 단번에 찢어 버렸다. 그리고 침대 위에 그녀를 던지듯이 내려놓았다.

"오늘 거칠지 몰라. 난 더는 못 참아."

"참지 말아요."

연우의 입가에 미소가 걸렸다. 이제 온전히 구하준이란 남자를 갖게 되었다.

"하준이 녀석이 급했나 보군."

지민이 연우와 하준이 방으로 들어가는 걸 보고는 웃었다. 그리고는 그녀의 얼굴을 잡더니 입을 맞추었다.

"아직 여기에 있어야 하나?"

"그건 아니에요."

"그럼 우리도 갈까?"

"좋아요. 그런데 당신은 10분만 있다가 들어오면 안 될까요?"

"……알았어."

서희는 지민의 입술에 살짝 입을 맞추고는 그를 뒤로하고 방으로 들어갔다.

"제발……."

정말 떨리는 순간이었다. 이런 옷을 한 번도 입은 적도 없었지만 춤까지 춰야 하니 걱정이었다. 그녀는 준비한 음악을 틀었다. 그리고 빠르게 옷을 갈아입었다. 그녀가 준비한 건 밸리 댄스였다.

몇 년 전에 배운 적이 있어서 살짝 추는 건 자신 있었다. 기존의 밸리 댄스 옷보다 성인용품점의 옷이 백배는 더 야했다. 천 자체가 망사라서 그녀의 몸이 노골적으로 드러났다. 사장님의 말이 이걸 보고 안 넘어오면 남자도 아니라고 했었다.

"오랜만에 춤 한번 춰 볼까?"

그녀는 아기 때문에 일부러 격하게 추지 않았다. 하지만 느린 몸짓이 더 자극적이란 걸 서희는 알지 못했다.

똑똑!

그때 지민이 방 안으로 들어왔다. 그리고 놀라서 얼음이 되어 있었다.

"서희야……."

"앉아요."

그를 침대에 앉힌 서희가 느리게 춤을 추었다. 그녀의 황홀한 춤사위에 지민은 이미 얼이 빠져 있었다. 그런 그의 얼굴을 천으로 감았다가 놓으며 서희는 미소 지었다.

"서희야……."

도저히 참기가 힘이 들었는지 그가 서희의 손을 잡아당겼다. 그리고 자신의 품에 안긴 서희의 입을 거칠게 삼켰다.

"헉헉, 임산부가 너무 야한 거 아니야?"

"마음에 들어요?"

"아주 마음에 들어."

언제 벗겨졌는지 그녀는 완벽한 나신이었다. 그도 빛의 속도로 옷을 벗어 버렸다. 그의 전사 같은 몸이 그녀를 유혹했다.

"날 가져요. 오늘 밤 난 주인님의 것이에요."

"서희야……."

그녀의 말이 마음에 들었는지 그의 눈동자가 짙은 색으로 변했다. 그가 으르렁거리며 그녀를 덮쳤다. 그의 입술이 그녀의 온몸을 돌아다니며 키스 마크를 남겼다.

"하아……."

신음을 삼키며 서희는 가슴에 머물러 있는 그의 머리카락을 잡고는 강하게 끌어당겼다. 그가 빨고 있는 유두는 떨어져 나갈 것처럼 찌릿했다.

"아아아……."

그의 입술이 위험하게 자꾸만 아래로 내려왔다. 그녀의 탄탄한 복부를 지나 검은 숲에 도착한 그는 혀로 그녀의 이성을 잃게 했다.

"제발……."

"어떻게 할까?"

"넣어 줘요."

"싫어, 날 자극한 벌을 받아야지."

"제발……."

"안 돼."

그는 단호하게 말하더니 그녀의 다리를 벌리고 손가락으로 클리토리스를 자극했다. 그녀의 양손을 잡아서 머리 위로 올려 집게처럼 잡고 있어서 움직일 수가 없었다. 그의 손가락이 질척이는 소리를 내며 계속해서 그녀를 쾌락의 늪으로 인도했다.

"하아……."

그녀의 작은 돌기는 이미 흥분해서 미친 듯이 움찔거렸다.

"지민 씨……."

그녀가 아무리 사정을 해도 소용이 없었다. 그의 손가락이 그녀의 질 안으로 들어가 질 벽을 긁어 대고 있었다. 허리를 비틀어 보았지만, 소용이 없었다.

"키스해 줘요."

서희는 그의 얼굴을 양손으로 잡아 그녀를 보게 했다. 그가 으르렁 거리는 소리를 내더니 그녀의 입술을 거칠게 삼켰다. 그들의 혀가 뜨겁게 얽혀들었다. 한참을 키스하던 그의 입술이 점점 아래로 내려가 검은 숲에 머물렀다.

"헉헉, 빨아 줘요."

서희가 다리를 넓게 벌렸다. 그러자 이번엔 지민이 그녀의 여성을 입에 넣고 빨기 시작했다.

"하아 하아……."

서희는 숨이 넘어갈 것 같았다. 자신이 원하는 대로 지민이 해 주었기 때문이다. 절대로 길들게 될 것 같지 않은 남자가 변하고 있었다.

"지민 씨."

그의 혀가 그녀의 클리토리스를 강하게 자극했다. 서희는 허리를 들며 그의 혀가 더 깊이 들어올 수 있도록 했다. 그들의 행위에는 걸림돌이 없었다. 서로가 원하는 것을 다 해 주었다.

"이제 넣어 줘요."

그러자 그가 그녀의 질에 자신의 페니스를 대고 위아래로 움직였다. 애액에 젖은 페니스는 질척이는 소리를 내며 그녀를 자극했다. 그의 눈동자는 욕망으로 짙어졌고 거친 호흡 때문에 가슴이 격하게 들썩였다.

"윽!"

"아아악!"

그녀는 지민에게 매달려 쾌락의 끝을 향해 달렸다. 지민은 자신의 분신을 쏟아낸 후에 그녀를 끌어안고 침대 위로 쓰러졌다. 그후에 그는 그녀를 안고 노천탕으로 이동했다.

"겨울에 노천탕은 너무 좋은 것 같아요."

"좋다니 다행이군."

그가 갑자기 그녀에게 뭔가를 내밀었다.

"이게 뭐예요?"

작은 상자를 열어 보니 그 안에 반지가 들어 있었다.

"지민 씨……."

"나와 결혼해 줘."

"네."

서희는 대답에 주저함이 없었다. 그리고 그녀의 눈에서 벅찬 감동의 눈물이 흘러내렸다. 그 후에 그들은 노천탕에서 뜨거운 시간을 보냈다.

뜨거웠던 크리스마스가 지나고 새해를 맞이하는 첫날, 요양병원에서 뜻밖의 비보가 날아들었다. 서희의 어머니가 심장마비로 돌아가셨다는 내용이었다. 이제 세상엔 그녀 혼자뿐이었다. 물론 지민과 축복이가 있었지만, 서희는 고아가 된 것이었다.

장모님의 유언대로 동해에 유골을 뿌리고 돌아오는 길이었다. 지민은 말없이 그녀의 손을 잡았다.

"괜찮아?"

"……괜찮아요. 엄마도 이제 편할 거예요. 제정신이 아닌 채로 그렇게 살아 있는 것보다 자유로운 하늘로 가시는 게 나을 거예요."

이렇게 말하지만 서희는 눈물을 흘리고 있었다.

"울지 마. 힘들어."

"……."

그가 서희의 눈물을 손으로 닦아 냈다. 그녀의 눈은 붉게 충혈되어 있었고 며칠 동안 운 탓에 눈도 많이 부었다. 지민은 안쓰러운 마음에 서희를 자신의 품 안에 꼭 끌어안았다. 서울까지는 2시간은 더 가야 하는데 걱정이었다.

"좀 자……."

"네."

서희와 꿈같은 나날을 보내고 있었다. 크리스마스 이후로 그는 서희에게 완전히 푹 빠져 있었다. 물론 그전부터 서희에게 빠져 있었지만, 지금은 헤어 나오기 힘이 들 정도였다. 그를 흥분시키는 여자는 서희가 유일했다.

자신의 품에 안긴 서희의 정수리에 입을 맞추었다. 새벽의 한적한 도로는 그가 가장 싫어하는 길이었다. 이제는 잊었다고 하지만 아직도 소현의 일이 떠오르기 때문이었다. 물론 운전은 운전기사가 하고 있었지만 그래도 불안했다.

불안한 마음에 잠을 잘 수가 없는 그는 창밖을 내다보았다. 소현의 사고가 있던 밤에도 이렇게 작은 눈발이 날렸었다. 시간대도 비슷했고 이상하리 만큼 차들이 없었다. 물론 이곳은 강원도니까 더 그렇겠지만 여기를 벗어나 집에 도착할 때까지 불안할 것 같았다.

그래도 앞에 차가 가고 뒤에도 차들이 따라오니까 조금은 마음이 놓였다.

"몇 시예요?"

"12시 조금 넘었어."

"내일 출근해야 하는데 힘들어서 어떻게 해요?"

서희가 그의 품 안으로 파고들며 말했다.

"괜찮아."

그는 서희를 꼭 껴안았다.

"고마워요."

"그런 말은 하지 마."

그가 다시 서희의 정수리에 입을 맞추었다.

끼이익! 쾅!

순간 지민은 온몸으로 서희를 안았다. 본능적인 행동이었다. 그리고 그의 머릿속이 경고를 했다. 절대로 차에서 내리면 안 된다고 말이다.

"김 기사 그냥 가."

"……."

"김 기사!"

그가 서희에게 신경을 쓴 사이에 김 기사는 어딘가로 도망가 버렸다. 뭔가 강하게 찜찜한 기분이 들었다. 그날과 너무나 흡사했다.

"서희야. 절대로, 절대로 차에서 내리면 안 돼."

"지민 씨……."

"나 믿지? 절대로 내리면 안 돼."

"……알았어요."

"너와 아기는 여기 있어야 해."

"……."

서희가 고개를 끄덕였다.

"그리고 빨리 신고해. 여기까지 경찰이 오려면 시간이 걸릴 거야."

"알았어요. 당신도 함께 있어요."

"밖이 어떤지 잠깐 나갔다가 올게."

"지민 씨?"

서희가 그의 팔을 잡았다.

"괜찮아."

"사랑해요."

서희의 눈이 불안하게 떨렸다.

"이 말은 꼭 하고 싶었어요. 아기 낳고 하려고 했는데 미리 말해 주는 거예요."

"……."

가슴이 저렸다. 어쩌면 마지막일 수 있는 말이었다. 그때 그의 눈에 조범수의 모습이 보였다.

"왜 그래요?"

"고개 숙이고 밖은 절대로 보지 마. 그리고 나도 고백할 게. 사랑해. 처음 본 순간부터 사랑했어."

"지민 씨……."

그는 이렇게 말을 하고는 차에서 내렸다. 어떻게 해서든 경찰이 올 때까지 시간을 끌어야 했다.

"어이, 이게 누구야? 구지민 부회장님 아니신가? 우리는 왜 자꾸 고속도로에서 보는 거야? 짜증나게……."

"무슨 일이지?"

"청산 받을 빚이 있지?"

녀석은 이를 갈고 나온 것 같았다. 다시는 보고 싶지 않은 얼굴을 이렇게 보게 되니 지민도 마음을 다잡았다. 소현을 잃은 날처럼 당하지만은 않을 것이다.

"아니."

"아니긴 있어. 좋은 머리로 잘 생각해 봐."

범수는 그날처럼 그를 자극했다.

"그래서?"

"오늘 너의 목숨을 거둬 가려고 왔지."

"조범수!"

"내 이름을 기억해 주다니 영광입니다. 부회장님."

범수의 비꼬는 듯한 말투는 여전했다.

"아직도 일식의 뒤처리 해 주느라 바쁘군."

"뭐, 인생이란 게 항상 그러니까."

범수는 각목을 붕대로 묶어 떨어지지 않게 고정시켰다.

"그때 내가 찌른 것 때문에 손을 못 쓰나 보지?"

"네, 잘 쥐어 지지가 않네요. 그래서 아픔을 같이 나누려고 왔습니다. 뭐든 나눠야 하지 않겠어요?"

"거절하지."

그의 말에 범수가 피식 웃었다. 그리고 범수의 뒤로 수많은 조직원이 내렸다.

"애들이 많이 늘었어."

"제 실력이 워낙 좋아서요."

"미친 새끼."

"뭐라든 저승 갈 사람이 하는 말이니 이제 신경 쓰지 않습니다."

"신경 써야 할걸? 난 안 갈 거니까."

"하하하, 이제 '아야' 할 준비하셔야 할 겁니다. 녀석들이 좀 세 거든요."

어디서 저런 자신감이 나오는지 범수는 계속해서 나불거렸다.

"입만 살아서."

그가 피식 웃었다.

"자, 우리 부회장님 자근자근 씹어 드리자. 정신을 못 차려서 말 이야. 아 참, 우리 일식 형님은 이제 그만 건드려. 사람이 참는 데 도 한계라는 게 있거든. 그렇게 주변의 사람이 죽어 나가도 정신 을 못 차리네."

지민도 한계에 다다랐다. 이렇게 눈치 없는 자식은 처음이었다. 범수는 그가 얼마나 열이 받아 있는지 모르는 것 같았다.

"처리해!"

범수의 말에 조직원들이 그를 향해 달려 들기 시작했다. 몇 명 인지도 알 수가 없었다. 그냥 무턱대고 막을 수밖에 없었다. 어두 운 밤에 헤드라이트의 불빛에만 의존하는 상황이라서 파악이 조 금 더 힘이 들었다.

하지만 그는 서희와 아기를 지켜야 했다. 소현처럼 허망하게 잃 을 순 없었다.

퍽! 퍽!

그의 발아래 조직원들이 하나씩 쓰러져 갔다. 언제까지 버틸 수 있을지 몰랐다. 온몸이 땀으로 젖어 들었지만, 그는 사력을 다하고 있었다. 그런데 그때 뒤에서 뭔가가 날아 들었다. 누군가 그의 뒤에서 각목으로 내려 친 것 같았다.

"윽!"

정신을 잃으면 안 되는 순간이었다. 그가 의식을 잃기라도 한다면 서희가 위험했다. 하지만 팔에 힘이 빠져나가기 시작했다.

"죽어!"

뒤에서 누군가 그에게 달려 드는 것 같았다.

"퍽!"

그도 놀란 상황이었다. 서희가 차에서 내려 그에게 달려든 놈의 머리를 죽도로 내리쳤다. 너무 정확하게 내리쳐서 놈은 그대로 꼬꾸라졌다. 서희가 검도를 할 거라고는 상상도 못 했었다.

"어서 들어가."

정신을 차린 그가 서희에게 소리쳤다. 하지만 다른 놈이 이미 서희에게 달려 들었고 서희는 또다시 죽도로 남자를 내리쳤다. 실력이 상당하기는 했지만, 서희는 지금 임신 중이었다. 그가 서희 곁으로 갔다.

"뭐 하는 거야?"

그가 서희의 손에서 죽도를 빼앗았다.

"혼자서는 힘들어요."

"화내기 전에 들어가. 빨리!"

"지민 씨!"

그가 몸을 돌려 달려드는 놈을 죽도로 내리쳤다. 그리고 서희를 차 안에 밀어 넣었다. 그는 다시 한 번 차 안의 서희를 확인했다. 그에게 또다시 놈들이 덤비기 시작했다. 이제 그도 힘이 부치기 시작했다. 그런데 그때였다.

"형!"

하준의 목소리가 들리고 만기파 조직원들이 우르르 차에서 내리는 소리가 들렸다. 그제야 안심이 된 지민은 범수를 찾기 시작했다. 그리고 그의 눈에 도망치는 범수의 모습이 보였다. 지민은 뛰어가서 범수의 뒤통수를 죽도로 내리쳤다.

"어딜 가려고?"

"……."

"여전히 입만 살아 있었어."

"아니, 오늘 널 죽이지 못한 게 아쉬워."

"조범수, 아무리 조직이 다르더라도 너와 내가 이렇게 원수처럼 굴 이유가 있을까?"

"우리 형님을 위한 일이야."

웃기는 일이었다. 하긴 은혁도 그를 위해서라면 뭐든 하는 놈이었다.

"죽은 소현에게, 그리고 서희에게 사과해."

"싫어."

"싫어?"

그는 저도 모르게 죽도로 범수를 정말 죽지 않을 만큼 때리기 시작했다. 사람의 목숨을 함부로 여기는 조범수 같은 인간은 벌을 받아야 했다. 하지만 우리나라엔 사형제도가 없었다. 주는 밥 먹으며 평생을 감옥에 있을 뿐이었다.

"벌이 너무 약해."

그는 쓰러진 범수를 보며 말했다.

"형……."

하준이 그의 곁에 왔다.

"괜찮은 거야?"

"난 괜찮아."

지민은 정신을 차리기도 전에 뛰기 시작했다. 서희가 걱정돼서 죽을 것 같았다.

"서희야."

차 안에 얌전히 앉아 있는 서희에게 다가간 지민은 서희를 뜨겁게 안았다.

"괜찮아요?"

"응, 난 괜찮아."

"피……."

그의 얼굴에 피가 붙은 모양이었다.

"이건 내 피 아니야."

"무서웠어요……."

서희가 그의 품 안으로 뛰어들었다.

"무서운데 그렇게 죽도를 휘두르나?"

"당신 뒤에서 치려고 해서 어쩔 수가 없었어요."

"검도는 언제 배운 거야?"

"어릴 때요."

그는 다시 한 번 그녀를 품에 꼭 끌어안았다.

"다시는 그렇게 위험한 짓 하지 마."

"알았어요."

"그리고…… 고마워."

그가 서희의 정수리에 입을 맞췄다. 운전기사가 어디론가 도망 가는 바람에 올라오는 길은 지민이 운전했다.

"김 기사님은 왜 도망을 간 걸까요?"

"지난번에 내 차를 타고 모텔에 간 일이 있어서 징계를 먹고, 그 다음에는 도박장에 가서 징계를 먹었어. 다음에도 또 그러면 자르 겠다고 했지."

"그래서 도망간 거예요?"

"오늘은 아마 돈을 받고 한 일일 거야."

"네?"

김 기사가 최일식에게 매수되었다는 걸 그도 알고 있었다. 여자와 도박에 손을 대는 사람은 파탄의 길로 빠져들기 마련이었다.

Rrrrrrr—

"여보세요? 하준아, 어떻게 알고 온 거야?"

[어, 김 기사가 알려줘서 우리가 몰래 뒤따르고 있었어.]

"뭐? 김 기사가 이중 첩자인 거야?"

[맞아, 도박 빚에 요즘 허덕이고 있거든.]

"어쨌든 잘했어. 그리고 김 기사는 해고해."

[벌써 해고했어. 오늘이 마지막 근무인 거지.]

"너도 고생했어. 그리고 고맙다."

[아니야, 형수는 어때?]

"괜찮아."

[다행이다. 집에서 봐.]

"알았어."

그는 전화를 끊고 서희의 손을 꼭 잡았다.

"이제는 힘들게 하지 않을게."

"하나도 안 힘들어요."

"거짓밀."

"당신이 있잖아요."

지민은 아직 손이 부들부들 떨렸다. 이번엔 정말 최일식을 가만 두지 않을 생각이었다. 본가에 도착한 그는 서희를 재운 후에 집을 나섰다. 그리고 곧바로 일식이 숨어 있다는 부산으로 향할 준비를 했다.

체력적으로는 힘이 들었지만 더는 지체할 수 없었다. 이번에야 말로 그를 쓸어버리고 싶었다.

차를 타기 위해 지하 주차장에 들어선 그는 그 자리에 멈추었다. 흰 가운만을 걸친 서희가 차 앞에 서 있었다.

"서희야."

"지민 씨……."

"추운데 여기서 뭐 하는 거야?"

"가지 말아요."

"어?"

"최일식은 이제 다 잃었어요. 그러니까 제발 이제 그만해요. 당신은 충분히 이겼어요."

서희가 그에게 달려들어 안겼다.

"서희야……."

"처음이자 마지막 부탁이에요. 당신이 무슨 일을 하든 전 아무런 상관하지 않아요. 하지만 이번만은 그만해요. 당신이 다칠까 봐. 다시는 못 볼까 봐 두려워요."

그녀가 그의 손을 자신의 배 위에 가져다 댔다.

"우리 축복이가 싫어해요."

순간 그의 손에 태동이 느껴진 듯했다.

"제발 부탁이에요. 그냥 우리 집에 들어가요."

"……."

서희가 그의 손을 잡아끌었다. 그의 발은 쉽게 떨어지지 않았다.

"서희야……. 읍!"

서희가 그의 입술을 삼켰다. 그녀의 가운이 벌어지면서 그녀의 아름다운 곡선이 그의 눈앞에 펼쳐졌다. 언제 누가 올지 모르는 곳이었다. 어쩌면 CCTV로 경호원들이 보고 있을지도 몰랐다.

하지만 서희는 상관하지 않고 그에게 매달렸다. 지민은 자신이 나서는 건 이제 그만이라는 생각이 들었다.

"안 갈게."

"고마워요."

"그럼, 보답을 기대해도 될까?"

"물론이죠."

지민은 서희의 손에 이끌려 침실로 향했다. 오늘 그는 뜨거운 보상을 받게 되리라는 걸 알았다.

아직 새해를 맞이하는 흥분이 가라앉지 않은 항구에는 새벽에도 술에 취한 사람들이 많았다. 배를 타기 위한 선원들보다 회를 먹으며 밤새 술에 떡이 된 사람들 투성이였다. 해운대에 해가 떠오르고 있었다.

해운대 바닷가에 앉아 새로 올라 온 주상 복합 건물의 공사장을 보는 일식의 눈이 촉촉하게 젖어 있었다.

"내 건데……."

그는 소주병을 입에 털어 넣었다.

"형님……."

범수가 그의 곁에 와서 앉았다.

"병신 새끼!"

그는 처음으로 범수에게 욕을 했다. 시키는 일도 제대로 못 하는 놈이었다.

"죄송합니다."

"죄송하다고 하면 다야? 네가 뭘 놓치게 했는지 봐!"

그가 주상 복합 건물이 지어지는 곳을 가리켰다.

"저건 내 거라고……."

소주를 입안에 털어 넣었다. 그런데 그때 낯익은 녀석의 모습이 보였다. 그의 오른팔이었던 오성수였다.

"형님."

"배신자 새끼!"

"말씀이 지나치십니다."

"뭐라고?"

"형님이 쓸데없이 구지민 부회장에게 집착하셔서 생긴 일 아닙니까? 어차피 상대도 안 되면서 말입니다."

그가 자리에서 비틀거리며 일어났다. 그리고는 성수의 앞으로 가서 그의 뺨을 툭툭 쳤다.

"많이 컸네."

"……."

그가 계속해서 뺨을 치자 성수가 그의 손을 잡았다.

"참는 건 여기까지입니다. 형님."

"안 참으면 어쩔 건데?"

"황 사장님도 돌아섰는데 어쩌시려고 이러십니까?"

"너나 잘해."

그의 말에 성수의 표정이 굳었다.

"기다려. 내가 다시 영웅건설의 사장이 누구인지 보여 줄 테니까."

그가 성수에게 돌아서서 반대방향으로 걷기 시작했다. 일식의 걸음은 쓸쓸해 보였다. 아무도 그를 따르는 사람이 없었다. 범수

조차 그를 따르지 않았다.

"씨발, 기분 더럽네."

술에 취해 비틀거리며 중얼거렸다.

"형님……."

그때 범수의 목소리가 들렸다. 그럼 그렇지. 범수는 그를 배신할 놈이 아니었다.

"윽!"

그가 기쁜 마음으로 돌아서는 순간, 칼이 그의 배를 가르고 들어왔다.

"형님, 죄송합니다."

범수의 칼이 그의 배를 찔렀다.

"저도 살아야겠습니다."

"으윽……."

그렇게 몇 번을 더 찔린 일식의 눈이 스르르 감겼다. 아무도 그의 죽음을 보지 못했다. 쓸쓸한 일식의 주검은 늦은 오후가 되어 지나가는 관광객들에 의해 발견되었고, 쓸쓸히 잊혀졌다.

저녁 시간은 늘 분주했다. 요즘 지민은 퇴근시간만 기다리는 사람 같았다. 시간이 되면 칼퇴근이었고 나머지 일은 모두 승진의 차지였다.

"후……."

그래도 요즘 그는 야근이 그리 싫지만은 않았다. 비서실에 들어온 막내 때문이었다. 어찌나 귀여운지 연우를 보는 것 같았다. 연우와 동갑인 수민은 연우와는 다르게 키가 컸지만 하는 짓은 아기였다.

"이거 복사해 오라고 하셔서……."

수민이 얼굴을 붉히며 그에게 서류를 건넸다.

"이리 줘."

"커피……."

그가 무서운지 언제나 말끝을 흐리는 수민이었다. 물론 그런 면이 더 귀엽긴 하지만 말이다.

"좋지."

"설탕은……."

"난 언제나 커피 믹스야."

"건강에……."

"괜찮으니까 믹스 타 와."

"네……."

뭔가 못마땅할 때면 아랫입술을 무는 버릇이 있는 수민이 승진은 귀여웠다.

"이거 정리 좀 해."

"네, 실장님."

다른 직원들은 각자의 일을 끝내고 퇴근했지만, 수민과 그만 사무실에 남아 있었다.

"아직 안 끝났어?"

"끝났습니다."

시계를 보니 10시가 넘은 시간이었다.

"왜 안 갔어?"

"실장님이 아직 안 끝나셨으니까요."

"먼저 가."

"아닙니다."

그는 수민이 신경 쓰였다.

"밥은 먹었어?"

"아뇨, 집에 가서 먹으면 됩니다."

"일어나."

그는 이렇게 말을 하고는 재킷을 걸쳤다. 그리고 수민과 함께 사무실을 나섰다. 짧은 치마에 코트도 얇게 입은 수민이 신경 쓰인 그는 자신의 코트를 벗어 수민에게 건넸다.

"입어."

"아, 아닙니다."

"괜찮아."

그렇게 그의 차에 오른 두 사람은 근처의 삼겹살집으로 향했다.

"술 좀 하나?"

"전 못 합니다."

"그래?"

하긴 그녀가 술을 먹는 모습은 한 번도 본 적이 없었다.

"우리 부서에 온 지 얼마나 됐지?"

"6개월 됐습니다."

"제일 힘들 때 와서 고생이 많지?"

그건 진심이었다. 이게 다 와이프에 미친 보스 때문이지만 말이다. 승진은 일과 사랑은 구별해야 한다고 생각했다. 그리고 자신은 절대로 안 그럴 거라는 확신이 있었다.

"아니요, 전 좋습니다."

수민의 얼굴이 붉어졌다.

"부회장님이 사모님을 만나기 전에는 좀 편했었지. 지금은 집에만 들어가려고 해서 힘들어."

"실장님이 힘드시다고요?"

"난 사람 아니야?"

그가 웃으며 소주를 한 잔 마셨다.

"내일 힘드시니까……."

"내일은 쉬는 날이야."

"아……."

"아무리 악덕 업주라도 쉬는 날까지 부리지는 않아."

그는 소주 한 병을 마시고 삼겹살도 배부르게 먹었다. 딱 기분이 좋은 상황이었다.

"남자 친구는 없어?"

"네."

"좋아하는 사람은?"

"있습니다."

그녀의 말에 왜 서운한 생각이 드는지 승진은 혼자 씁쓸한 미소를 지었다.

"복 받은 그 사람이 누군지 궁금하군."

"……."

"말 안 해도 돼. 농담이야."

수민이 그를 뚫어지게 보았다. 왜 그렇게 보는지 이해가 되지 않았지만 그러고 있었다.

"실장님은…… 여자 친구 있으세요?"

"아니."

"좋아하는 분은요?"

"아니, 바빠서 말이야. 왜?"

"그럼…… 누가 좋다고 하면 어떠실 것 같아요?"

"기분은 좋겠지. 날 좋아한다고 하는데 싫지는 않을 것 같은데."

"좋아합니다."

"……."

이건 잘못 들은 게 분명했다. 하지만 수민의 얼굴이 진지했다.

"농담도 잘하는군."

그 진지함이 진실로 느껴지는 게 두려웠다. 왜 이러는 걸까? 아저씨 같은 자신이 뭐가 좋다고 이러는 건지…….

"진심입니다."

"……고마워. 알았으니까 그만 일어나지. 대리도 불러야 하고."

"제가 모셔다드릴게요."

"아니야."

"저도 그 아파트에 살아요."

처음 안 일이었다.

"이사 간 지 한 달 됐어요."

"……."

그녀는 그의 손에 들린 차 키를 빼앗았다. 그리고 정말로 그의 아파트로 향했다.

"운전을 잘하는군."

"다른 것두 잘하죠."

왜 그 말이 야릇하게 들리는지 승진은 자신도 모르게 헛기침을 했다. 이렇게 수민과 있으니 완전히 아저씨 같은 느낌이었다.

"커피 한잔하실래요?"

차를 세우자마자 수민이 그에게 말했다.

"그게……."

"누가 기다리나요?"

"연우가……."

"연우 오늘 약속 있어요."

"연우를 알아?"

마치 연우를 아는 것처럼 말하는 수민을 그가 멍하게 보았다.

"연우랑 서희랑 고등학교 때 같은 반이었어요. 전 서희보다는 연우하고 친했고 지금도 자주 연락해요."

"……."

연우랑 친한 친구들은 거의 아는 편인데 수민이란 이름은 들어 본 기억이 없었다.

"오늘 구 사장님이랑 데이트 있다고 했어요. 연우는 제가 비서실에 있는 건 몰라요. 전에 부서인 총무과에 있는 줄 알죠."

그러고 보니 친구가 총무과에 있다는 말을 들은 적이 있었다.

"그랬군."

"커피 한잔하고 가세요. 안 잡아먹으니까."

왠지 전세가 뒤바뀐 기분이 드는 건 왜일까? 그는 수민을 따라 그녀의 집으로 향했다.

"어른들은······."

"저 독립했어요."

"아······."

여자 혼자 사는 집에 가 보는 건 처음이었다. 솔직하게 승진은 일에 매달리느라 여자를 사귄 경험이 거의 없었다.

"앉으세요."

수민의 집은 그와 연우가 사는 평수보다 넓었다. 그리고 인테리어도 깔끔하게 잘 되어 있었다. 아니, 가구부터 전자제품까지 모두가 최고급이었다. 집안이 잘 사는 모양이었다.

"커피 드릴까요? 아니면 와인 드실래요?"

"커피."

그녀가 커피를 내렸다.

"혼자 쓰기엔 너무 넓지 않아?"

"이제 같이 써야죠."

"······."

그 말이 무슨 뜻인지 알기에 승진의 얼굴이 화끈거렸다. 그사이 수민이 커피를 가져와 테이블에 올려놓고는 그의 옆에 딱 붙어 앉았다.

"원래 적극적인 성격인 거야?"

"아뇨, 남자를 사귄 적이 없어서."

"거짓말."

"정말이에요. 오빠를 처음 본 그 순간부터 다른 사람은 제 눈에 들어오지 않았으니까요."

"차수민 씨……."

그녀가 얼굴을 그의 얼굴 앞에 들이밀었다. 승진의 심장이 터질 것 같이 뛰었다.

"오늘이 기회인 것 같아요."

"무슨 기회?"

"우리 둘이 가까워지는 절호의 기회요."

여자에게 이렇게 휘둘려 보기는 처음이었다. 깐깐한 성격의 승진에게는 더욱이 있을 수 없는 일이었다.

"차수민 씨, 우리는 개인적인 관계가 아니라……. 읍!"

정말 순간적인 일이었다. 수민이 그의 입술을 순식간에 먹어 치워 버렸다. 여자에게 키스를 당한 건 처음이라 승진은 어쩔 줄 모르고 있었다. 자신의 몸을 누르고 있는 수민의 몸에 손을 대지 않기 위해 양손을 허공 위로 들었다.

하지만 수민이 그의 얼굴을 양손으로 잡고 있고 그의 무릎 위에 앉아 있는 상황이라서 그는 꼼짝 없이 키스를 당하고 있었다. 더욱 난감한 건 수민이 그의 페니스를 자극한다는 것이었다.

"으으읍!"

이러다가 정말 실수를 할 것 같았다.

"하아……. 싫어요?"

"그게 아니라……."

"그럼 제대로 해 줘요."

그녀의 당당한 요구에 그는 그만 이성의 끈을 놓아 버렸다. 평소에 마음이 있던 여자가 이렇게 덤비니 당해 낼 재간이 없었다.

"키스……. 읍!"

승진은 자신의 무릎에 앉은 수민의 허리를 단단히 잡고는 키스하기 시작했다. 어떤 일에 이렇게 생각 없이 덤빈 적은 단 한 번도 없었다. 이건 계획적인 그의 성격과는 하나도 맞지 않은 일이었다.

충동적인 행동은 그와 맞지 않았다. 그런데 이렇게 막상 해 보니 그렇게 어색한 게 아니었다. 그의 손이 가녀린 수민의 허리를 타고 올라가 그녀의 풍만한 가슴을 어루만졌다. 마른 줄 알았는데 생각보다 가슴이 컸다.

저녁에 마신 술이 완전히 깬 상황이었다. 그들의 혀가 얽히고 키스는 깊어만 갔다. 승진은 수민의 블라우스를 찢듯이 벗겨 내고는 그녀의 가슴에 입을 맞추었다. 완벽하게 그의 이상형인 몸이었다.

브래지어 위로 입을 맞추던 그가 모든 동작을 멈추었다.

"수민 씨, 난……."

"알았어요."

수민이 차갑게 그에게서 떨어졌다.

"실장님, 한순간의 감정으로 이러는 거 아니에요. 실장님의 감정이 정리되면 그때 말씀해 주세요."

수민을 어리게만 봤는데 그게 아니었다. 그는 정신 나간 사람처럼 수민의 집에서 나와 자신의 아파트로 향했다.

어느덧 겨울이 지나고 4월 중순이었다. 예정일은 일주일 앞으로 다가왔는데 정작 산모는 걱정이 없어 보였다. 지민은 정원 벤치에 앉아 일광욕 중인 서희를 거실에서 바라보았다.

"뭘 그렇게 봐?"

하준이 그의 곁에 서며 물었다.

"서희."

"그렇게 좋아?"

"좋아, 이런 감정은 처음이라 매일 당황스럽지만 좋아."

"나도 우리 연우가 좋아. 날이 갈수록 귀엽거든."

하준도 연우와 아주 잘 지내고 있었다. 8월에 집에서 예식을 올리기로 하고 지금은 연우도 본가에 들어와 같이 생활하고 있었다. 매일같이 승진이 찾아와 감시를 하는 통에 짜증이 나긴 하지만 그래도 식구들이 북적이는 집이 좋았다.

"우리 연우다."

서희의 옆에 연우가 어느새 와서 앉아 있었다. 연우의 손엔 서희가 좋아하는 장미꽃이 들려 있었다.

"우리는 복도 많아. 그렇지, 형?"

"그래."

그들이 등을 돌리려는 순간 연우가 갑자기 그들을 향해 다급한 손짓을 했다. 그리고 보니 서희는 벤치에서 배를 잡고 있었다. 심상치 않은 일이 벌어지고 있었다. 지민과 하준은 누가 먼저랄 것도 없이 정원으로 달리기 시작했다.

놀란 현 집사가 그들의 뒤를 따랐다.

"서희야!"

지민은 얼굴이 사색이 되어 서희를 불렀다.

"놀랄 것 없어요. 병원에 가야 할 것 같아요."

서희는 오히려 차분했고 주변이 난리였다. 연우는 울기 직전의 얼굴이었고 하준도 놀라긴 마찬가지인 것 같았다.

"차 대기시켜 놨습니다."

"혹시 모르니까. 준비해 둔 가방도 실어 주세요."

서희가 차분하게 말하며 주차장으로 향했다.

"걸을 수 있겠어?"

"그럼요. 너무 걱정하지 말아요."

서희가 그를 보며 미소 지었다. 지민은 온몸이 떨리는데 서희는 담담한 모양이었다.

"아파?"

"견딜 만해요."

현 집사가 운전을 하고 그는 서희의 손을 꼭 잡고 병원으로 향했다. 하준과 연우가 뒤를 따랐다.

"아버님, 얼굴을 뵙고 나왔어야 하는데……."

"이해하실 거야."

그는 서희의 가녀린 손을 꼭 잡아 주었다.

"잘할 수 있을까요?"

"당연하지."

"맞아요, 우리 축복이는 엄마를 아프게 하지 않을 거예요."

"내가 사랑한다고 했나?"

"네."

지민은 아침에 눈을 뜨면 언제나 그녀의 입술에 입을 맞추고 사랑한다는 말을 했다. 처음엔 서희가 아침마다 해 달라고 부탁을 해서 했지만 이제 그 말을 하지 않으면 오히려 그가 더 못 견뎠다.

그리고 하루하루가 지날수록 정말 그는 서희를 더 사랑하게 되었다.

"저도 사랑해요."

"알아."

병원에 도착한 그는 서희의 곁을 지키고 싶었지만, 생각보다 진통이 빨리 와서 서희가 분만실로 들어가는 바람에 그는 함께할 수가 없었다.

"탯줄은 직접 자를 거야?"

"아마도 그렇겠지."

그는 수술복을 입을 준비를 하고 있었다. 제발 둘 다 건강해야하는데. 지민은 정신을 차릴 수가 없었다.

"임서희 씨 보호자분."

긴 시간이 지난 후, 간호사의 부름에 그는 떨리는 마음으로 분만실 안으로 들어갔다. 거의 초죽음이 되어 있는 서희가 눈에 보였다. 아기보다 그는 서희가 먼저 눈에 들어왔다.

"서희야……."

안쓰러운 마음에 그는 눈물을 흘리고 말았다. 구지민이 여자 때문에 울다니. 세상이 놀랄 일이었다.

"여길 자르시면 됩니다."

아기의 탯줄을 자르자마자 그는 서희의 곁으로 갔다.

"고생했어."

아이는 건강한 사내아이였다.

서희가 축복이를 낳은 지 일주일이 지났다. 서희는 산후조리원에 있었고 연우는 매일 서희를 찾았다. 이제 결혼하면 형님이라고 불러야 하는데 아직 그 말이 나오지 않았다. 오늘은 조리원에 들렀다가 축복이의 선물을 사러 백화점으로 향했다.

아기 용품을 보니 괜히 부럽단 생각이 들었다. 그들이 동거한 지도 두 달이 넘었는데 아직 소식이 없었다. 특별히 피임을 하는 것도 아닌데 괜히 조급한 마음이 들었다.

"연우야."

수민이었다.

"어? 지금 이 시각이면 회사에 있어야 하는 거 아니야?"

"누가 오너 일가 아니랄까 봐."

수민이 투덜거렸다.

"너희 오라버니께서 같이 가자고 하셔서 나왔다."

"오빠……?"

"어, 연우야."

"어쩐 일이야?"

시간을 보니 점심시간이었다.

"축복이 선물 좀 사려고. 내가 잘 모르니까 수민 씨한테 도와달라고 했지."

"나한테 말하지."

괜히 서운한 생각이 들었다. 하긴 하준의 집에 들어간 후에 오빠를 신경 못 써 준 것도 사실이었다.

"내가 내일 반찬 좀 해서 갈게. 밥은 잘 먹고 있는 거야?"

"그럼."

오빠와 잠시 이야기를 나눈 연우는 집으로 향했다. 구 회장의 말동무를 해 주어야 했기 때문이었다. 서희가 있을 땐 같이했는데 서희가 없으니 이제 온전히 그녀의 몫이었다. 연우는 아직 구 회장이 어려웠다.

"아버님……."

"연우 왔구나."

구 회장은 상태가 많이 호전되었고 잘하면 완치 판결을 받을 수 있을 것 같다고 들었다.

"오늘은 밖에 날씨가 너무 좋은데 바람 좀 쐴까요?"

"좋지."

"서희, 아니 형님은 태웅이랑 아주 잘 계세요."

"태웅이가 보고 싶구나."

"그러실 줄 알고 동영상을 찍어 왔죠."

연우는 막내며느리의 역할을 톡톡히 하고 있었다.

"잘생겼죠? 제가 보기에 아주버님보다 더 잘생긴 것 같아요."

"내가 보기에도 그렇구나."

"전 딸을 낳고 싶어요."

"딸 좋지."

구 회장도 은근히 손녀를 원하는 눈치였다.

"너무 시커면 놈들만 있어서 말이야."

그렇게 구 회장과 정원에서 이야기를 하는 동안 하준이 퇴근을
해서 들어왔다.

"다녀왔습니다."

"하준이 왔구나. 수고했다."

"형은 조리원으로 갔어요."

"내버려 둬라. 서희한테 완전히 정신이 나간 놈이니까."

"동감입니다."

곁에 있던 연우는 서희가 그렇게 부러운 적이 없었다. 지민이
서희를 사랑한다는 건 모두가 인정하는 사실이었기 때문이었다.

"밥은 먹었어?"

"네."

연우는 하준의 재킷을 받아 들었다.

"요즘 무슨 일 있어?"

"아니요."

하준에게는 말하고 싶지 않았다. 연우는 필살기를 쓰기로 마음 먹었다. 도저히 안 될 것 같았다. 하준은 눈치가 없어도 너무 없었다.

하준은 식사를 마치고 2층에 있는 침실로 올라갔다. 요즘 연우가 기분이 우울한 것 같아 걱정이었다. 혼인신고를 마치긴 했지만, 결혼식을 하지 않고 사는 게 미안하긴 했다. 그는 연우와 이렇게 함께 살아 좋지만, 연우로서는 불편할 게 뻔했다.

오늘은 연우와 이야기를 좀 나눠 봐야겠다는 생각이 들었다. 그래서 오는 길에 연우에게 줄 목걸이도 하나 샀다.

기분을 풀어 주고 싶은 마음이 들었기 때문이었다.

"연우야……."

침실 문을 열고 들어갔는데 연우가 보이지 않았다. 하지만 욕실에서 물소리가 났다. 그는 미소를 지으며 샤워실로 들어갔다. 뿌연 수증기가 가득한 샤워부스에 아슬하게 연우의 바디라인이 보였다.

귀여운 연우의 반전 매력은 몸매였다. 그가 본 여자 중에 가장 아름다운 몸을 가진 연우였다. 그녀를 처음 안던 날은 그에겐 잊지 못할 최고의 날이었다.

쏴아아!

샤워기의 물을 맞으며 몸을 닦던 연우가 그를 보더니 동작을 멈추었다.

"……."

둘의 시선이 공중에서 부딪쳤다. 하준의 시선이 연우의 몸을 훑고 지나갔다.

"언제 왔어요? 식사는 다 한 거예요?"

"……."

연우의 목소리가 가늘게 떨렸고 손으로 중요 부위를 살짝 가리고 있었다.

"하준 씨……. 읍!"

그는 옷을 입은 그대로 연우를 향해 돌진했다. 너무나 섹시한 연우를 그냥 둘 수가 없었다.

"읍……. 옷이……."

"괜찮아."

연우가 그의 목에 팔을 감았다. 그리고 깊은 키스를 했다. 그녀의 부드러운 혀가 오늘은 대담하게 그의 입안을 휘젓고 있었다. 그리고 그의 젖은 와이셔츠 위로 가슴을 부비며 그에게 적극적으로 매달렸다.

그의 심장이 터질 것 같이 뛰었다.

"넌 마녀야……."

"거짓말……."

그녀의 말이 충격적이었다.

"헉헉, 사실이야……."

그는 입술을 목으로 옮기며 말했다.

"난 그냥 귀여울 뿐이잖아요. 모두가 날 귀여워하죠."

"아니, 틀렸어. 넌 나에게 치명적으로 섹시해. 작은 마녀가 매일같이 침대에서 날 홀리고 있지."

"……."

그의 말에 연우는 놀라는 것 같았다.

"내가 얼마나 자극받고 있는지 모르는군."

"……몰랐어요."

그녀가 눈을 동그랗게 뜨며 말했다. 그는 그녀의 몸을 쓰다듬으며 말했다.

"오늘 내가 얼마나 널 원하는지 보여 줄게."

그는 자신의 젖은 옷을 찢듯이 벗었다. 그리고 연우의 입에서 항복이라는 말이 나올 때까지 밤새 그녀를 가졌다.

탁탁탁!

볼펜으로 책상을 두드리는 승진의 얼굴은 불만으로 가득했다. 벌써 몇 개월째 이렇게 줄다리기를 하는지 몰랐다.

"실장님 먼저 퇴근하겠습니다."

수민도 퇴근을 하려는지 가방을 드는 게 보였다.

"수민 씨!"

"네, 실장님."

"수민 씨는 잠깐 남아요."

"네."

얄미울 정도로 아무렇지 않은 표정을 몇 달째 보고 있는 승진이었다. 오늘은 왜 그러는지 물어볼 예정이었다.

"오늘 사모님 찾아뵙기로 하지 않았나요?"

"실장님만 가시는 줄 알았습니다."

"같이 가요. 어차피 사모님하고 동창 아닙니까?"

"네."

승진은 재킷과 오후에 산 선물을 가지고 먼저 사무실을 나갔다. 몇 달 전에 그에게 키스를 하며 고백했던 수민은 그 후로 그의 근처에도 오지 않으려 했다. 설마 그의 키스가 마음에 안 들었던 걸까?

별별 생각이 다 들었지만, 그는 티를 내지 않으려 노력했다. 하지만 이제 그것도 한계에 다다랐다. 차에 오른 그는 차 시동을 걸기 전에 그녀를 바라보았다.

"한 가지 물어봐도 됩니까?"

"네?"

"도대체 왜 그러는 겁니까?"

"제가 무슨 실수라도……."

아무것도 모른 척하며 그를 바라보는 수민이었다.

"아닙니다……."

그는 시동을 걸고 차를 출발시켰다. 그가 열이 받는 건 어제 회식 때문이었다. 김 과장과 딱 붙어서 보란 듯이 노래도 부르고 러브샷도 하는 그녀를 보며 그는 속으로 천불이 났다. 그래서 오늘 서희를 핑계로 백화점에 가서 아기 옷도 고르고 점심식사도 함께했다. 하지만 점심때도 수민은 그에게 눈길 한 번 주지 않았다.

병원에 도착해서 아기에게 줄 선물을 전달하고 아기도 함께 보았다. 아기를 바라보는 수민은 천사 같은 미소를 지으며 좋아했다. 그 모습을 넋을 놓고 본 승진이었다.

아무래도 그는 수민을 좋아하는 것 같았다. 너무 바빠서 여자에게 눈 돌릴 시간이 없었던 그였다. 지금도 바쁘긴 마찬가지였지만 수민을 보는 그의 눈은 달랐다. 그녀와 조금이라도 같이 있고 싶고 솔직하게 안고 싶기도 했다.

하지만 승진은 일처리는 완벽할지 몰라도 연애에는 백치였다.

조리원에서 나온 승진은 수민을 태우고 집으로 향했다.

"……."

수민은 말없이 창밖을 보고 있었고 그도 말이 없었다. 조금이라도 더 같이 있고 싶었지만 벌써 아파트 주차장이었다.

"배고프지 않습니까?"

"뭐……."

"우리 집에서 같이 밥 먹을까요? 나도 혼자 밥 먹는 것도 싫고, 또……."

다른 말이 생각나질 않았다. 자신이 여자라도 답답해서 싫다고 할 것 같았다.

"좋아요."

"……."

그녀의 말에 놀란 건 승진이었다. 차에서 내린 그는 수민과 함께 집으로 향했다. 심장이 터질 것 같았다. 오늘따라 수민이 더 예뻐 보여 더욱더 미칠 것 같았다. 승진은 자신이 원초적인 본능에 사로잡힐 거란 생각을 한 번도 해 보지 않았지만, 만약에 그런 마음이 든다면 그건 오늘일 것 같았다.

디리릭!

현관문을 열고 들어서자 기분이 더 묘해졌다. 그리고 한편으론 이제 수민이 그에 대한 생각이 달라졌으면 어쩌나 하는 생각이 들었다.

"들어와요."

그가 먼저 안으로 들어갔다.

"집에 정말 라면밖에……."

순간 그의 뒤에서 수민이 그를 끌어안았다.

"라면 없어도 돼요."

"……."

언제나 수민에게 선수를 빼앗기는 느낌이었다.

"왜? 그동안은 날 무시한 거지?"

승진은 제일 궁금한 걸 물었다.

"무시가 아니라 기다린 거죠."

"기다렸다고?"

"네, 기다린다고 했잖아요. 잊으셨어요?"

"하지만 너무 차가웠으니까, 난 내가 싫어진 줄 알고……."

"바보……."

그를 안고 있는 수민의 팔을 잡아 마주 보게 세웠다.

"맞아, 바보. 난 어떻게 해야 할지 몰랐어. 그런 고백은 처음이
었으니까."

"그래도 괜찮아요. 다른 여자가 있었던 건 아니니까."

그녀가 밝게 웃었다. 승진은 수민의 미소에 넋을 잃어버렸다.

"예뻐……."

"정말요?"

"그래서 더 가까이 다가가지 못했던 것 같아."

"왜요? 실장님도 너무 근사한데……."

그가 수민을 거칠게 끌어안았다.

"날 자극하지 마. 어떻게 변할지 모르니까."

"난 거친 남자가 좋아요."

수민이 그를 또다시 자극했다. 그는 수민의 바람대로 거칠게 그녀의 입술을 빼앗았다.

"오늘은 안 보낼 거야."

"저도 안 갈 거예요."

한 치의 물러섬이 없는 수민이 승진은 너무나 마음에 들었다. 그들은 그렇게 처음으로 하나가 되었다.

조리원에서 나온 서희가 집에 들어온 지도 일주일이 넘었다. 아버지는 태웅이 보는 낙에 사신다면서 매일 싱글벙글이셨다. 지민은 집이 이렇게 화목한 적이 있었나 하는 생각이 들었다. 서희가 집 안에서 내는 행복 에너지에 모두가 행복했다.

"뭘 그렇게 생각해요?"

창가에 서 있는 그의 뒤에서 서희가 끌어안으며 말했다.

"너무 행복해서."

"그런 말도 할 줄 알아요?"

"잘하지."

그가 서희를 자신의 앞으로 안으로 말했다. 그녀의 정수리에 입을 맞추며 그가 행복하게 웃었다.

"뭘 봤어요?"

"밖을 본 건 아니고, 이런저런 생각을 하느라고."

"무슨 생각했는지 물어봐도 돼요?"

"아버지 생각. 요즘 태웅이 때문에 너무 행복해 보여서 다행이라고 생각해. 하준이도 제수씨가 있고 나도 서희가 있는데 아버진 혼자시니까."

"태웅이가 있잖아요."

"그래서 요즘 아버지가 태웅이 때문에 너무 행복해하시는 것 같아. 아버지 짝을 찾으신 거지."

그의 말에 서희가 화사하게 웃었다.

"아 참, 이거."

그가 주머니에서 뭔가를 꺼냈다.

"눈 감아."

"……."

그가 서희의 목에 목걸이를 걸어 주었다. 참이 달린 목걸이였다. 그의 이니셜인 'J', 서희의 이니셜인 'S', 그리고 아기의 이니셜인 'T'가 달린 목걸이였다.

"이게 뭐예요?"

"우리 이니셜이야. 태웅이 동생이 나오면 참만 달면 되는 거야."

"동생도 낳을 거예요?"

"제수씨가 아기를 가졌으니 우리도 내년쯤엔 아기를 가져야 하지 않을까?"

"몇이나 낳으려고?"

"아들 둘, 딸 둘."

"사양합니다. 너무 많아요."

"난 더 낳고 싶어."

그는 이렇게 말을 하며 그녀의 목에 입술을 눌렀다.

"넷은 너무 많아요."

"아니."

그는 정원에서 아이들이 뛰어다니는 모습을 빨리 보고 싶었다.

"난 더 낳고 싶다고."

"가까이 오지 마요."

그녀가 제법 엄한 표정을 지으며 말했다.

"아직 안 되는 거지?"

"백일 때까진 안 돼요."

"이건 고문이라고……."

"그러면서 어떻게 넷을 가져요?"

서희의 말이 맞긴 했지만 어쩔 수가 없었다.

"이건 서희가 문제인 거야. 지나치게 섹시하잖아."

"뭐라고요?"

그가 서희를 꼭 끌어안았다.

"네 안에 들어가고 싶어."

"지민 씨……."

"키스만 하면 안 될까?"

그의 목소리가 위험스럽게 잠겨 들었다.

"그렇게 하고 싶어요?"

서희가 그의 목에 팔을 두르며 물었다.

"응, 너무."

"그럼 키스만 할까요?"

그가 격하게 고개를 끄덕이고는 서희의 입술에 자신의 입을 맞추었다. 서로의 혀가 얽히며 뜨거운 신음이 터져 나왔다.

"흡!"

갑자기 서희가 그의 바지 속으로 손을 넣어 페니스를 잡았다. 정신이 혼미해졌다. 너무 오랜만에 느끼는 자극에 그의 페니스는 터질 듯이 단단해졌다.

"윽!"

서희가 손으로 그의 페니스를 위아래로 만지기 시작하자 그의 입술에서 신음이 터져 나왔다. 그녀의 손은 거침이 없었다. 그의 페니스에서 쿠퍼 액이 흘러나오기 시작했다.

"으윽!"

미칠 것 같은 쾌감에 지민은 신음했다. 서희가 그를 손으로 밀며 침대로 이끌었다. 지민은 대낮인 것도 잊은 채 그녀에게 밀려 침대 위로 쓰러졌다.

"안 된다고 하지 않았어?"

"내가 안 되는 거지. 못 한다고는 하지 않았어요. 당신만 즐겨요."

그녀의 말을 깨닫기도 전에 서희가 그이 바지를 아래로 내렸다. 그의 페니스가 터질 듯이 부풀어 있었다.

"서희야…… 윽!"

서희의 동작은 빛의 속도보다 빨랐다. 그의 페니스는 벌써 그녀의 입안으로 사라진 뒤였다.

"으으윽!"

참았던 욕망이 한꺼번에 터지는 기분이었다. 지민은 서희의 머리를 잡고는 허리를 들어 자신의 페니스를 조금 더 깊이 넣었다.

츄읍츄읍

서희가 페니스를 빨기 시작하자 지민은 이성의 끈을 놓아 버렸다. 너무나 황홀한 감각에 그는 미칠 것만 같았다. 서희는 그의 페니스를 자극하는 법을 알았다. 아니 그를 자극하는 법을 아는 것 같았다.

그의 영혼을 그녀에게 온전히 바치게 하는 법을 서희는 알고 있었다. 그를 지배하는 유일한 여자가 서희였다.

"으으윽!"

쾌락의 최고조가 되자 그는 바닥에 자신의 분신들을 쏟아냈다. 하마터면 실수할 뻔했던 지민이었다.

"좋았어요?"

"너무너무 좋았어."

"당분간은 이렇게라도 달래 줄게요."

이렇게까지 그를 생각해 준 서희가 고마웠다.

"사랑해."

"저도요. 그런데 이제 밖에 나가 봐야 해요."

"왜?"

"오늘 아버님께서 태웅이에게 선물을 주신다고 했거든요."

"그래?"

"오라고 하셨는데 여기서 지체됐네요."

그는 서희와 함께 아버지의 방으로 향했다.

"아버님."

"어, 왜 이렇게 늦었어?"

"죄송해요. 그런데 태웅이 선물이 뭔지 저도 궁금해요."

아버지가 현 집사를 시켜 뭔가를 가져오게 했다.

"열어 봐."

가죽으로 된 상자였다. 장난감이 들어 있기보다는 왠지 금은보화가 들어 있을 것처럼 고급스러워 보였다.

"어머!"

상자를 연 서희는 깜짝 놀라고 말았다.

"아버님……."

정말로 금으로 된 돼지 가족이 있었다. 큰 돼지가 두 마리 작은 돼지가 두 마리였다.

"돼지 가족이야. 이렇게 되려면 태웅이 동생도 낳아야지."

"네, 아버님."

"서희야, 수고했다. 이건 태웅이 것이 아니라 내가 너한테 주는 거야."

"이렇게 값비싼 금을 주실 줄은 몰랐어요."

"사실 이건 지민이 엄마가 지민이 결혼하면 주라고 나한테 맡긴 거야. 물론 하준이 것도 있지."

지민은 서희의 어깨를 살며시 감쌌다.

"나도 줄 거지?"

"아뇨, 이건 태웅이 거예요."

삐진 척 입을 내밀었지만, 아버지에게 잘하는 서희가 고마웠다. 서희는 방에 오자마자 돼지를 꺼내 놓고 태웅이에게 보여 주었다. 태웅이도 말을 알아듣는 것처럼 까르르 웃었다.

그런 모습을 보며 지민은 이런 게 행복이 아니냐는 생각이 들었다. 지민은 서희와 태웅을 한꺼번에 자신의 품 안에 안았다. 그리고 그들의 정수리에 입을 맞추었다.

"사랑해."

지민은 이렇게 말하며 행복한 미소를 지었다. 거친 세계에 사는 지민이지만 서희 때문에 지금은 더없이 부드러운 남자가 되었고, 그게 너무나 만족스러웠다. 이렇게 오래도록 행복하게 살 수 있도록 지민은 노력할 거라고 하늘의 신께 맹세했다.

창밖에 그런 그의 마음을 아는지 태양이 따뜻하게 그들을 비추고 있었다.

에필로그

8월의 뜨거운 태양이 제주 앞바다를 태워 버릴 듯이 비추었다. 커다란 요트에 세 쌍의 남녀가 어우러져 갑판에서 태닝을 즐기고 있었다. 결혼식은 결국 생략하고 그들만의 결혼식을 올린 커플들이었다.

"정말 후회 안 하겠어?"

지민은 걱정스러운 얼굴로 서희를 보았다.

"괜찮아요. 번잡스러운 거 싫어요. 그건 연우도 수민이도 마찬가지고요."

"그럼 다행이고."

아기를 낳았다고 하기에 완벽한 몸매인 서희는 흰색 비키니를 완벽하게 소화했다. 지민은 커다란 수건을 서희의 어깨에 둘러 주었다.

"안 해도 되는데……."

"다른 놈들이 보는 건 싫어."

"뭐라고요?"

서희가 어이없어하며 웃었지만, 그의 마음은 그렇지 않았다. 일주일간의 휴가는 그의 인생에서 처음이었다. 그건 하준이나 승진도 마찬가지였다. 아버지가 결혼식도 안 올리는 며느리들이 불쌍하다며 주신 휴가였다.

그는 이번 휴가를 서희와 침대에서 보낼 생각이었지만 그것도 호락호락하지는 않았다. 이곳 바다도 억지로 끌려 나온 것이었다.

"형, 샴페인 마실래?"

"응, 난 술이 필요하다."

그는 샴페인 잔을 받아서 한 번에 마셨다.

"왜 그렇게 술을 마셔요?"

"서희가 날 거부하니까."

"당신이 날 너무 찾는 거죠."

"그야, 서희가 날 이렇게 세뇌한 거잖아. 다른 여자는 눈에 들어오지도 않게 말이야."

"진짜 못 말려요."

그가 일어나려는 서희를 자신의 무릎에 앉혔다.

"내가 사랑한다고 했나?"

"아뇨."

오전에 눈을 뜨자마자 그녀의 입술에 대고 사랑한다고 말했는데 서희가 오리발을 내밀었다.

"그런 지금 할게."

그가 서희의 입술에 입을 맞추었다.

"아무리 신혼이라도 형은 좀 자제를 해야 해."

"닥쳐라."

하준이 지나가면서 한마디 했지만 아랑곳해할 그가 아니었다.

"으으음…… . 사랑해."

그가 서희의 입술에 키스하며 말했고 하준은 고개를 절래절래 흔들었다.

"꼬우면 너도 해."

"안 그래도 하려고."

모두가 뜨거운 신혼이었다. 상대방이 어떻든지 간에 신경 쓰지 않았다. 요트에서 낮을 보낸 그들은 점심은 호텔에서 먹고 저녁은 각자 커플들끼리 놀기로 했다. 지민은 저녁 시간을 호텔에서 보내기로 했다.

지금은 서희를 안고 싶은 생각뿐이었다. 태웅이를 낳고 몸이 회복되는 기간 동안 그는 금욕적인 생활을 해야 했다. 물론 서희가 가끔 풀어 주기는 했지만 그래도 완벽한 섹스가 아니라고 그의 스트레스가 이만저만이 아니었다.

"난 안 나갈 거야."

"……."

그의 말에 서희가 피식 웃었다.

"왜 웃는데?"

"저도 안 나갈 거예요."

역시 서희는 그의 마음에 들게 행동했다. 호텔로 돌아간 그는 서희를 먼저 올려 보내고 꽃을 사기 위해 호텔을 나섰다. 서희가 좋아하는 장미를 사 주고 싶었기 때문이었다. 지민은 요즘 색다른 버릇이 생겼다.

틈만 나면 서희에게 뭔가를 선물했다. 서희가 기뻐하는 모습이 너무 좋았기 때문이었다. 비싼 선물도 많이 했지만, 꽃다발처럼 소박한 선물도 했다. 탐스러운 장미 꽃바구니를 산 그는 즐거운 마음으로 호텔로 향했다.

오늘은 정말 뜨거운 밤을 보낼 것 같았다. 부푼 기대를 하고 그는 방 안으로 들어섰다. 하지만 기대와는 달리 방 안에는 서희가 없었다.

"이리로 오라고?"

대신 방 안에 메모가 있었다. 호텔이 아닌 다른 곳의 주소였다. 마음이 상한 그는 장미 바구니를 호텔에 두고는 주소가 적힌 곳으로 차를 몰았다.

"뭐지?"

처음엔 화가 났고 시간이 지나자 걱정이 되었다.

"무슨 일이 있는 건 아니겠지?"

호텔과 아주 가까운 펜션이었다.

"구지민 씨죠? 저쪽으로 가시면 됩니다."

펜션 직원이 그를 안내했다. 그는 열쇠를 열고 안으로 들어갔다. 그러자 바닥에 화살표가 붙어 있었다. 이쪽으로 오라는 표시였다. 그는 화살표를 따라 이동했고 그 끝에는 노천탕이 있었다.

"서희야……."

"왔어요?"

완벽한 나체인 서희가 요염하게 노천탕에 앉아 있었다.

"난 바다를 보면서 섹스해 보는 게 소원이었어요."

"뭐?"

"어때요? 나랑 할래요?"

서희의 도발에 그는 빠르게 옷을 벗고는 노천탕 안으로 들어갔다. 여름에 온천이라서 뜨거울 줄 알았는데 따뜻한 수준의 물이었다. 그는 첨벙이는 소리를 내며 서희 앞으로 다가갔다.

그리고는 그녀에게 달려들었다. 서희의 입술을 삼켰다.

해가 지면서 노을이 아름답게 비쳤다. 노천탕의 물이 노을 색으로 물들었다. 그리고 서희와 지민은 하나로 엉켜 노을빛에 같이 물들었다.

물에 젖은 긴 머리를 손으로 넘기는 서희의 모습은 인어를 연상시켰다. 치명적인 매력을 가진 세이렌 같았다. 서희가 그의 위로 올라와서 요염하게 허리를 움직였다. 규칙적으로 움직일 때마다 커다란 가슴이 그의 얼굴 앞에서 출렁거렸다.

"하아……."

그녀가 느린 움직임으로 그를 자극했다. 웨이브를 주며 느리게 움직일 때마다 질이 그의 페니스를 강하게 조여 그를 미치게 했다.

"서희야, 조금만 더 빨리……."

오랜만의 행위라서 그런지 그는 사정감이 몰려왔다.

"싫어요."

하지만 서희는 단호했고 그녀의 움직임은 요염했다. 지민은 지금 터지기 일보 직전이었다. 그녀의 가는 허리를 붙잡은 그는 얼굴이 붉어질 정도로 참고 있었다.

"왜 그래요?"

서희는 그가 왜 이러는지 모르는 눈치였다.

"터질 것 같아."

그가 이를 악물며 말했다.

"너무 오랜만이라서 그래."

"알았어요."

뭘 알았다는 건지 그는 지금 참느라 죽을 맛이었지만 한편으론 쾌락의 끝을 맛볼 생각에 기대도 컸다. 그녀가 그의 어깨를 잡더니 허리를 빠르게 움직이기 시작했다.

"으으윽! 서희야……."

그는 저도 모르게 그녀의 허리를 꼭 잡으며 소리 질렀다. 서희는 속도를 줄이지 않고 계속해서 움직였다.

"넌 마녀야."

"누가 그렇게 만들었거든요."

"으윽!"

그녀가 질을 조였다. 이제 더는 참을 수가 없는 지민이 그녀의 허리를 잡고 같이 허리 짓을 하기 시작했다.

"으으윽!"

"하악!"

그들은 동시에 절정을 맛보고는 서로를 부둥켜안았다.

"헉헉, 최고였어."

"당신도요."

그가 자신의 품 안에 서희를 안았다.

"언제 이런 곳을 알아냈어?"

"인터넷으로 찾아봤어요. 당신을 위해 특별한 걸 준비하고 싶었거든요."

"사랑해."

고맙다는 말 대신에 사랑한다고 말을 한 그였다. 예전 같으면 상상도 할 수 없는 일이었다. 서희가 그를 이렇게 바꾸고 있었다.

"배고프지 않아요?"

"배고파."

"그래서 준비했죠."

서희가 그의 손을 잡고 침실로 이끌었다. 둘은 옷을 입지 않고 펜션을 돌아다녔다. 마치 아담과 이브가 된 기분이었다.

"와우!"

먹음직스러운 랍스터 요리와 와인이 놓여 있었다.

"배고파서 죽을 것 같아요."

"나도."

그들은 나란히 앉아서 음식을 먹었다. 그러다가 갑자기 서희가 입에서 입으로 랍스터를 먹여 주었다. 그녀의 입술을 핥으며 그는 다시 흥분하기 시작했다. 랍스터를 다 먹은 후에는 와인을 가슴골 사이로 흘리며 그에게 받아먹게 했다.

"야해."

"선생님이 아주아주 야하셔서……."

"그런 것 같군, 누군지 몰라도 아주 훌륭한 사람이야."

서희가 피식 웃었다. 서희는 청출어람이었다. 하나를 가르치면 열을 아는 열혈 학생이었다.

"가만히 있어 봐요."

서희가 그의 무릎 위에 앉았다.

"위험한 여자야."

"왜요?"

"내 심장에 무리를 주거든……."

서희가 자신의 여성에 그의 페니스를 완벽하게 일치시킨 후에 허리를 움직이기 시작했다. 넣지도 않고 맞닿기만 해도 미칠 것만 같았다.

"하아……. 농담 아니야. 정말 심장이 터질 것 같아."

"나도 그래요."

"읍!"

이번엔 서희가 그의 입술을 먹어 치웠다. 서희의 허리를 잡으며 그는 단번의 동작으로 그의 페니스를 그녀의 젖은 질 안으로 밀어 넣었다.

"아아앙……."

그가 허리를 움직일 때마다 서희가 그의 위에서 미친 듯이 교성을 질렀다.

"헉헉헉, 사랑해."

"저도 사랑해요."

그는 서희를 침대로 안고 가서 밤새 놓아주지 않았다. 아무래도 마녀에게 제대로 홀린 것 같았다.

그들의 뜨거운 밤은 이제 시작이었다.

『브레이크 타임』 완결